insel taschenbuch 4796

Tatjana Kruse

Zwei Schwestern für ein Halleluja

Zwei taffe Schwestern, ein gefaketer Selbstmord und eine SMS aus dem Grab – es geht wieder turbulent zu in Konnys und Kriemhilds neuestem Fall …

Während der Beerdigung eines befreundeten Priesters erhalten Konny und Kriemhild eine SMS des Geistlichen: »Ich wurde ermordet – führen Sie meinen Mörder seiner gerechten Strafe zu!« Dieser Aufforderung können die beiden Schwestern unmöglich widerstehen, auch wenn die Polizei das als geschmacklosen Scherz abtut. Kurzerhand quartieren sie sich im Gästehaus des Klosters ein, in dem der Priester seinen Lebensabend verbrachte.

Bei ihren unkonventionellen Ermittlungen treten sie nicht nur den Klosterschwestern auf die Zehen, sie finden auch Blutdiamanten sowie eine frisch skelettierte Leiche unter dem Refektorium. Noch dazu will jemand die beiden mit vergiftetem Klosterlikör aus dem Weg räumen …

Tatjana Kruse ist leidenschaftliche Krimiautorin. Sie lebt und arbeitet in Schwäbisch Hall und wurde für ihre Krimis bereits mit dem Marlowe der Raymond-Chandler-Gesellschaft, dem Fancy Media- und mit dem Nordfälle-Preis ausgezeichnet. Mehr unter www.tatjanakruse.de.

Im insel taschenbuch sind außerdem erschienen: *Der Gärtner war's nicht* (it 4565); *Meerjungfrauen morden besser* (it 4655); *Manche mögen's tot* (it 4710).

Tatjana Kruse

ZWEI SCHWESTERN FÜR EIN HALLELUJA

Die K&K-Schwestern ermitteln

Insel Verlag

2. Auflage 2020

Erste Auflage 2020
insel taschenbuch 4796
Originalausgabe

Vertrieb durch den Suhrkamp Taschenbuch Verlag
Umschlag: Designbüro Lübbeke, Naumann, Thoben, Köln
Umschlagfotos: Adobe Stock: Beiwagen (adrenalinapura), Kreuz (alswart), Spaten (auremar), Eimer (tkphotography), Papagei (Narupon); Colourbox: Nonne; Stefanie Naumann: Himmel; Dreamstime: Wolke (Vitalii Masliukov)
Satz : Dörlemann Satz, Lemförde
Druck: CPI books GmbH, Leck
Printed in Germany
ISBN 978-3-458-36496-2

Inhalt

Das Kapitel …

Für »Miles Kendig«, aus Gründen.

Das eben ist der Fluch der bösen Tat, dass sie,
fortzeugend, immer Böses muss gebären.

Friedrich von Schiller

Der Bösen Rotte hat mich umringt.

Psalm 22, 17

Saubande, vermaledeite! Die Pest soll euch holen!

Chuck Norris
(der Graupapagei, nicht der Action-Darsteller)

ZWEI SCHWESTERN FÜR EIN HALLELUJA

1 … in dem Konny sich bis über beide Ohren verliebt, wie immer hoffnungslos

Konny wähnte sich in einer Liebesschmonzette.
Die gletscherblauen Augen des Priesters neben ihr sahen zu dem frühlingshaft knospenden Baum, in dem eine Amsel ihr fröhliches Lied sang. Nein, schmetterte.
In seinen wie aus Marmor gemeißelten Wangen tauchten Grübchen auf, die zusammen mit dem Grübchen in seinem Kinn ein Dreieck von vitruvianischer Perfektion und Schönheit bildeten. Wäre Leonardo da Vinci zufällig im Garten anwesend gewesen, er hätte zu Pinsel und Palette gegriffen. Mona Lisas Lächeln war nichts im Vergleich zu dem von Hochwürden Robert Eberhard.
Konny schmolz dahin. Und es lag nicht daran, dass sie in der Ecke des Gartenpavillons saß, der die volle Strahlung der Maisonne abbekam, sondern an ihrer zunehmenden Zuneigung zu diesem Priester. Genau das war die Grundfrage der Gefühlsmathematik – ab welchem Neigungswinkel wurde aus einer ersten, oberflächlichen Bekanntschaft Liebe?
»Es gibt die Legende von einem Vogel …«, sagte der Pater leise über das Zwitschern der Amsel hinweg, mit einer sonoren Stimme, die Konny durch und durch ging, »… und dieser Vogel sucht vom Augenblick an, in dem er sein Nest verlässt, nach einem bestimmten Dornenbusch. Sobald er ihn gefunden hat, lässt er sich so darauf nieder, dass ihn der größte und schärfste Dorn des Busches durchbohrt, aber im Sterben fängt er an zu singen, und sein Gesang ist unvergleichlich, denn er bezahlt ihn mit dem Leben. Die gan-

ze Welt lauscht ergriffen, sogar Gott im Himmel lächelt. Denn es ist ja so: Erst das größte Opfer bringt das Beste im Menschen hervor.« Der Priester drehte sich zu Konny. »Finden Sie nicht auch?«

»Was?«

Konny sah sich in den starken Armen des Priesters. Vor ihrem inneren Auge näherten sich ihre Lippen einander an, sie atmete seinen Duft nach Weihrauch und Kernseife ein und …

Jetzt schreckte sie aus ihren Dornenvögeltagträumen. »Was?«, wiederholte sie und sprach, auf Wirkung bedacht, eine Terz tiefer als sonst.

Er sah sie an und zwinkerte. Die Wucht seines Wimpernschlags ließ sie erbeben. Weil man liebesschmonzettig fühlt, wenn man sich in einer wähnt. Und man ist ja nie zu alt, um wie ein Teenager zu schwärmen. Oder andersherum, je oller, desto doller. Konny war schockverliebt in diesen schmucken Priester, dessen Charakter ebenso schön war wie sein Äußeres. Als er in die Bed-&-Breakfast-Pension eingecheckt hatte, die sie zusammen mit ihrer Schwester Kriemhild führte, da hatte sie sich seinen Ausweis zeigen lassen – er war fast zehn Jahre älter als sie, sah aber aus wie eine nur leicht ergraute Symbiose der jungen Ausgaben von Franco Nero, Richard Chamberlain und Kardinal Georg Gänswein.

Zwar hatte Konny ein gesundes Misstrauen gegenüber exorbitant schönen Menschen, aber er strafte ihr Vorurteil in der kurzen Zeit ihrer Bekanntschaft Lügen: Jeden Tag, den sein Herr werden ließ, tat er eine gute Tat, rettete er entweder eine kleine Weinbergschnecke davor, auf der Straße überfahren zu werden, oder besuchte den bettlägerigen Bauern Schober auf dem Hof nebenan. Oder beides. Und immer ging er bei den alltäglichen Arbeiten in der Pension zur Hand, half Kriemhild beim Tischdecken und Herrn Hirsch, dem Gärtner, beim Hoffegen oder Unkrautjäten. Kurzum, dieser Priester war ein Heiliger.

Fand Konny.

Jetzt versenkte Hochwürden Eberhard seinen Blick in Konnys Augen.

Die Knospen knospten, die Amsel zwitscherte, ein Schaf blökte, die Zeit blieb stehen.

»Ich wollte damit sagen«, fasste er seine Ausführungen zusammen, »dass man manchmal Dinge tun muss, die vielleicht große, sehr große Opfer bedeuten. Aber der Lohn dafür wird reich sein.« Pfarrer Eberhard sah hinüber zu der Wiese der Schobers, auf der ein Schafbock mit seinem Harem graste. »Die Gespräche mit Ihnen, meine liebe Konny, haben mir die Augen geöffnet. Es ist nicht übertrieben, wenn ich sage, dass ich jetzt alles in einem neuen Licht sehe. Ich bin Ihnen wirklich dankbar.« Er nahm ihre rechte Hand, drückte sie fest, sah ihr dabei wieder in die Augen, und legte ihre Hand dann vorsichtig zurück auf die Gartenpavillonsitzbank.

Konny sah auf ihre Rechte. Ihre Haut kribbelte.

Es war der Tag seiner Abreise. Zwei Wochen hatte der Priester in der Pension von Konny und ihrer Schwester Kriemhild verbracht. Um fernab seines Alltags *einmal intensiv nachzudenken*, wie er beim Einchecken gesagt hatte. Er war eigentlich schon längst pensioniert, betreute jedoch die Nonnen des Klosters, in dem er seinen Lebensabend verbrachte, als seelischer Beistand.

Konny, ganz knapp über sechzig, im Gegensatz zu ihrer

nicht-eineiigen, großen und hageren Zwillingsschwester Kriemhild kleiner und draller, hatte sich in ihrem wilden Junggesellinnenleben als freie Journalistin einige ungute Gewohnheiten zugelegt: Sie steckte zu gern ihre Nase in Dinge, die sie nichts angingen, sie aß leidenschaftlich gern Kohlehydrathaltiges wie Cremeschnitten und Pasta, die sich – ohne Umweg über den Verdauungstrakt – sofort auf ihren Hüften absetzten, und sie verliebte sich grundsätzlich in die falschen Männer. Dieses Mal in einen Priester. Mit dem sie jeden Abend seines Hierseins draußen auf der Bank saß. Manchmal redeten sie, manchmal schwiegen sie. Wobei sie sich nicht anschwiegen, sie schwiegen miteinander. Was man ja nicht mit jedem x-beliebigen Menschen konnte. Das zwischen ihnen, das war etwas Besonderes.

Nur heute saßen sie ausnahmsweise schon mittags im Pavillon, weil es sein Abreisetag war und er um kurz nach eins den Regionalzug erreichen musste.

»Ich fand unsere Gespräche auch wunderbar«, sagte Konny, jetzt schon wehmütig, und strich sich eine ihrer wilden, braun gefärbten Locken aus dem Gesicht.

Konny war bereit, endlich die Liebe zuzulassen. DIE Liebe. Natürlich würde Robert nach einem langen Leben, das er der Kirche geweiht hatte, seine Gelübde nicht einfach so über Bord werfen. Das erwartete Konny auch gar nicht. Er durfte sich ruhig Zeit lassen. Sie gestand sich ein, jetzt in einem Alter zu sein, in dem man sich nicht mehr nach der heiß kochenden Leidenschaft verzehrte – ein leichtes Köcheln genügte vollauf fürs Glücklichsein. Falls er der Kirche doch nicht den Rücken kehren wollte, könnte sie in das Gästezimmer seines kleinen Häuschens auf dem Klostergelände ziehen und so tun, als sei sie seine Haushälterin, wie

Lina Carstens in den *Pater-Brown*-Filmen mit Heinz Rühmann. Jeder Priester hatte doch eine Frau im Haus. Und ob sie nun in fleischlicher Sünde lebten – oder einfach nur wie Philemon und Baucis heimlich händchenhaltend abends auf der Bank vor seinem Häuschen saßen und in den Sonnenuntergang schauten: Alles, alles wäre gut. Wichtig war nur, dass sie den Mann, den sie liebte, neben sich wusste – und den Kater, den sie liebte, auf ihrem Schoß liegen hatte. So wie jetzt.

Hm, Amenhotep. Das könnte womöglich ein Problem werden. Robert hatte ihr erzählt, dass auf dem Klostergelände keine Tiere erlaubt waren. Aber Konny dachte stets lösungsorientiert: Amenhotep war ein Nacktkater, der ohnehin nicht ins Freie durfte – sie würde ihn einfach in ihrem Schlafzimmer verstecken. Das machte ihm nichts: Solange er seinen Kratz- und Kletterbaum, ein warmes Fleece-Jäckchen und immer einen vollen Napf hatte, war er zufrieden. Die Nonnen würden überhaupt nicht merken, dass es ihn gab.

Hin und wieder hatte Konny in diesen zehn Tagen der Schockverliebtheit auch lichte Sekunden, in denen ihr klar war, dass sie mit ihren rosaroten Zukunftsvisionen womöglich vorschnell voranpreschte. Robert war immer Gentleman-Priester geblieben, hatte ihr nie mehr eingestanden als nur seine Freundschaft. Aber zum einen wurde die Zeit knapp. Statistisch gesehen hatte sie noch knapp zwanzig Jahre vor sich – viel zu wenig, um auf Nummer Vorsicht zu gehen. Wenn er also nicht von allein merkte, dass sie beide füreinander geschaffen waren, würde sie eben nachhelfen müssen. Und zum anderen konnte Konny sehr wohl zwischen den Zeilen lesen. Er suchte aktiv ihre Nähe, das bildete sie sich nicht ein.

Schon als er an seinem allerersten Tag in der Pension von einem Ausflug in die Stadt zurückkam, präsentierte er ihr im Anschluss an das Abendessen (in der Halbpension inkludiert) seine Beute vom Flohmarkt: eine alte, schwere Bibel. »Soll ich Ihnen daraus vorlesen?«, hatte er gefragt. Sie hatte – etwas atemlos – genickt und sich dann eine geschlagene Stunde aus dem Alten Testament vorlesen lassen. Sie! Konny! Mit 21 aus der Kirche ausgetreten. Noch dazu der evangelischen. Aber mit seiner Baritonstimme hätte er ihr auch den Beipackzettel einer Anti-Fußpilz-Creme vorlesen können, und sie wäre begeistert gewesen.

Und was hatte er ihr vorgelesen? Genau! Das *Hohelied Salomons*. Quasi die Porno-Ecke der Heiligen Schrift. *Mein Geliebter ruht wie ein Beutel mit Myrrhe an meiner Brust.* Wenn das kein Freud'scher Hinweis war, dann wusste sie auch nicht. Na gut, nicht gleich am ersten Abend – da war es ein Psalm gewesen. Konny hatte vergessen, welcher. Aber sukzessive hatten sie sich zum hocherotischen Hohelied hingearbeitet: jeden Abend eine Stunde. Nur sie beide. Im Garten. Unter dem Sternenhimmel. Und der Gartenlampe, um die Stechmücken schwärmten, kurz bevor sie zum Sturzflug auf Konnys Blutbahnen ansetzten.

»Die Zeit ist viel zu schnell vergangen«, sagte sie jetzt mit Seitenblick auf Hochwürden Eberhard. »Ich möchte Sie zu gern wiedersehen. Erwähnten Sie nicht, dass es im Kloster ein Gästehaus gibt?«

»In der Tat«, bestätigte er. »Ein wirklich nettes Gästehaus sogar. Nicht so komfortabel wie Ihre Pension, versteht sich, aber mit ebenso viel Liebe geführt.« Er nickte. »Ich würde mich ehrlich freuen, wenn Sie einmal vorbeikämen. Was Sie mir von Ihrem abenteuerlichen Leben erzählten …

hochinteressant für mich. Das säkulare Leben ist mir fremd, aber …« Er stockte, sah sie an, lächelte. »… ich möchte mehr darüber erfahren. Viel mehr! Aus Ihrem Mund.«

Konny schloss die Augen. Das war bei aller Schlichtheit die schönste Liebeserklärung ihres ganzen Lebens. »Sehr, sehr gern!«

Weil jetzt alles gesagt schien, schauten sie beide zum Rand des Grundstücks, wo es hinab ging ins Tal und zur Stadt. Genau das machte die wahre Liebe aus: nicht sich ansehen, sondern zusammen in die gleiche Richtung schauen.

Konny seufzte glücklich.

Eigentlich müsste sie schon längst an dem Artikel sitzen, den sie für ein Online-Frauenmagazin schrieb. *Konnys Kummerkastenkolumne*. Aber was war schon Arbeit, wenn es im Dampfkochtopf der Gefühle brodelte?

Ja, fand sie, das Leben war eine große Schatulle an Abenteuern. Wenn man die Schatulle öffnete, wusste man nicht, was drin war. Wie bei Forrest Gumps Pralinenschachtel. Aber wenn man sich darauf einließ, war es nie langweilig. Und das Leben belohnte einen immer. Dass vor der Tür der Pension ein berühmter Musiker mit einem Aufsitzrasenmäher plattgefahren worden war, hatte dazu geführt, dass Gärtner Hirsch trotz seiner Aphasie die Frau fürs Leben fand. Dass der Kommodore einen Schatz vom Meeresgrund gehoben hatte, führte zu viel Verdruss für die Schnüffelschwestern und einem infernalisch fluchenden Papagei als Haustier, aber hinterher konnten sie ihre Pension grundsanieren und seitdem waren sie so gut wie immer ausgebucht. Dass Kriemhild im Wald mitbekam, wie ein stadtbekannter Promi seine Frau erschoss, führte zu …

Nein, da fiel Konny auf die Schnelle nichts Positives ein. Da-

rauf hätte sie tutti completti – vom Magenauspumpen wegen Pilzvergiftung bis hin zu dem Moment, als sie mit ihrer Schwester im Sarg liegend in den Krematoriumsofen geschoben worden war – liebend gern verzichten können.
Sie sah zu Hochwürden Eberhard.
Robert.
Er sah sie an. »In Ihnen, liebe Konny, habe ich ganz unerwartet einen besonderen Menschen gefunden. Was für ein Segen.«
Konny klimperte mit den Wimpern. Es schien ihr der richtige Moment für Wimpernklimpern.
»Ich möchte Ihnen das hier zu treuen Händen geben, bis ich wiederkomme.« Er drückte ihr die Flohmarktbibel in die Hand. Die wog gefühlt eine Tonne und roch muffig-säuerlich. Nach den verwesenden Cellulosefasern des Papiers und dem Essigsäureleim, mit dem das Buch gebunden worden war, dachte Konny, die für einen Artikel einmal über antiquarische Folianten recherchiert hatte.
Sphinxkater Amenhotep kräuselte sein Schnäuzchen und sprang – ungnädig miauend – von Konnys Schoß, um angewidert in Richtung Küchentür zu stolzieren. Was elegant und nachgerade altägyptisch-katzengottgleich hätte wirken können, würde er nicht seinen froschgrünen Babystrampler tragen wie immer, wenn Konny ihn bei nicht ganz hochsommerlichen Temperaturen ins Freie ließ.
»Pfarrer Robert, ich weiß gar nicht, was ich sagen soll?« Konny streichelte den fleckigen Ledereinband der Bibel, als wäre es der Handrücken des Priesters. In ihr jubilierte alles – er hatte gesagt, dass er wiederkommen wolle. Hossa! Aber das sprach sie natürlich nicht aus. Es war ein bisschen, wie wenn man ein wildes Tier mit der Hand fütterte: Jedes

laute Geräusch konnte das Tier verschrecken und dann würde es fliehen und niemals wiederkommen. Also sagte sie nur: »Ist die Bibel nicht viel zu wertvoll, um sie mir zu überlassen?«

»Hm«, sagte er und sah die Bibel nachdenklich an. »Ich habe sie auf dem Kinderflohmarkt einem frühpubertierenden Buben für einen Hunderter abgekauft. Er meinte, er hätte sie auf dem Dachboden gefunden, und sie hätten's in seiner Familie nicht so mit der Religion. Jetzt möchte ich diese Bibel in Ihre Hände geben, liebe Konny. Ich hoffe, Sie lesen fleißig darin«, sagte er eindringlich, aber mit einem völlig unmissionarischen Lächeln. »Wissen Sie, nur ein einziges Mal zuvor hatte ich das Gefühl, meinem Leben eine völlig neue Richtung geben zu wollen. Das war damals, als ich den Ruf des Herrn vernahm.« Er schaute milde. »Aber jetzt stehe ich wieder an einem Scheideweg, und dank Ihnen, meine liebe Konny, weiß ich, welchen der beiden Wege ich einschlagen muss.«

War das Code für *Ich will dich an meiner Seite wissen, von nun an bis in alle Ewigkeit*?

»Ja«, hauchte Konny.

»Wie bitte?« Er hielt ihr sein gutes Ohr hin.

Konny lief rot an. In einer Mischung aus Hummer- und Tomatenrot, die ihrem Teint so gar nicht schmeichelte. »Ich sagte: Gern geschehen.«

»Es ist zu entzückend, wenn Sie erröten!« Er grinste spitzbübisch. Seine Grübchen vertieften sich. Alle drei.

Blitzschnell überlegte sie, ob sie ihm vorflunkern solle, es handele sich um wechseljahrsbedingte Hitzewallungen. Oder ob sie nach einer Ablenkung suchen sollte. Sie entschied sich für die Ablenkung. Auch, weil in exakt diesem

Moment drüben, an der Grundstücksgrenze zum Bauernhof von Ehepaar Schober, ein Wanderer auftauchte.

»Da ist schon wieder einer, der das Schild *Privatgrundstück* nicht lesen konnte«, schimpfte Konny und sah zu der verhuscht wirkenden, männlichen Gestalt mit Leinenhut und Rucksack, die ihnen den Rücken zukehrte und Fotos von den Schafen schoss.

»Es ist aber auch zu verlockend, dem Trampelpfad zu folgen, der von der Landstraße hier am Haus vorbei zum Wald führt«, meinte Pfarrer Eberhard, der immer erst mal den Advocatus Diaboli spielte. Er konnte nicht anders, das war eine *déformation professionelle.* »Oder es ist ein Tourist aus dem Ausland, der unsere Sprache nicht spricht.«

Es war natürlich durchaus möglich, dass der Rücken jemandem gehörte, der nur kyrillische oder chinesische oder arabische Schriftzeichen zu lesen vermochte. Wegen des Leinenhutes sah man den Kopf nicht, und Rucksackrücken sind ja der große Gleichmacher vor dem Herrn.

»Mittagessen ist fertig!«, rief Frau Friedrich aus der Küche, bevor Konny etwas darauf erwidern konnte.

Pfarrer Eberhard stand auf.

»Lassen Sie mich die Bibel tragen, sie ist ja doch recht schwer.« Er nahm ihr das Buch der Bücher ab.

»Danke!«, raunte Konny, wie man es einem Superhelden zuraunte, der einen gerade aus den Händen des Schurken errettet hat. Sie sahen sich noch einmal in die Augen, lächelten und gingen zur Pension.

Natürlich konnten sie es nicht wissen, aber der Tourist war kein Tourist, und er stand auch nicht zufällig auf dem Trampelpfad vor dem Elektrozaun der Schafwiese. Aus den Augenwinkeln sah er zu Konny und dem Mann im schwarzen Anzug, die jetzt durch die Hintertür ins Haus traten. Er zupfte sich unbewusst das schüttere Ziegenbärtchen. Und meinte, förmlich zu spüren, wie die Visitenkarte in seiner Westentasche aufzuleuchten schien, als sei sie soeben zum Leben erwacht. Eine Visitenkarte, auf der nichts weiter stand als:

Pater Robert Eberhard
Geistlicher Beistand der
Schwestern unserer Lieben Frau vom Sonnenberg
Kloster Mistelau am Walde

Konnys Kummerkastenkolumne

Liebe Konny,
mein Mann und ich sind seit fast vierzig Jahren verheiratet. Es gab nie ein böses Wort. Aber seit ich vor drei Monaten mit dem Rauchen aufgehört habe, beschwert sich mein Walter ständig über das Essen. Es sei entweder verkokelt oder noch roh. Er hat ja nicht ganz unrecht: All die Jahre habe ich die Kochzeit danach berechnet, wie viele Zigaretten ich rauchen kann, bis das Fleisch durch ist oder die Nudeln al dente sind.
Ich habe ihm angeboten, wieder mit dem Rauchen anzufangen, aber er sagt, er hat es satt, einen Aschenbecher zu küssen. Ich habe es allerdings auch satt, ständig angenörgelt zu werden. Was denn nun?? Ich bin sooo kurz davor, unsere Ehe in die Tonne zu klopfen!
Rauchfrei auf 180, Sybille

Liebe Zigarettenlängenköchin,
wenn's funktioniert, soll man's nicht ändern. Wenn man's aber ändern muss, weil man keine Teerlunge haben will, dann funktioniert es eben anfangs nicht ganz reibungslos. Es ist nur eine Übergangsphase. Sie werden neue Wege finden, um herauszufinden, ob sie in der Pfanne noch Hamburger oder schon Kohlebriketts braten. Ich persönlich rate zu einem Küchenwecker.
Wenn Ihr Walter nicht anerkennen kann, dass Sie sich für ihn gesund halten und ihn gleichzeitig verköstigen wollen, soll er gefälligst stumm leiden.

Er soll sich zur Ablenkung ein Hobby zulegen. Beispielsweise Kochen.
Man muss den Menschen – auch denen, die man liebt – zeigen, wie man behandelt werden möchte. Werfen Sie ihn aus dem Esszimmer beziehungsweise der Küche, sobald er den Mund zu etwas anderem öffnet, als einen Bissen zu sich zu nehmen oder Ihnen ein »Danke, dass du mich versorgst, Schatz!« zuzurufen.
Kochlöffelgrüße, Ihre Kummerkastenkonny

2 … in dem die rosarote Seifenblase platzt

Es war ergreifend. Irgendwie. Mehr irgend als wie.

Aber ergreifend.

Klein-Wilmer an der Blockflöte intonierte mit Inbrunst *My Heart Will Go On*. Sämtliche Gäste der Bed-&-Breakfast-Pension von Konny und Kriemhild standen aufgereiht vor dem Eingang, wie die Dienerschaft auf *Downton Abbey*, um Pfarrer Eberhard zum Abschied zuzuwinken.

Die idyllisch zwischen Waldrand und Bauernhof gelegene, urschöne Jugendstilvilla, die Konny und Kriemhild geerbt und in einen schlichten, aber geschmackvollen Hotelbetrieb verwandelt hatten, erlebte selten so eine Abschiedszeremonie wie an diesem frühen Nachmittag. Genauer gesagt: nie. Aber der Priester war so ein sympathischer Mensch, da verspürten alle das innere Bedürfnis, ihm eine gute Reise zu wünschen.

Konny knüllte ein Stofftaschentuch. Was sollte sie jetzt, wo er ging, mit ihren angebrochenen Gefühlen machen?

Sie und Pater Eberhard standen vor dem Taxi, mit dem ihre Schwester Kriemhild soeben vom Bahnhof gekommen war. Der Taxifahrer, entzückt über die ungeplante Retourfahrt, hievte die schwarze Priestertasche in den Kofferraum. Konny hatte eigentlich geplant, »ihren« Robert mit ihrer Harley zum Bahnhof zu bringen, um sich dort – ohne Zeugen – von ihm zu verabschieden. Womöglich sogar mit einem Kuss. Aber hier, vor den Augen aller, würde es nur einen Handschlag geben, das war ihr klar. Vor lauter Enttäuschung schoss ihr Pipi in die Augen.

Herr und Frau Friedrich, die Eltern von Klein-Wilmer, standen in der Haustür, er hatte seinen Arm um ihre Schultern gelegt, sie hielt Nacktkater Amenhotep an ihren Busen gedrückt.
Klein-Wilmer flötete, als ginge es um sein Leben, als wäre dieses zarte Instrument in Kinderhand eine der Trompeten, die die Mauern von Jericho zum Einsturz bringen sollten. Will heißen, es war nicht schön, dafür laut.
Mama und Papa Friedrich hatten ihrem Sohnemann schon drei Blockflöten stibitzt. Klein-Wilmer gegenüber hatten sie jedes Mal besorgt die Elternstirne in Falten gelegt und gemutmaßt, er müsse seine Flöten wohl »verlegt« haben, aber inoffiziell hatten sie die Flöten in Nacht-und-Nebel-Aktionen klammheimlich im Restmüll entsorgt. Eine sogar vergraben, weil ihr Sohn anfing, die Abfalleimer zu durchsuchen. Das mit Klein-Wilmer und der Blockflöte war eine einseitige Liebe. Er war Feuer und Flamme für die Musik, aber die Musik erwiderte seine Liebe nicht. Wenn er spielte, klang es wie Fingernägel, die über eine Schiefertafel kratzten. Ent-setz-lich. Aber es half alles nichts. Klein-Wilmer sparte jedes Mal sein Taschengeld, bis er wieder eine neue Flöte kaufen konnte, und dann begann die Qual von Neuem. Herr Friedrich schwor mittlerweile auf Ohrstöpsel, wenn er zu Hause war. Frau Friedrich stülpte sich Kopfhörer über und drehte ihre Lieblingsmucke auf. Und auch jetzt standen sie mit entspannten Gesichtern – er mit Ohrstöpseln, sie mit Kopfhörern – vor der Tür und lächelten ihrem Nachwuchs milde zu, während der mit dicken Backen blies. Überall auf dem Hof flatterten Amseln und Spatzen verstört auf, und Regenwürmer bohrten sich traumatisiert zurück in die Erde. Picasso sagte einmal, als Kind sei jeder ein Künstler –

die Schwierigkeit bestünde darin, als Erwachsener einer zu bleiben. Klein-Wilmer bildete die Ausnahme von dieser Regel. Er war kein Künstler: Er war ein Täter – ein Mörder von Rhythmus und Melodie. Nie war *My Heart Will Go On* bestialischer geschändet worden, und wo immer Céline Dion sich gerade aufhalten mochte, zweifellos liefen ihr in diesem Moment eisige Schauder über den Rücken.

Konny war taub für diesen infernalischen Lärm. Sie hatte nur Augen für Pater Robert. Es war, als hätten alle anderen Sinne dichtgemacht. Sie hörte es nicht einmal, als urplötzlich eine heisere Stimme über die Flötentöne hinweg donnerte: »SAUBANDE, VERMALEDEITE! PIRATENFÜRZE!«

Die Stimme gehörte Chuck Norris, der aus dem geöffneten Bürofenster geflattert kam und sich auf Kriemhilds Schulter niederließ, wo er von einem Fuß auf den anderen wippte und mit dem Köpfchen wackelte, als würde er Samba tanzen. Er freute sich sichtlich, Kriemhild wiederzusehen. Kriemhild war seine Favoritin.

Natürlich handelte es sich bei Chuck Norris nicht um den berühmten Action-Darsteller, von dem es hieß, er sei vor zehn Jahren gestorben, der Tod habe aber nicht den Mut, es ihm zu sagen. Und er trage keine Uhren, weil ER entscheide, wie spät es sei. Und das Letzte, was seinen Opfern durch den Kopf gehe, sei sein Fuß. Nein, das war der andere Chuck Norris.

Dieser Chuck Norris war ein Graupapagei und hatte einst dem Smutje des Kommodore gehört, des verstorbenen Ehemannes von Kriemhild. Jetzt fristete dieser fluchende Vertreter der Gattung *Psittacus* seinen Lebensabend bei Kriemhild und Konny, und wenn es auf TripAdvisor oder anderen Bewertungsplattformen für Hotelbetriebe hin und wieder einen Abzug in der B-Note für die Pension der Schwestern gab, dann nur wegen Chuck Norris. Der Smutje hatte ihm in aufopferungsvoller Kleinarbeit sämtliche, weltweit existierenden Seemannsflüche beigebracht, die der Vogel gern und laut zu den unpassendsten Momenten zum Besten gab. Beispielsweise morgens bei Sonnenaufgang, wobei er es darauf anlegte, immer eine Schnabellänge schneller zu sein als der Hahn auf dem Hof der Schobers.

Außerdem war Chuck Norris nicht dumm: Egal, womit die Schwestern seine Zimmervoliere verschlossen – er biss Lederriemen durch und drehte Schlüssel im Schloss. Oder mimte den Sterbenden, bis Gäste, die zufällig vorbeikamen und ihn wie tot auf dem Volierenboden liegen sahen, besorgt die Tür öffneten. Dann entwischte er und stellte irgendwo in der Pension Unsinn an.

Und auch jetzt war er wieder getürmt, denn Konny erinnerte sich genau, das Schloss der Zimmervoliere vorhin noch einmal überprüft zu haben.

Kriemhild zeigte nie viel Zuneigung. Dass sie den Vogel auf ihrer Schulter gewähren ließ, war schon das Äußerste an Gefühlen. Und sie gestattete es auch nur, weil sie – wie immer, wenn sie auf Reisen ging, sei es tiefster Winter oder Schweißausbrüche induzierender Hochsommer – ihren grauen Staubmantel trug, der imprägniert und somit abwaschbar war. Chuck Norris war nämlich so einiges, aber stubenrein war er nicht.

»Ich freue mich sehr, Sie alle kennengelernt zu haben«, sagte Pater Eberhard, schritt die Reihe der Anwesenden ab und drückte allen die Hand. Einem von ihnen ganz besonders gefühlvoll. »Alles Gute für Sie, Herr Hirsch.«

»Lippenherpes«, erwiderte Herr Hirsch, der Gärtner der Schwestern. Seit einem Schlaganfall war er Aphasiker – körperlich und geistig vollkommen wiederhergestellt, nur sein Sprachzentrum war noch gestört. Der Sprechapparat funktionierte einwandfrei, aber bis die lautgebenden Befehle aus dem Gehirn bei ihm ankamen, waren sie bis zur Unkenntlichkeit verschwurbelt. Heraus purzelten dann Wörter, deren Zuordnung selbst den Eingeweihten oft schwerfiel.

»Herr Hirsch sagt danke«, dolmetschte Konny. Ihr brach fast die Stimme.

Der Priester nickte dem Gärtner zu. Männer verstanden sich auch wortlos.

»Meine liebe Konny, wie kann ich Ihnen nur danken?« Pater Eberhard lächelte sie an. Seine gletscherblauen Augen blitzten.

Konny konnte nur noch gefühlsüberfraut gurgeln.

»Ich melde mich, sobald ich zu Hause angekommen bin«, versprach er und drückte ihr keinen Kuss auf die Wange, wie sie befürchtet hatte, sondern nur fest die Hand.

»Wir müssen jetzt los, sonst kriegen Sie den Zug nicht mehr«, rief der Taxifahrer aus dem Wagen.

»Ja dann …« Pfarrer Eberhard stieg ein und schnallte sich an, und schon trat der Taxifahrer aufs Gas. Weil es lange nicht mehr geregnet hatte, staubte die Auffahrt vor der Pension. Eine regelrechte Staubwolke stieg auf. Man konnte das Taxi nur noch erahnen. Für einen zünftigen Western fehlten nur noch Ennio-Morricone-Klänge. Gott sei Dank hatte Klein-Wilmer die Blockflöte schon weggepackt, sonst hätte er womöglich, mit der instinktsicheren Kindernase für Umgebungsstimmungen, *Spiel mir das Lied vom Tod* intoniert.

Konny hustete sich den Staub aus der Lunge. Und winkte. Und tupfte sich mit dem zerknüllten Stofftaschentuch Staubkörner aus den Augenwinkeln. Und winkte weiter.
Die Pensionsgäste gingen auf ihre Zimmer oder in den Speisesaal, um einen Verdauungs-Espresso zu trinken. Herr Hirsch erklomm den Aufsitzrasenmäher und tuckerte in Richtung Wiese. Klein-Wilmer nahm seiner Mutter den Nacktkater ab und ging mit Amenhotep zum Spielen in die umgebaute Scheune. Kriemhild, auf deren Staubmantelschulter immer noch Chuck Norris wippte, brachte ihre Reisetasche auf ihr Zimmer.
Nur Konny blieb in der Auffahrt stehen und winkte dem Taxi nach, das ganz vorn, am Ende der langen Allee, auf die Landstraße bog. Sie konnte einfach nicht aufhören zu winken.
Hach, seufzte es in ihr.
Als das Taxi selbst mit viel gutem Willen nicht mehr auszumachen war und ein fremder Opel hupte, weil die Insassen wohl dachten, Konny winke ihnen zu, kehrte sie schweren Herzens ins Haus zurück, um ihre Schwester zu begrüßen.
Konny hatte noch nicht einmal die oberste Stufe der Eingangstreppe erreicht, da hörte sie Kriemhild im kleinen Büro der Pension keifen: »Was ist denn das für ein Durcheinander auf dem Schreibtisch?«
Unterschiedlicher als Konny und Kriemhild konnten Zwillingsschwestern gar nicht sein. Weder äußerlich noch innerlich. Die dralle Konny war der Gemütsmensch der beiden, Kriemhild verkörperte in ihrer Hagerkeit eher die strenge Internatsdirektorin. Shakespeare hatte seinen Julius Cäsar sagen lassen, er wolle dicke Männer um sich haben. Vermut-

lich hatte Shakespeare auch jemanden wie Kriemhild gekannt und daraus seine Schlüsse gezogen. Kriemhild war nicht böse, nur schnörkellos ehrlich. Wie sie es nannte.
»Du bist fürs Praktische zuständig, ich für die Verwaltung. Rede mir nicht in meine Arbeit hinein«, blaffte Konny, die wegen akuten Priesterentzugs ihr übliches Gutmenschentum vermissen ließ.
Kriemhilds Augenbrauen wanderten überrascht nach oben. Sogar Chuck Norris, den Kriemhild wieder in seine Voliere gesetzt hatte, erstarrte mitten im Knabbern an einer seiner geliebten Hirsestangen. So kannte man Konny nicht.
Und auch Konny erkannte sich nicht wieder. Sie räusperte sich, zeigte mit dem Finger auf eine Postkarte und sagte einen Ticken freundlicher: »Da. Für dich.«
Die Postkarte zeigte die Skyline von Hongkong.
»Für Konny, Kriemhild, Amenhotep und Chuck Norris: *wish you were here*. Euer Lambert«, las Kriemhild laut vor. »Wie nett, unser Herr Kaiser hat uns nicht vergessen.«
Lambert Kaiser arbeitete jetzt als Chefconcierge in einem Fünf-Sterne-Haus in Asien, aber davor war er für kurze Zeit so was wie der gute Geist der Pension gewesen. Im Gegensatz zu Konny und Kriemhild hatte er das Hotelgewerbe von der Pike auf gelernt, und dass der Laden in letzter Zeit flutschte, war allein ihm zu verdanken. Außerdem hatte er ihnen das Leben gerettet. Aber das war eine andere Geschichte.
»Ich hänge sie zu den anderen«, sagte Kriemhild und ging in die Küche.
»STINKENDE LANDRATTEN!«, kommentierte Chuck Norris ihren Abgang. Er hasste es, allein im Büro zurückzubleiben.
Konny folgte ihrer Schwester. Mit einem kurzen Umweg

über das Badezimmer im Erdgeschoss, um sich die Mascara-Schlieren von der Wange zu wischen.

Als sie in die Küche kam, zierte Lamberts Postkarte bereits die Kühlschranktür, an der all seine Postkartengrüße klebten: aus Singapur, Kuala Lumpur, Hanoi, Tokio und Sydney. Bunte Zeugnisse in DIN-A6-Format von der Tatsache, dass Lamberts Flugangst geheilt war.

»Und? Was habe ich verpasst?«, fragte Kriemhild, während sie sich mit kritischem Blick in der Küche umsah. In ihrer Abwesenheit hatte Frau Friedrich die Pensionsgäste bekocht. Die Friedrichs waren Stammgäste und hatten ein Sonderarrangement ausgehandelt: Sie durften umsonst im großen Eckzimmer des Haupthauses mit Blick aufs Tal wohnen, wenn Frau Friedrich den Kochlöffel schwang. Weil Konny nämlich nicht kochen konnte. Konny scheiterte ja schon daran, Wasser zum Kochen zu bringen.

Nun vergewisserte sich Kriemhild, ob Frau Friedrich auch ja nicht an der heiligen Ordnung in ihrer Küche gerüttelt hatte – beispielsweise den Kartoffelschäler in die falsche Schublade gelegt oder die Flasche Abflussreiniger nicht links unter die Spüle gestellt hatte, sondern rechts.

Kriemhild war zufrieden. Alles war noch an seinem Platz. Sie drehte sich zu Konny, weil die nicht antwortete, sondern nur verträumt in den Garten schaute, wo Herr Hirsch auf dem Aufsitzrasenmäher gerade mit einem solchen Karacho über die Wiese bretterte, dass seine grauen Haare im Wind flatterten und er aussah wie Albert Einstein. »Ich fragte, was ich verpasst habe?«

Konny presste sich die Hand an den Busen. Wie eine Courths-Mahler-Heldin. »Ich habe mich verliebt«, hauchte sie.

»Schön. Und sonst? Irgendwas Wichtiges?«
Kriemhild war nicht durch und durch gefühllos. Aber angesichts der Häufigkeit, mit der ihre Schwester sich verliebte – seit Eröffnung der Pension gern auch in Gäste des Hauses –, nahm der Grad der Mitfreude und / oder Anteilnahme doch deutlich ab. Auf »Heute Morgen ging die Sonne auf« reagierte man ja auch allenfalls mit einem »schön«. Wäre die Sonne an diesem Morgen nicht aufgegangen, tja, *das* hätte eine gebührende Reaktion erzeugt.
»Wie kannst du nur so kaltschnäuzig sein.« Konny schmollte. »Du hast deinen Tröndle gefunden. Gönn mir ruhig ein wenig Glück.«
Kriemhild brummte Unverständliches. Sie persönlich fand ja, dass man sich ab einem gewissen Alter nicht mehr verliebte – man suchte sich jemand, der nicht allzu sehr nervte, und gut. So hatte sie selbst es zumindest gehalten. Und auch, wenn Kriemhild das niemals laut aussprechen würde, so hielt sie sich durchaus für den Maßstab aller Dinge.
Bei einem Hamburg-Roadtrip der Schwestern waren mehrere lebensverändernde Dinge passiert. So hatte sich beispielsweise Kommissar Tröndle (trotz des Namens ein Hanseat in dritter Generation) in Kriemhild verliebt – für alle, im Grunde auch für ihn selbst, unerklärlich. Seine Gefühle blieben nicht unerwidert. Denn Kriemhild, die ihren verstorbenen Mann, den Kommodore, jahrzehntelang auf ein Podest gestellt und ihn nachgerade angebetet hatte, selbst als er schon tot war und in einer Urne steckte, hatte feststellen müssen, dass er zu Lebzeiten jahrelang eine Zweitfrau auf der Reeperbahn gehabt hatte. Jetzt stand die Urne mit der Asche (es war weder die Originalurne noch die echte Asche) als reiner Ziergegenstand auf einem Bei-

stelltischchen im Flur der Pension. Und die Leere in ihrem Herzen füllte ein unscheinbarer Mann, der einen schwäbischen Nachnamen trug, aber mit jeder Pore seines Seins ein Fischkopp war. Kriemhild hatte ihn schon dreimal im hohen Norden besucht. Aber sie verbat sich jedwede Nachfrage. Hatten sie und Tröndle nur händchenhaltend das Miniatur-Wunderland mit der größten Modelleisenbahn der Welt besucht? Oder wilde Orgien mit Fetischsex gefeiert? Konny wusste es nicht. Wenn sie raten sollte, würde sie allerdings auf die Miniaturen tippen.

Ach ja, sie hatten auch noch Chuck Norris geerbt. In diesem Moment kam der Graupapagei zu Fuß in die Küche gewatschelt. Konny nahm sich fest vor, die Zimmervoliere in einen Hochsicherheitstrakt zu verwandeln. Geld genug dafür hatten sie ja jetzt. Bei der Hamburg-Reise waren die Schwestern zu einem kleinen Vermögen gekommen. Aber auch das war eine andere Geschichte.

Chuck Norris sprang auf einen Küchenstuhl und von dort auf den Küchentisch, wo er sich erst einmal ausgiebig das Gefieder putzte. Solange es keiner der Gäste mitbekam, war Konny das egal.

»Welcher unerreichbare Kerl ist dieses Mal der Held deines Wunschdenkens?«, fragte Kriemhild. Sie hatte ihre Inspektionstour beendet – alles zu ihrer Zufriedenheit – und setzte den Wasserkessel auf. »Assam oder Earl Grey?«

»Assam.« Konny hasste alles Bergamottige. »Und es ist kein Wunschdenken!«

Kriemhild drehte sich zu ihr um. Unter dem skeptischen Blick ihrer Schwester verlor das rosarote Bild vor Konnys innerem Auge schlagartig an Kontur. Hatte sie sich das mit ihr und Pfarrer Eberhard nur eingebildet?

Konny schaute auf das Display ihres Smartphones, das mit ihrer Hand förmlich verwachsen sein würde, bis sie von ihm hörte. Nichts. Keine SMS, keine Mail, kein entgangener Anruf. Priester waren ja auch nur Männer. Er würde sich nicht schon am Gleis bei der Abfahrt des Regionalzuges bei ihr melden, um sie wissen zu lassen, wie sehr er sie jetzt schon vermisste. Erst wenn er im Kloster ankam, würde er ihr schreiben. Oder? ODER?

»Zwischen … Pfarrer Eberhard und mir … ist eine Freundschaft erwachsen …«, fing Konny an und wollte ihre aufkeimende Liebe in poetische Worte kleiden. Aber sie wurde von ihrer Schwester schnöde unterbrochen.

»Du hast dich in den *Priester* verguckt?« Kriemhild stemmte die Hände auf die Hüften und rollte mit den Augen. »Drehst du jetzt völlig hohl?«

»Du warst nicht dabei. Du kannst gar nicht mitreden. Das mit ihm und mir …«

Kriemhild wischte jedweden Einwand mit einer Handbewegung beiseite. »Nimm gefälligst endlich Hormone gegen deine Mannstollheit!«

Damit war die Sache für sie erledigt. Sie öffnete die Kühlschranktür und brachte sich auf den aktuellen Stand der Vorräte.

Konny wartete nicht ab, bis ihr Assamtee fertig war. Sie ging ins Büro, schloss die Tür hinter sich und versuchte, den anstehenden Papierkram abzuarbeiten. Was ihr natürlich nicht gelang. Sie schob nur Aktenordner von links nach rechts und wieder zurück. Mit ihren Gedanken war sie woanders. Wie so ein Teenager übte sie sich in Pfarrer-Tracking, wenn auch GPS-los: Jetzt musste die Regionalbahn mit ihm losgefahren sein, jetzt musste er seinen ersten Anschlusszug bestiegen haben, jetzt musste er in der Bummelbahn nach Mistelau am Walde sitzen, jetzt musste er in den dortigen Bahnhof einfahren.

Konny hatte in ihrer Kolumne über »gelungenes Altern« für andere immer großartige Ratschläge in petto, an ihr selbst perlte alle Vernunft ab wie Wassertropfen auf frisch eingecremter Haut. Alle fünf Minuten sah sie auf ihr Handy. Keine SMS von Pfarrer Eberhard.

Die Zeiger der Uhr bewegten sich im Schneckentempo voran.

Irgendwann klopfte es an die Bürotür.

»Ich bin beschäftigt«, rief Konny.

Weil es weiterklopfte, schob sie genervt den Stuhl zurück, stapfte zur Tür und riss sie auf. Es stand niemand davor. Erst als sie in Wadenhöhe eine Bewegung verspürte, sah sie nach unten. Chuck Norris wackelte an ihr vorbei zur Voliere. Der Hunger trieb ihn zurück in den Knast. Wobei die Zimmervoliere ein absolutes Nobelgefängnis darstellte: Sie nahm die Hälfte des Raumes ein, besaß Spiel- und Bade-Anlagen, einen Gourmetbereich und ein eigenes Rückzugsgebiet mit Sichtschutz.

Konny hörte ein Glucksen. Sie sah in den Flur.

»Ich hab ihm das Anklopfen beigebracht«, freute sich Klein-Wilmer, der – immer noch oder schon wieder – Amenhotep auf dem Arm hielt. Die Musik mochte den Buben nicht lieben, Tiere taten es allemal.

»Das ist aber nett von dir, Wilmer«, sagte Konny. »Möchtest du dir nicht bei Tante Kriemhild einen Keks zur Belohnung holen?«

Wilmer strahlte und lief los.

Konny fiel ein, dass sie seit geschlagenen eineinhalb Minuten nicht auf ihr Handy geschaut hatte. Sie eilte zurück zum Schreibtisch.

Und – jaaaaa – eine SMS. Aber nicht von Pfarrer Eberhard, sondern von Frau Hirsch. Ob die Schwestern sich drei Tage lang um ihren Mann kümmern könnten? Sie müsse spontan einen Kollegen auf einem Symposium vertreten und wollte ihn lieber nicht allein zu Hause wissen.

Der Alltag hatte Konny wieder.

Konny simste zurück, dass Herr Hirsch jederzeit auf der Gästecouch im Privatbereich der Schwestern willkommen war.

Den Rest des Nachmittags verbrachte Konny mit den üblichen Pensionsaufgaben: Mails schreiben, Ablage machen, Handwerkertermine vereinbaren, Solitär am Computer spielen.

Es wurde neunzehn Uhr. Jetzt müsste Pfarrer Eberhard eigentlich längst im Kloster angekommen sein. Aber bestimmt hatte die Bahn wieder für Verspätung gesorgt. Konny wollte gerade online nachsehen, ob es irgendwo Stellwerkschäden oder Störungen im Betriebsablauf gab, als Kriemhilds Nebelhornstimme verkündete: »Abendessen!«

Gleich darauf ertönte der Gong. Den Klein-Wilmer anschlagen durfte. Und weil er das so gern tat, machte er es gleich noch mal. Und noch mal.

Es gab Kriemhilds Spezialität: Reste.

Frau Friedrich hatte es gut gemeint und die Portionen immer etwas zu üppig ausfallen lassen. Jetzt hatte Kriemhild einen Eintopf gezaubert, der aber gar nicht mal so schlecht war.

Danach saßen sie alle im Salon und tranken Kaffee und

einen Digestif. Und gegen einundzwanzig Uhr gingen die Gäste auf ihre Zimmer, und Kriemhild putzte die Küche. Konny tigerte im Salon auf und ab, bis sich ein deutlich sichtbarer Trampelpfad im Teppich gebildet hatte. Warum meldete er sich nicht?

»Ich bin müde und geh schlafen.« Kriemhild sah durch die Tür in den Salon, als die Großvateruhr im Flur zweiundzwanzig Uhr schlug.

Konny sah sie nur waidwund an.

»Was ist los?« Kriemhild trat ein.

»Er hat immer noch nicht angerufen.« Konny schluckte schwer.

»Warum sollte er auch? Du hast dir wieder mal alles nur eingebildet. Werd endlich erwachsen.«

Konny sah ihrer Schwester nach, wie sie die Treppe zu ihrem Zimmer hochstieg. Kriemhild war die personifizierte Stimme der Vernunft.

Aber die Stimme der Vernunft konnte sie mal!

Konny, die schon längst die Rufnummer von Pfarrer Eberhard in ihrem Handy gespeichert hatte, rief seine Kontaktdaten auf und drückte auf *anrufen*.

Sie hatte vielleicht eine allzu blühende Fantasie und machte sich jetzt zum Narren. Aber eins war sie ganz sicher nicht: feige. Sie stand zu ihren Gefühlen!

Es klingelte.

Keiner nahm ab.

Wann gingen Nonnen ins Bett? Lagen sie schon im Tiefschlaf oder saßen sie alle im Kreis um Pfarrer Eberhard und ließen sich seine Urlaubserinnerungen erzählen?

Oder nahm er sein obligatorisches Wannenbad, wie jeden Abend?

Egal, sie musste wissen, ob sie sich alles nur eingebildet hatte.
Konny ließ es weiterklingeln.
Dann nahm jemand ab.
»Robert?«, rief sie hoffnungsvoll.
»Wer ist denn da?«, fragte eine bebende Frauenstimme.
Konny hatte vor Jahrzehnten eine Affäre mit einem verheirateten Mann gehabt. Wenn sie den zu Hause anrief, klang die Stimme seiner Ehefrau genauso bebend.
»Das würde ich auch gern wissen«, sagte Konny.
»Hier spricht Schwester Maria Magunda. Und Sie sind?«
»Mein Name ist Konny. Ich bin die Pensionswirtin von Robert … äh … Pfarrer Eberhard. Könnten Sie mich bitte zu ihm durchstellen?«
Man hörte ein Aufschluchzen.
Instinktiv hielt Konny den Atem an.
»Es tut mir leid«, sagte Schwester Maria Magunda. »Herr Eberhard ist von uns gegangen.«
»Wohin denn?«, entfuhr es Konny. Weil man nicht hören kann, was man nicht hören will.
»Er ist tot«, sagte die Nonne. »Hören Sie? Er ist tot!«

Konnys Kummerkastenkolumne

Entfällt heute wegen Trauerfall

3 … in dem einer, der aus Staub gemacht worden war, wieder zu Staub wird

Die Sonne schien vom blauen Himmel über Süddeutschland, als hätte sie die Nachricht vom Tod Pater Eberhards nicht erreicht.

»Wir übergeben den Leib der Erde. Christus, der von den Toten auferstanden ist, wird auch unseren Bruder zum Leben erwecken«, singsangte Pater Gregorius, während der Sarg mit Pater Eberhard im Zeitlupentempo in die Erde hinabgesenkt wurde. Dann segnete er den Sarg mit Weihwasser.

Konny schluchzte laut auf.

»Bist du wohl still!«, raunte Kriemhild mit der ganzen Strenge ihrer Hagerkeit. »Du bist nicht seine Witwe!«

So fühlte Konny sich aber. Nachdem sie nicht mehr den Pheromonen und den gletscherblauen Augen ausgesetzt war, kehrte allmählich ihr Verstand zurück. Das mit ihr und Robert wäre irrsinnig schwer geworden – Körperchemie ist das eine, aber sechzig Jahre völlig unterschiedlichen Lebens ist das andere. Und das wog schwer.

Dass Konny jetzt so haltlos heulte, war weniger dem Menschen Robert Eberhard geschuldet, den sie, wenn sie ehrlich war, gar nicht kannte, sondern dem Umstand, dass wieder einmal ihr Glück davonzuschwimmen schien. Wie oft würde sie sich noch verlieben? Das ging doch, statistisch gesehen, allmählich gegen null. Musste sie ihren Lebensabend tatsächlich mit ihrer Zwillingsschwester verbringen? Und das war noch die Idealversion. Was, wenn

Kriemhild diesen Tröndle heiratete und wieder nach Hamburg zog? Dann wäre Konny ganz allein.

Sie schnorchelte Rotz und Wasser.

»Löwenzahnsalat«, sagte Gärtner Hirsch gefühlvoll.

Seine Frau war immer noch auf dem internationalen Polizei-Symposium, und die Schwestern hatten ihn nicht allein lassen wollen. Gut, er wäre nicht unbetreut gewesen – Bäuerin Schober würde in der Pension über Nacht nach dem Rechten sehen. Aber es war Herrn Hirsch sehr daran gelegen, von Pfarrer Eberhard Abschied zu nehmen. Darum stand er jetzt hinter den Schwestern. Vor seinem Schlaganfall hatte er die kleine Vorort-Bankfiliale in der Nähe der Pension geleitet. Er trug seinen alten Bankdirektoranzug. Weil er aber seitdem ordentlich abgenommen hatte, schlackerte der Anzug um seinen Altmännerkörper, als wäre Herr Hirsch ein Fahnenmast und sein Anzug die Fahne, mit der der Wind spielte.

»Leberpastille«, setzte er noch eins drauf. Wann immer er vom Priester sprach, waren es Wörter, die mit L anfingen.

»Ja«, sagte Kriemhild, »eine wirklich sehr ergreifende Beerdigung.«

Konny heulte auf.

»Na, na, na, alles wird gut. Er ist jetzt an einem besseren Ort.« Schwester Maria Magunda tätschelte ihr den Arm. Die kleine, kugelrunde Nonne hatte es sich nicht nehmen lassen, Konny und Kriemhild zur Beerdigung einzuladen. »Als Hochwürden Eberhard von seiner Reise zurückkehrte, hatte ich Pfortendienst. Und er meinte noch, wie sehr es ihm bei Ihnen gefallen hat«, hatte sie gesagt. »Ich bin sicher, er hätte sich gewünscht, dass Sie von ihm Abschied nehmen.«

Während der Prozession von der Klosterkirche zum Grab, sangen die Nonnen das mittelalterliche *In paradisum*. Die glockenhellen Stimmen der einundzwanzig, mehrheitlich hochbetagten Nonnen klangen an diesem Tag nachgerade engelsgleich, der Realität entrückt. Alle hatten Gänsehaut bekommen. Sogar Konny, die es mit allem Kirchlichen nie so gehabt hatte. Nur … räusper … mit Kirchenmännern.

Das offene Grab lag direkt an der Klostermauer. Die Trauergäste nahmen auf der einen Seite Aufstellung, die Nonnen auf der anderen. Nur Schwester Maria Magunda eilte zu Konny, um sie zu stützen. Innerlich wie äußerlich. »Der Pater ist jetzt an einem besseren Ort«, flüsterte sie Konny zu.

Konny fand, dass das Problem an den Aussagen über den Tod darin bestand, dass sie ausnahmslos alle von Leuten getroffen wurden, die nicht tot waren und es somit auch nicht wissen konnten.

Sie heulte noch lauter. Jenseits der Friedhofsmauern dachte man bestimmt, hier würden Seehundbabys erschlagen.

Die Trauergäste rückten von Konny ab.

»Gibst du wohl endlich Ruhe!«, verlangte Kriemhild.

Konny schnüffelte. Da sie grundsätzlich nur hautenge, quietschebunte Kleider trug, hatte sie sich das einzig Schwarze übergeworfen, das sie besaß. Ein unförmiges, schwarzes Etwas, das sehr an einen Kartoffelsack erinnerte und das sie schon zur Beerdigung von Kriemhild getragen hatte. Als die sich tot gestellt hatte. Nun war Kriemhild aber wieder sehr lebendig, was die weinende Konny unter anderem daran merkte, dass ihre Schwester sie jetzt fest in den Arm kniff.

Konny jaulte auf.

Pater Gregorius, ein wampenbäuchiger Gemütsmensch aus der Nachbargemeinde, der Amtsbruder Robert Eberhard seit vielen Jahren verbunden war und nun als sein Nachfolger vorgesehen war, sah hinüber zu Konny. Es war normal, dass man als geistlicher Beistand eine besondere Beziehung zu seinen Schäfchen aufbaute. Aber die Frau mit dem Schleier übertrieb es dann doch ein wenig.

Kriemhild rückte etwas von ihrer Schwester ab, als gehöre sie nicht dazu. Herr Hirsch tat unbeteiligt.

Die Dreierformation aus Konny, Kriemhild und Herrn Hirsch erinnerte eklatant an ein Mafia-Begräbnis auf Sizilien. Die tief verschleierte Witwe von Don Corleone oder wie immer er geheißen haben mochte, ihre hagere Schwester mit den stets fest zusammengepressten Lippen und einer bauchigen Retro-Handtasche aus Krokodillederimitat sowie ein Hemd von einem Mann, zweifellos der Buchhalter des Mafiavermögens.

Schwester Maria Magunda tätschelte heftiger. Konny schniefte, unterdrückte aber das nächste Aufheulen.

Pater Gregorius sah wieder auf den Sarg, den ein ausnehmend schönes Blumenarrangement schmückte. Von Schwester Maria Agneta selbst gebunden. Sie war in ihrem früheren Leben Floristin gewesen und kümmerte sich jetzt um den Garten des Klosters. Eine rote Haarsträhne lugte unter ihrem Nonnenschleier hervor. Kriemhild wunderte sich – waren Nonnen nicht alle rappelkurz geschoren? Als Protestantin hatte sie keine Ahnung. Die einzige Nonne, die sie kannte, war Audrey Hepburn in dem Film *Die Geschichte einer Nonne*. Und Whoopi Goldberg in *Sister Act*, weswegen sie auch fast erwartete, dass alle Nonnen gleich anfangen würden, zu singen und zu tanzen.

Pater Gregorius warf mit einer kleinen Schaufel etwas Erde auf den Sarg. »Von der Erde bist du genommen und zur Erde kehrst du zurück. Der Herr aber wird dich auferwecken.«

Das Blechbläserquartett der Jugendgruppe des Mistelauer Jägervereins e.V. intonierte eine Hymne, die Konny und Kriemhild nicht kannten. Herr Hirsch wippte im Takt mit.

Um nicht wieder loszuheulen, sah Konny zu der Eiche inmitten des kleinen Klosterfriedhofs. Zwei Eichhörnchen jagten sich gegenseitig um den Stamm herum, als wäre in ihrer Welt alles in Ordnung. Was es ja auch war.

Eine Krähe krähte.

Es war unglaublich idyllisch. Das Kloster der Schwestern unserer lieben Frau vom Sonnenberg stammte aus dem späten 12. Jahrhundert. Die schlichte Kirche war romanisch, und der Friedhof lag zwischen der Kirche und dem eigentlichen Klostergebäude. Hier ruhten die Gebeine der verstorbenen Mitschwestern sowie einiger ihrer geistlichen Beistände. Nur die Gründerin des Klosters war in der Gruft unter der Kirche zur ewigen Ruhe gebettet worden.

Alles war umgeben von einer hohen Mauer, die den Lärm der Welt ausschloss. Und den Lärm der jugendlichen Blechbläser drinnen hielt.

Ganz kurz machte Konny sich Sorgen um die Zukunft der Musik. Klein-Wilmer und die Jungs hier waren hoffentlich nicht alles, was die nächste Generation zu bieten hatte.

Dann wurde es interaktiv.

Der Pater forderte die Trauergäste auf, ans Grab zu treten, etwas Erde auf den Sarg zu werfen und einen kurzen Moment im Gebet davor zu verharren.

Er reichte die kleine Schaufel einem sehr verlottert aussehenden, älteren Mann. Er war unrasiert, sein Hemd hing aus der zerbeulten Hose, die Schuhe waren fleckig.
»Pater Eberhard hat sich auch um Obdachlose gekümmert?«, fragte Kriemhild flüsternd um Konny herum.
Schwester Maria Magunda wusste gleich, was Kriemhild meinte. »Aber nein, das ist Doktor Grünbaum. Er war der beste Freund von Hochwürden Eberhard. Der Doktor hat heute Nacht bei einer Hausgeburt einem kleinen Menschlein auf die Welt geholfen und ist direkt von der Geburt zur Beerdigung geeilt. Der Mann ist ein Heiliger.«
Konny schniefte. Sie nahm sich vor, den Doktor nach der Trauerfeier zu besuchen und ihm ihr Beileid auszusprechen. Der Mann wirkte tief ergriffen. Vielleicht war er aber auch nur völlig übernächtigt. Jedenfalls schwankte er so sehr, dass die Mutter Oberin beherzt zugriff, bevor er ins offene Grab fiel.
Kriemhild, zu deren ausgeprägtesten Charakterzügen das Misstrauen gehörte, überlegte, ob diese aufrichtige Ergriffenheit möglicherweise auf etwas ganz anderes zurückzuführen war. Möglicherweise handelte es sich bei *beste Freunde* um einen Euphemismus? Es wäre nicht das erste Mal, dass ihre Schwester Pheromone bei jemandem witterte, der seine Liebeshormone auf dem anderen Ufer verstreute.
Doktor Grünbaum nickte der Mutter Oberin und Pater Gregorius zu, dann schritt er zügig davon.
Nach ihm waren die Nonnen an der Reihe. Die Mutter Oberin betete besonders lange vor dem Grab. Schwester Maria Agneta warf einen Blumenkranz auf den Sarg. Alle anderen verabschiedeten sich zügig, nur eine Nonne, die wie eine

russische Kugelstoßerin im Nonnenhabit aussah, sang in fremder Zunge ein längeres Lied.

»Schwester Maria Tumaini stand dem Herrn Pfarrer sehr nahe«, erklärte Maria Magunda leise. »Sie kennen sich seit seiner Zeit als Missionar im Kongo.«

Erst als die singende Nonne sich umdrehte und den Mitschwestern folgte, sahen Konny und Kriemhild, dass ihre samtene Haut den Farbton von Zartbitterschokolade hatte. Weil man von hinten natürlich nichts als den tiefschwarzen Habit sah – und selbst von vorn sah man von den Nonnen kein Zipfelchen Haut außer den Augen, der Nase und dem Mund, denn die Hände hatten sie meistens in die Ärmel ihres Habits geschoben.

Das Missionieren im Kongo konnte noch nicht allzu lange her sein, Schwester Maria Tumaini wirkte keinen Tag älter als dreißig. Aber stämmige Menschen mit rundem Gesicht wirkten ja oft jünger. Auch die kleine, dralle Konny wurde stets für jünger gehalten. Nicht für jung, wohlgemerkt, aber für jünger als sechzig.

»Wird es jetzt gehen?« Schwester Maria Magunda sah Konny an.

Konny nickte.

Die Schwester trat ans Grab, verabschiedete sich von Hochwürden Eberhard und ging mit den anderen zurück in die Kirche.

Am Grab folgte nun die Prozession der Trauergäste. Der Wind blies Laub vorbei.

Das Klostergelände formte, aus der Luft betrachtet, ein riesiges Oval, das zwischen der Mistel, einem beschaulichen Bächlein, und dem Sonnenberg lag. Das Gästehaus zog sich von dem Berg im Osten, über dem jeden Morgen die

Sonne aufging und der dem Kloster seinen Namen gegeben hatte, bis hinüber nach Südwesten, wo das Bächlein plätscherte. Dort nächtigten gern auch Gruppen – im Moment beispielsweise ein Chor, der eine Woche lang die Matthäuspassion einübte. Aber meistens waren es Wanderer oder kleine Familien, die die günstigen Preise zu schätzen wussten und die es nicht störte, eine Gemeinschaftsdusche benutzen zu müssen.

Familienangehörige von Pfarrer Eberhard waren nicht zugegen. Er hatte keine lebenden Verwandten mehr. Aber es war dennoch eine große Schäfchenherde, die von ihm Abschied nahm. Nicht zuletzt auch Mistelauer Bürger und Bürgerinnen. Der hochgewachsene Priester war sehr beliebt gewesen. Mehrheitlich offenbar bei älteren Frauen.

Kriemhild tippte auf die gletscherblauen Augen des Priesters. Ihre Schwester war ja nicht die einzige Matrone mit blühender Phantasie, die es auf der Zielgeraden noch nach etwas Zärtlichkeit gelüstete.

Konny schnüffelte. Gleich waren sie an der Reihe. Vor ihnen nur noch ein schmächtiges Männchen mit schütterem Ziegenbärtchen, das ein wenig verhuscht wirkte. Und sich immer verstohlen umsah, als gehöre es nicht hierher.

Weil Konny so sehr mit ihrer Trauer beschäftigt war und unter dem schwarzen Netzschleier ohnehin nur bedingt sehen konnte, fiel ihr nicht auf, dass sie den Rücken des Mannes eigentlich hätte erkennen müssen. Es war der »Tourist«, der auf dem Privatgelände der Pension Fotos von den Schafen der Schobers geschossen hatte. An ihrem letzten gemeinsamen Vormittag mit Pfarrer Eberhard. Jetzt trug er allerdings weder Leinenhut noch Rucksack, sondern einen anthrazitgrauen Fischgrätanzug. Er schoss auch kei-

ne Fotos. Aber die verhuschte Aura war dieselbe wie zuvor.
Doch Konny schenkte ihm keine Beachtung.
So schüttete er unerkannt ein wenig Erde ins Grab, rief »Amen!« und wuselte davon.
Kriemhild hakte sich bei Konny unter und führte sie, Herrn Hirsch folgend, ans Grab.
Herr Hirsch schüttete etwas Erde ins Grab und rief: »Leberzirrhose!«
Hochwürden Gregorius hob die Augenbrauen, sagte aber nichts.
Kriemhild nahm Herrn Hirsch die Schaufel ab. »Lieber Pfarrer Eberhard, ich habe Sie nur einen Tag lang gekannt, kurz bevor ich nach Hamburg abgereist bin, aber Sie schienen mir ein vernünftiger Mann zu sein«, verkündete Kriemhild.
»Sie dürfen sich auch leise von ihm verabschieden«, sagte Pater Gregorius.
»Ich weiß, dass ich das darf. Aber ich möchte nicht«, erklärte Kriemhild.
Pater Gregorius lächelte milde. Er nahm es nicht persönlich. Jeder trauerte auf seine Weise. Sie hier schien allerdings gar nicht zu trauern. Im Gegensatz zu der verschleierten Frau neben ihr, die jetzt wieder anfing, wie ein Heuler zu jaulen.
»Nach all dem, was ich gehört habe, war es gut, dass es Sie gegeben hat«, fuhr Kriemhild fort. »Man wird Sie vermissen. Alles richtig gemacht, kann ich da nur sagen, alles richtig gemacht!« Sie schüttete Erde auf den Sarg und wollte die Schaufel an Konny weiterreichen.
Doch in diesem Moment klingelte Konnys Handy. Genauer

gesagt, eine Fanfare ertönte. Wie immer, wenn eine SMS einging.

Die Krähe flatterte auf.

Kriemhild rollte mit den Augen. Wer, bitte schön, stellte sein Handy bei einer Beerdigung nicht auf lautlos?!

Konny hatte es schlichtweg vergessen. Weil ihre Gedanken nur um den Verlust gekreist hatten, nicht um praktische Angelegenheiten. Sie zog das Handy aus der Seitentasche des schwarzen Kartoffelsacks und wollte es auf lautlos stellen, da sah sie das Display.

Konny schrie auf und ließ das Handy ins offene Grab fallen.

Die Augen von Kriemhild rollten jetzt nicht nur, sie rotierten.

Was keiner sah: Konny wurde totenbleich.

Herr Hirsch kniete sich neben das Grab und fischte das Handy heraus, was problemlos ging, weil es in das Blumenarrangement gefallen war, das er händisch erreichen konnte. Er streckte es Konny entgegen.

Die schüttelte nur den Kopf. Sie zitterte am ganzen Leib.

»Was ist denn mit dir?«, zischelte Kriemhild und nahm ihrem Gärtner mit einem zackigen »Ich danke Ihnen, Herr Hirsch!« das Handy ab.

Dann erst sah auch sie das Display. Auf dem in diesem Moment die eingegangene SMS erneut aufleuchtete und wieder eine Fanfare auslöste. Was schlimm genug war, aber nun wurde auch Kriemhild einen Hautton bleicher.

Die SMS stammte von Pfarrer Robert Eberhard – vom *toten* Pfarrer Robert Eberhard. Weil Konny seinen Namen mit Foto gespeichert hatte, lachte er Kriemhild in diesem Moment vom Display an.

Und seine SMS lautete: »Ich wurde ermordet – führen Sie meinen Mörder seiner gerechten Strafe zu!«

4 … in dem Konny sich in die Unterwelt begibt

»Er lebt!«, gellte Konny. Und sprang ins offene Grab. Es tat ein dumpfes Plop, als sie auf dem Holzsarg aufkam.
So was kam nicht alle Tage vor. Darum standen die anderen wie erstarrt, nur die Unterkiefer klappten fassungslos auf.
Bis auf einen der Totengräber – so ein junger Kerl. Der schon vieles gesehen hatte, aber das hier nicht, weswegen er sein Handy zückte und fröhlich drauflosfotografierte.
Kriemhild, die von Natur aus schon sehr zurückhaltend war und in den dreißig Jahren, die sie mit dem Kommodore in Hamburg gelebt hatte, noch zusätzlich hanseatisch dezent geworden war, beugte sich nach vorn und packte ihre Schwester am Kragen. »Kommst du da wohl sofort wieder raus!«, zischelte sie.
»Er lebt!«, wiederholte Konny und versuchte, das Blumenarrangement vom Sarg zu zerren. Womit war das festgemacht? Alleskleber? Sie schleuderte jede Blüte einzeln aus dem Grab heraus.
»Gute Frau, so nehmen Sie doch Vernunft an!« Pater Gregorius fand – nach Kriemhild – als Erster seine Sprache wieder.
Die Blechbläserjungs kicherten. Das war eine Übersprungshandlung. Zwei von ihnen mussten hinterher in therapeutische Behandlung.
»Er lebt!«, kreischte Konny wie von Sinnen. »Wir müssen ihn da rausholen. Robert, ich komme!«
Der Priester bekreuzigte sich.

Herr Hirsch und Hochwürden Gregorius nahmen Konny jeweils an einem Arm und hoben sie hoch. Was die beiden erstaunlich viel Kraft kostete. Nicht nur, weil Konny kein Leichtgewicht war. Sie strampelte auch heftig mit den Beinen.

Doktor Grünbaum mitsamt Arzttasche und die Mutter Oberin kamen angelaufen. Man konnte Konny nicht nur auf dem gesamten Klostergelände schreien hören, sondern vermutlich auch über die Klostermauern hinweg bis in die Ortschaft in eineinhalb Kilometern Entfernung.

»Rumpelstilzchen«, rief Herr Hirsch besorgt, was ausnahmsweise erstaunlich zutreffend war. Konny hatte sich nämlich losreißen können und war zurück ins Grab gesprungen, wo sie versuchte, den Sargdeckel anzuheben.

Kriemhild und Mutter Oberin, die nicht so zurückhaltend waren wie Herr Hirsch und der Priester, nahmen Konny von beiden Seiten in eine Schraubzwinge, zogen sie heraus und legten sie auf den Friedhofsboden.

Konny schrie und strampelte.

Doktor Grünbaum kniete bereits mit einer Spritze in der Hand neben seiner Arzttasche. Gleich darauf setzte er die Spritze an, während Kriemhild und die Klostervorsteherin auf Konny knieten, um sie zu fixieren.

»Er lebt!«, rief Konny, schon deutlich leiser. »Wir müssen … ihn … raus …«

Dann fielen ihr die Augen zu.

Was immer Doktor Grünbaum ihr gespritzt hatte, es war starkes Zeugs.

5 … in dem Konny sediert ist und Kriemhild den Braten riecht

Alles hat drei Seiten: eine positive, eine negative und eine komische. Hat Heinz Erhard gesagt. Oder Karl Valentin. Konny konnte sich dieser Denkweise aber nicht anschließen. Zumindest nicht in diesem Augenblick.

»Das ist nicht lustig!«, flüsterte sie.

So ganz war Konny noch nicht wieder die Alte, obwohl das Sedativum, das Doktor Grünbaum ihr gespritzt hatte, seit geraumer Zeit nachließ und sie zumindest wieder aufrecht sitzen und auf Kommentare wie »Es muss sich um einen Scherz gehandelt haben« antworten konnte. Wenn auch mit schwacher Stimme.

Sie befanden sich im Speisesaal für die Gästehausgäste. Der lag im Haupthaus, in der Nähe des Refektoriums, damit Schwester Maria Pulcharda – ihres Zeichens Köchin und aufgrund ihrer Leibesfülle der beste Beweis dafür, dass ihre Kochkunst zumindest einer Person schmeckte, nämlich ihr selbst – bequem von einer einzigen Küche aus alle versorgen konnte: Nonnen ebenso wie Gäste mit Vollpension.

Es war ein heller Raum mit Blick auf den herrlichen Innenhof des Klosters, mit einem Brunnen und zahlreichen uralten Bäumen und derzeit auch mit den Blechbläserjungs, die dort gerade Fußball spielten. Ihr Chauffeur war Pater Gregorius und der saß jetzt, zusammen mit der Mutter Oberin und Doktor Grünbaum, an dem Tisch, an dem auch Konny und Kriemhild saßen. Herr Hirsch goss aus einer silbernen Edelstahlkanne lauwarmen Hagebuttentee in Konnys Glas.

Der Raum hatte etwas von den Jugendherbergen früherer Zeit – der lange Tisch mit der abwaschbaren Plastiktischdecke, auf dem zu den Mahlzeiten die Speisen aufgebaut wurden, der Edelstahlrollwagen, auf dem das schmutzige Geschirr abgestellt und später in die Küche gerollt wurde, die altersschwachen Stühle im Siebziger-Jahre-Design, der Linoleumboden, der alles überlagernde Geruch von Kräutertee. Dass man sich in einem Kloster befand, merkte man allenfalls an der künstlerischen Ausschmückung des Raumes: ein hölzernes Kruzifix, zwei Ölgemälde, die Szenen aus Heiligenlegenden zeigten, und ein gerahmtes Foto des Papstes.

»Es kann sich aber nur um einen Scherz handeln«, wiederholte der ältere der beiden Streifenpolizisten.

Nicht die Mutter Oberin hatte die Polizei gerufen, nein. Es war Kriemhild gewesen. Und die erklärte jetzt mit eisiger Stimme: »Ein Scherz? Wohl kaum. Schon eher eine Geschmacklosigkeit sondergleichen!«

»Toastbrot!«, gab Herr Hirsch ihr recht.

Polizeiobermeister Wolter stutzte. »Wie bitte?«

»Herr Hirsch findet es ebenfalls geschmacklos«, sagte Kriemhild. »Was gedenken Sie in dieser Angelegenheit zu unternehmen?«

Wolter und Langenfeld, die beiden Polizisten, warfen sich einen Blick zu. In Mistelau am Walde ging die Verbrechensrate gegen null. Sie hatten es normalerweise mit Geschwindigkeitsüberschreitungen und anderen Verkehrsdelikten zu tun. Zur Kirmes auch mal mit ordnungswidrigen Notdurftverrichtungen durch Betrunkene und im Herbst mit Laubbläserlärmbelästigungen. Die Situation hier war neu für sie. Und entbehrte – vor allem für Langenfeld, der noch

Frischling war – nicht eines gewissen Prickelfaktors. War da womöglich einer lebendig begraben worden?

»Sind Sie ganz sicher, dass das Handy von Hochwürden Eberhard nicht im Sarg liegt?«, fragte er jetzt die Obernonne.

Die nickte. Pater Gregorius nickte ebenfalls. »Unser Bruder in Christo starb hier im Kloster. Hier wurde er auch aufgebahrt und in den Sarg gebettet, in dem er begraben wurde.«

»Was?«, hauchte Konny entgeistert. »Sie haben ihn begraben. Aber … er … *lebt!*« Sie versuchte, sich auf wackeligen Beinen zu erheben, wurde aber von Herrn Hirsch sanft wieder auf den Stuhl gedrückt.

Konny sah aus großen Augen zu ihrer Schwester. Hatte man ihren Robert tatsächlich unter einem Meter Erde verbuddelt, während sie kurz weggetreten war? »Er lebt!«, flüsterte sie.

Kriemhild nahm ihre Hand. Eine ungewöhnlich mitfühlende Geste.

Die Mutter Oberin tätschelte Konnys andere Hand. »Glauben Sie mir, Pater Eberhard ist definitiv tot.«

»Gar kein Zweifel möglich.« Doktor Grünbaum nickte. »Ich war ja sofort an seiner Seite.«

»Sie haben ihn gefunden?«, fragte Kriemhild.

»Er hat mich noch von unterwegs angerufen und mich gebeten, am Abend vorbeizuschauen. Er wolle mich um einen freundschaftlichen Rat angehen, meinte er.« Grünbaum, der immer noch zerzaust aussah, dessen Bart aber in den letzten Stunden gewachsen zu sein schien, sah auf die Tischplatte. »Als ich zu ihm kam, war er schon tot.« Er sah auf. »Herzinfarkt!« Guckte er trotzig?

Kriemhild sah rasch zur Nonne. Die starrte angelegentlich auf den Linoleumboden. War sie eben einen Hauch blasser geworden? Pater Gregorius hatte die Augen geschlossen. Sein Gesichtsausdruck wirkte gequält.

»Herzinfarkt?«, wiederholte Kriemhild.

Die Nonne sah auf. »Herr Eberhard war einer der besten Menschen, die ich jemals kennenlernen durfte. Klug. Integer. Loyal. Selbstlos. Immer hilfsbereit, ohne Ansehen der Person. Sein Glaube war für uns alle Leuchtfeuer und Vorbild. Ein *echter* Mann Gottes!«

Danach hatte Kriemhild gar nicht gefragt. Sofort war ihr Misstrauen geweckt.

Die Tür zur Küche ging auf, und eine sehr kleine Nonne mit sehr roter Knollennase trat ein.

»Schwester Maria Gundela?« Die Mutter Oberin legte die Stirn in Falten. Offenbar hatte sie nicht mit dieser Unterbrechung gerechnet.

»Ich wollte nicht stören. Aber ich bringe Hilfe«, sagte die kleine Nonne. Sie stellte eine kleine Flasche mit der Aufschrift *Nerventrost* und ein Schnapsglas vor Konny ab. »Hier bitte, das wird Ihnen guttun. Selbstgebrannt!«, verkündete sie stolz. Und angesichts der Nase sicher auch selbst gekostet. Der Klostershop bestand zur Hälfte aus Selbstgebranntem von Schwester Maria Gundelas Hand. Sie goss das Schnapsglas voll. »Gänsefingerkraut, Enzianwurzel, Fenchel, Kümmel, Melissenblätter und Lavendelblüten – das beruhigt die Nerven sofort.«

Konny trank auf ex. Das Zeug war hochprozentig. Sie klopfte mit dem Glas auf die Tischplatte, und die Nonne schenkte nach. Konny konnte förmlich spüren, wie das Leben in sie zurückkehrte. Sie sah Schwester Gundela dankbar an und die erwiderte den Blick mit einem Hab-ich-doch-gesagt-Lächeln.

»Es könnte doch sein …«, fing Konny wieder an. »… möglicherweise war Pater Eberhard nur scheintot. Das gibt es doch?«

Grünbaum stand auf. Sein Geduldsfaden wurde zusehends dünner. »Glauben Sie mir, liebe Frau, mein Freund ist tot und liegt im Sarg. Ohne Handy. Ich war dabei, als der Sarg geschlossen wurde.« Er sah auf seine Uhr. »Ich habe keine Ahnung, wer Ihnen unter seiner Nummer eine SMS geschickt hat, aber Robert war das definitiv nicht!« Er wandte sich an die Polizisten. »Wenn Sie mich jetzt entschuldigen würden? Ich muss zu Frau Semmler, die erwartet Zwillinge.«

»Zwillinge?«, fragte Polizeiobermeister Wolter. »Das ist ja ein Ding.« Er kegelte zusammen mit Herrn Semmler.

Momentan standen viele Geburten an. Es waren exakt neun Monate seit dem großen Jahrestreffen aller Vereine von Mistelau am Walde vergangen – *dem* gesellschaftlichen Höhepunkt des Jahres.

»Ja bitte, Herr Doktor, gehen Sie.« Wolter klappte sein Notizbuch zu.

»NEIN!«, rief Konny, deren Stimme langsam wieder kräftiger klang. »Sie müssen ihn exhumieren!«

»Exhumieren?« Wolter hätte angesichts eines solch haarsträubenden Ansinnens beinahe gelächelt, riss sich aber rechtzeitig zusammen. »Hören Sie, gute Frau, Hochwürden Eberhard ist tot. Ich kann Ihnen gern versprechen, bei seinem Telekommunikationsprovider nachzufragen, woher die letzte SMS gekommen ist. Aber exhumiert wird hier niemand.«

Konny schloss die Augen.
Die Polizisten folgten dem Arzt zur Tür. Die Mutter Oberin stand auf.
Grünbaum drehte sich noch einmal um und schaute erst zu Pater Gregorius, dann zur Nonne. Kriemhild sah diesen Blick genau. Es war ein verdächtiger Blick. Ein Blick, wie ihn sich Verschwörer zuwarfen, um sich zur Geheimhaltung zu verpflichten. Da war überhaupt kein Irrtum möglich. Es war was faul im Kloster Mistelau!
»Liebe Mutter Oberin«, sagte Kriemhild und stand ebenfalls auf, »meine Schwester ist nicht in der Verfassung, zu reisen. Ich denke, es ist am besten, wenn wir über Nacht in Ihrem Gästehaus bleiben.«
»Zwiebelkuchen?«, fragte Herr Hirsch erstaunt.
Die Nonne und der Arzt erstarrten mitten in der Bewegung.
Pater Gregorius, der gerade mit dem schmutzigen Geschirr zu dem Rollwagen ging, ließ sein Glas fallen …

6 … in dem zwei unbescholtene Bürger vom geraden Weg abkommen

»So … Sie kommen also aus Afrika?«

Schwester Maria Tumaini, die für das Gästehaus zuständig war und die Schwestern sowie Herrn Hirsch zu ihren Zimmern geleitete, sah über ihre breite Kugelstoßerinnenschulter nur stumm nach hinten.

Ihr ebenholzschwarzes Pokerface zeigte keine Regung. Und falls man doch unbedingt eine Regung herauslesen wollte, aus dem leichten Zucken der Mundwinkel beispielsweise oder dem Vibrieren der Nasenflügel, dann sicher nicht das berühmte *Hakuna Matata* aus dem *König der Löwen*, dieses heitere *alles bestens* auf Swahili. Nein, eher schon las man *Noch eine so dumme Frage, und ich ramme Sie ungespitzt in den Boden*. Schwester Maria Tumaini war keine Frohnatur, und momentan schon gar nicht.

Kriemhild stützte Konny von der einen Seite, Herr Hirsch von der anderen. Ihre Schwester befand sich nicht länger im benebelnden Griff der Sedativa, sondern war schlicht und einfach hackedicht, weil sie die ganze Flasche *Nerventrost* gekippt hatte. Bei einem Alkoholgehalt von 50% Vol. ein gewagtes Unterfangen.

Die hochgewachsene Nonne machte Riesenschritte, die beiden Stützräder und ihre hicksende Schwerlast kamen kaum hinterher.

»Ich meine, ich sehe, dass Sie aus Afrika kommen. Aber Sie haben Pfarrer Eberhard dort kennengelernt, nicht wahr? Das stimmt doch, oder?«, plapperte Kriemhild weiter. »Als er Ihren Stamm zum christlichen Glauben bringen wollte. Das war im Ebola-Land, nicht wahr?«

Abrupt blieb Schwester Tumaini stehen. Man merkte deutlich, dass sie innerlich bis zehn zählte. Dann drehte sie sich um. »Die Menschen meiner Volksgruppe sind seit hundertfünfzig Jahren Christen. Robert hat uns nicht missioniert, er hat zur Ehre unseres Herrn Jesus tatkräftige Hilfe beim Aufbau von Krankenhäusern und Schulen geleistet.« Ihre Stimme klirrte.

Herr Hirsch duckte sich unwillkürlich, als ob er fürchtete, der eisige Hauch von Schwester Maria Tumaini könnte ihn zu Eis erstarren lassen und dann würde er in tausend Teile zerspringen.

An Konny, die gerade kräftig rülpste, ging das alles vorbei.

Kriemhild stand wie eine Eins. Sie konnte austeilen, aber auch einstecken.

»Robert war ein Heiliger«, fuhr die Nonne fort. Schlagartig bekam ihre Stimme mehr Wärme. »Er hat mich in ein Waisenhaus gebracht, nachdem meine ganze Familie im Bürgerkrieg abgeschlachtet worden war.«

Was für ein furchtbares Schicksal, dachte Kriemhild, sprach es aber nicht aus. Sie kannte den Blick der Nonne – so schaute sie selbst auch, wenn sie sich jedwede Nachfrage und Einmischung in ihr Privatleben verbot und nur aus Höflichkeit das Nötigste preisgab. Nach dem Tod des Kommodore hatte sie monatelang so geschaut.

»Später vernahm auch ich den Ruf des Herrn und folgte Robert nach Deutschland.« Ein kaum wahrnehmbares Lächeln umspielte die Lippen. »Und zu Ihrer Information: Das war zur Jahrtausendwende. Lange, sehr lange vor der

Ebola-Epidemie von 2014. Falls Sie fürchten, sich anzustecken, kann ich Sie beruhigen. Andernfalls würden Sie auch schon längst aus den Augäpfeln bluten.«

Kriemhild wollte richtigstellen, dass sie natürlich zu keinem Zeitpunkt geglaubt hatte, sich von der Nonne Ebola einzufangen, aber da hatte Schwester Tumaini schon den schweren Eisenschlüssel in die Eingangstür des Gästehauses gesteckt und war hineingeeilt.

Die Ansicht, alle Nonnen seien herzensgute Wesen mit milden Umgangsformen, ist ein Vorurteil. Das Kriemhild zunehmend entkräftet sah. Also, die Herzensgüte stellte sie nicht in Frage, aber die Milde. Schwester Maria Tumaini war mindestens so ein alter Haudegen wie sie selbst. Eine Frau, die keinen Unsinn duldete, war Kriemhild zwangsläufig sympathisch.

Kriemhild und Herr Hirsch hievten Konny die Eingangsstufen aus Sandstein hinauf. Das Gästehaus war schmal, nur so breit wie die Zimmer und der Flur, aber dafür zog es sich fast um die Hälfte des Klosterareals. Früher hatten sich hier die Stallungen für das Vieh befunden. Ein frommer Mäzen hatte vor fünfzig Jahren den Umbau zu einem Gästehaus finanziert. Seitdem war hier nicht viel erneuert worden. Es gab keine Fernsehgeräte, kein WLAN, keinen Zivilisationskomfort. Aber es war, vielleicht gerade deshalb, ein Ort, an dem man sofort beim Betreten in seine innere Mitte katapultiert wurde.

Kriemhild und Herr Hirsch fühlten sich schlagartig ruhiger. Nur Konny fühlte nichts außer ihrem Kräuterlikörrausch. Schwester Tumaini schien keine Füße zu haben, sondern auf Rollschuhen durch den Gang zu gleiten. Lautlos, und ohne dass ihr Habit Falten geschlagen hätte, bewegte sie

sich durch den langgestreckten Flur. Kriemhild und Herr Hirsch kamen kaum hinterher.
Auf dem linken Arm hielt die Nonne drei große sowie drei kleine Handtücher, drei schlichte Nachthemden sowie drei Plastikbeutel mit Zahncreme, Zahnbürste, Seifenstück. Denn natürlich hatten die Schwestern und ihr Gärtner nicht einmal das Nötigste dabei – sie wollten ja ursprünglich sofort nach der Trauerfeier wieder mit dem Zug nach Hause fahren.
»So, das ist das Zimmer von Herrn Hirsch.«
In der geöffneten Tür von Zimmer *Barabbas* steckte der Schlüssel mit dem schweren Holzanhänger. Man sah in einen Schlauch von Zimmer, gerade so breit, dass ein Bett, ein schmaler Schrank, ein winziger Tisch und ein Stuhl hineinpassten. Alle Gästezimmer sahen hinaus in den Klosterhof, der Flur des Gästehauses lang an der Bergseite und war selbst mittags und bei Sonne immer bedrückend düster.
»Das gemeinschaftliche Badezimmer und die Toilette sind vier Zimmer weiter in diese Richtung«, erklärte Schwester Maria Tumaini und legte zwei der Handtücher und einen Plastikbeutel auf das Bett.
»Gemeinschaftsbad? Das geht nicht!«, rief Kriemhild entsetzt. Sich ein Zimmer mit ihrer Schwester teilen zu müssen, war ja schon schlimm genug. Aber fremde Haare aus dem Duschabfluss fischen zu müssen und nachts durch die Flure zu huschen, wenn – wie immer zwischen zwei und drei, seit sie die sechzig überschritten hatte – die Blase drückte? Unvorstellbar.
»Keine Sorge. Sie haben Glück, dass es eine so ruhige Woche ist und wir noch mehrere freie Zimmer hatten. Darum habe ich für Sie ein Luxusdoppelzimmer mit Dusche und

WC ausgesucht.« Jetzt lächelte Schwester Maria Tumaini doch ausnahmsweise milde. Aber Kriemhild misstraute der Milde.

Kriemhild schürzte die Lippen. Jetzt hatte sie zwar bekommen, was sie wollte, aber es fuchste sie, dass die Nonne sie für ein Luxusweibchen hielt. »Im Alter braucht man etwas mehr Komfort«, rechtfertigte sie sich. »Das werden Sie auch noch merken, wenn Sie so weit sind.«

»Aber natürlich«, pflichtete die Nonne ihr bei. »Allerdings bin ich schon fünfzig und merke trotzdem nichts.«

Konny lallte etwas. Ihre Schwester und die Nonne achteten gar nicht darauf.

»Wir gehen weiter«, sagte die Nonne und glitt lautlos über den Steinboden.

Kriemhild und Herr Hirsch ächzten unter der Anstrengung, Konny zu stützen.

Gefühlte zehn Kilometer weiter trat Schwester Tumaini in ein Doppelzimmer mit zwei Betten und legte die restlichen Handtücher, Nachthemden und Beutel ab. Auch dieses Zimmer blickte auf den Innenhof, und auf der anderen Hofseite ging gerade die Sonne unter. Dadurch wirkte das Zimmer hell und freundlich. »Bitte schön. Ich hoffe, Sie fühlen sich wohl. Erbauungsliteratur finden Sie am Ende des Flures in der Bibliothek. Frühstück gibt es nach der Laudes um sieben Uhr dreißig im Speisesaal, den Sie ja schon kennen. Ich wünsche angenehme Träume.«

»Danke«, rief Kriemhild ihrem entschwindenden Rücken nach, der schon fast wieder den kompletten Flur entlanggerollt war. Sie nahm sich fest vor, das Geheimnis der geschmeidig lautlosen Nonnenfortbewegung zu ergründen, bevor sie das Kloster wieder verließ.

Herr Hirsch und sie setzten Konny auf einem der beiden Betten ab. Das Doppelzimmer war nur um eine Bettbreite größer als die Einzelzelle von Herrn Hirsch, aber es gab eine Tür, die in ein winziges Badezimmer führte. Alles war porentief rein.

Konny sackte in Zeitlupentempo zur Seite. Als ihr Kopf das Kissen berührte, schnarchte sie schon.

»Sonnenschirm?«, sagte Herr Hirsch.

»Genau: Was tun? Gute Frage!«, sagte Kriemhild und dachte nach. Sie stellte ihre bauchige Vintage-Tasche auf das freie Bett und sah aus dem kleinen Fenster nach draußen. »Hier stimmt etwas nicht. Der Arzt verheimlicht doch etwas. Und der Priester und die Obernonne stecken mit ihm unter einer Decke. Was würde Konny jetzt tun?«

Die echte Konny lag im Likörtiefschlaf auf dem Bett. Wäre sie nüchtern, dann wäre sie die Erste gewesen, die ihre Nase in diese Angelegenheit gesteckt hätte. Das war der übliche Ablauf: Konny kam auf eine völlig unsinnige Idee, Kriemhild sträubte sich – und am Ende wurde es ein Kompromiss: Konny tat, was sie wollte, und Kriemhild war als Korrektiv an ihrer Seite. So hatten sie damals den Mord an ihrem Pensionsgast aufgeklärt. Und die Morde an den drei ehemaligen Crew-Mitgliedern des Kommodore. Und den Mord an der Honoratiorengattin im Wald neben ihrer Pension. Konny hätte bestimmt vorgeschlagen, irgendetwas Absurdes, potenziell Gefährliches und definitiv Verbotenes zu tun.

Aber jetzt war Konny ausgeknockt, und somit musste Kriemhild entscheiden. Was ihr schwerfiel. Auch wenn ihre Nase in diesem Fall eindeutige Signale schickte, dass den Tod des Priesters ein dunkles Geheimnis umwaberte, war sie mehr der Typ, der stets streng den Buchstaben des Gesetzes folgte. Aber sie hatte die Polizei informiert, und die Polizei war nicht interessiert. Diese Situation erforderte jemand mit einem ... räusper ... kreativen Faible für innovative Wege. Kurzum, für Abenteuer. Das war allerdings das Terrain ihrer Schwester. Es war Konny, für die Zeiten wundersamer Abenteuer nicht vorbei waren; die dachte, dass überall Abenteuer warteten, wie seit alters her. Dass es nur eine Abenteurerin brauchte, die hinauszog, um sie zu suchen. Und das Abenteuer hatte sich Konny noch nie versagt – vielleicht, weil sie nie an ihm gezweifelt hatte. Konny wüsste, welcher Schritt jetzt als Erstes zu tun war.

Kriemhild atmete seufzend aus.

Herr Hirsch entdeckte das Faltblatt auf dem kleinen Tisch, in dem die Abläufe des Klosterlebens sowie der Grundriss der Klosteranlage erklärt wurden. Er reichte es Kriemhild.

Die schaute anfangs desinteressiert. Gottesdienst- und Andachtszeiten der Kirche interessierten Kriemhild ebensowenig wie die Öffnungszeiten des Klostershops. Aber als sie auf den von Schwester Maria Patientia gezeichneten Grundriss der Klosteranlage stieß, pfiff sie unwillkürlich auf.

»Sehen Sie das?«, fragte sie Herrn Hirsch. Er äugte über ihre Schulter.

Die Zeichnung war allerliebst. Kriemhild und ihr Gärtner wussten es natürlich nicht, aber Schwester Maria Patientia hatte jahrzehntelang als Zeichenlehrerin gearbeitet. Sie hatte den Grundriss – auf dem alle Gebäude der Klosteranlage namentlich genannt wurden – nicht nur maßstabsgetreu angefertigt, sondern die Bäume auch besonders

liebevoll ausgemalt und in dem Bächlein jenseits der Klostermauer ein paar Forellen skizziert.
Kriemhild zog einen Stift aus ihrer Handtasche und machte ein fettes Kreuz auf das Faltblatt. »Sehen Sie das? Direkt zwischen Gästehaus und Kirche liegt das Priesterhaus. Da muss Pfarrer Eberhard gewohnt haben!«
Sollte an seinem Tod etwas nicht ganz koscher sein – hm, durfte man im Zusammenhang mit dem Ableben eines katholischen Priesters von *koscher* sprechen? –, dann würden sie es dort herausfinden, wo er gestorben war.
»Kreisverkehr!«, erklärte Herr Hirsch, als könne er ihre Gedanken lesen.
Kriemhild steckte Stift und Faltblatt in ihre Tasche. »Absolut richtig«, sagte sie. »Heute Nacht steigen wir im Priesterhaus ein!«

7 … in dem, immer wenn wir lachen, irgendwo ein Problem stirbt

»Sie haben also verstanden?«, blaffte Kriemhild in ihr Handy. Sie war nicht unfreundlich. Kriemhild telefonierte grundsätzlich so, als verlasse sie sich nicht auf die Technik, sondern müsse so laut sprechen, dass ihr Gegenüber sie auch ohne verstehen könnte. Wer sie kannte, hielt den Hörer immer auf Armeslänge von sich gestreckt.
Sie telefonierte mit Bäuerin Schober, die sich um die Pension kümmerte, und gab letzte Anweisungen. »Der Karton steht im Keller. Mit Über-Nacht-Express heute noch losschicken! Morgen früh um acht kommt die Ersatzkraft vom Hotelverband.«
Die Landesgruppe der Vereinigung aller Hotel- und Gaststättenbetriebe bot für Notfälle einen sogenannten »Springer« an, der sich bei Krankheit oder Abwesenheit der Hoteleigner um die reibungslose Fortführung der Geschäfte kümmerte. In diesem Fall war es eine Frau Philomena Sperling. Wenn eine schon Philomena hieß! Kriemhild wollte auf gar keinen Fall, dass diese Person ihre dunklen Geheimnisse entdeckte. Zweifelsohne würde sie ihre Nase in jede Schublade stecken – das würde Kriemhild umgekehrt ja auch tun. Folglich musste eine Vertrauensperson die in Frage kommenden Schubladen säubern, um mal bei diesem Bild zu bleiben.
»Ja, ich habe verstanden, ich bin ja nicht taub«, brüllte Bäuerin Schober zurück. »Ich kümmere mich sofort darum.«

Kriemhild klappte ihr Handy zu. Eine Sorge weniger. Jemand musste sich um die Pension kümmern, solange sie im mysteriösen Todesfall des Priesters ermittelten. Eine Nacht würde dafür nicht ausreichen, das hatte Kriemhild im Urin.

Sie stand auf.

Konny schnarchte tief und fest. Nicht einmal das Brüllen von Kriemhild hatte sie wecken können, dabei war es im dreistelligen Dezibelbereich gelegen. Weil Kriemhild beim Telefonieren umso lauter wurde, je weiter weg ihr Gegenüber war. Und zum Hof von Bäuerin Schober waren es mehrere hundert Kilometer Fluglinie.

Jedenfalls brauchte sich Kriemhild um ihre Schwester keine Sorgen zu machen, die würde noch eine Weile weggetreten sein.

Draußen gingen die Lampen an.

Der doch recht beachtlich große Klosterinnenhof wurde von alten Straßenlampen im Jugendstildesign erhellt. In deren Licht sah man, wie sich die Pappeln im Wind wiegten, wie die Schwester Pförtnerin das Eisentor verschloss und mit rasselnden Schlüsseln am Gürtel zurück in die Kirche eilte, auf deren Dach Dutzende Krähen saßen und nochmal kräftig krächzten, bevor sie zu ihren Schlafbäumen flogen.

Kriemhild öffnete die Zimmertür und sah auf den Flur hinaus. Leer. Sie marschierte zur Tür von Herrn Hirsch, klopfte dreimal kurz und bühnenflüsterte »Herr Hirsch«. Was sie dann noch zweimal wiederholte. Und weil sie niemals Fernsehserien anschaute, wusste sie auch nicht, dass eine berühmte TV-Figur namens Sheldon das ganz genauso hielt.

Herr Hirsch öffnete. Er hielt ihr sein Handy entgegen, auf dessen Display seine Frau zu sehen war. »Hallo, Kriemhild, ich erfahre gerade, dass Sie noch eine Nacht im Kloster bleiben?«

»Hm.« Kriemhild war nicht Konny. Die hätte sofort irgendetwas Glaubhaftes geflunkert. So beschränkte sie sich auf Grunzlaute.

Frau Hirsch war Kommissarin, aber im Privatleben nur bedingt neugierig. Es interessierte sie nicht, warum die Schwestern noch eine Ehrenrunde drehen wollten, Hauptsache, ihr Mann war versorgt. Als ihr dieser Gedanke kam, steigerte sich Kriemhild von Grunzlauten zu der faktisch richtigen Aussage: »Es gab Schnitzel zum Abendessen. Ihr Mann hatte zwei.«

Herr Hirsch liebte Schnitzel. »Bädertour!«, rief er bekräftigend.

»Dann ist ja gut«, meinte Frau Hirsch. »Gute Nacht, Kriemhild. Gute Nacht, mein Schatz.«

»Schlagsahne«, hauchte Herr Hirsch.

Sie streckten sich Facetime-Kussmündchen entgegen. Dann war das Telefonat beendet.

Kriemhild nahm die Schultern zurück. »Sind Sie so weit?«

Herr Hirsch nickte.

Gemeinsam gingen sie zur Hintertür des Gästehauses. Es handelte sich um eine Fluchttür, und somit war sie nicht verschlossen.

Quer über den Innenhof hörte man leises Singen. Der Chor übte im Veranstaltungssaal, der im Verwaltungsgebäude untergebracht war, immer noch die Matthäuspassion. Das war auch bitter nötig.

Zu sehen war weit und breit niemand.

Eine letzte Krähe flatterte auf.
Kriemhild und Herr Hirsch huschten über den Kiesweg vom Gästehaus zum Priesterhaus. Insoweit man bei älteren Herrschaften von »huschen« sprechen konnte. Es war mehr ein zügiges Schlurfen.
Das Priesterhaus war eine kleine, Efeu umrankte Backsteinvilla, die deutlich jünger war als die übrigen Klostergebäude. Die Fenster im Erdgeschoss waren alle vergittert, die Haustür war fest verschlossen. Was auch sonst.
»Rhönrad«, befand Herr Hirsch.
»Damit mussten wir rechnen.« Kriemhild zog ihre Mitgliedskarte für den Theaterverein aus der Geldbörse. Sie hatte einmal gelesen, dass man mit Kreditkarten Türschlösser öffnen konnte. Die Mitgliedskarte ließ sich auch problemlos in den Türschlitz schieben, aber egal, wie oft und wie heftig sie die Karte auf und ab bewegte, der Riegel rührte sich nicht. Der Lesestreifen der Karte ließ bei diesem Akt völlig umsonst sein Leben.
Das hätte Herr Hirsch ihr gleich sagen können. Bei solchen Uraltschlössern funktionierte der Trick nicht. Stattdessen schritt er einmal ums Haus und wurde fündig. Es gab ein unvergittertes Kellerfenster. Herr Hirsch zog seine Anzugjacke aus, hielt sie vor die Glasscheibe – und schlug sie ein.
Es schepperte nur ganz gedämpft.
»Was machen Sie denn da?«
Herr Hirsch gab einen erschreckten Juchzer von sich. Wie viele Männer klang er im Schockzustand mädchenhaft piepsig. »Nierentischchen!«, schimpfte er.
Kriemhild interpretierte das sehr richtig als empörtes »Müssen Sie sich so anschleichen?« und antwortete folg-

lich: »Ich kann nichts dafür, wenn Sie so schlecht hören. Los schon, klettern Sie hinein!«
Herr Hirsch schüttelte seine Anzugjacke aus und schlüpfte wieder hinein.
Es war ein schmales, niedriges Fenster. Gut, dass Konny ausgeknockt war, sie hätte – bei aller Liebe – mit ihren gut gepolsterten Hüften nicht hindurchgepasst. Kriemhild und Herr Hirsch hatten keine Probleme, und da es nicht sehr tief nach unten ging, kamen sie unbeschadet auf dem Kellerboden auf. Allerdings passierte Herrn Hirsch, was er beim Einschlagen der Scheibe noch hatte vermeiden können: Er schnitt sich am Fensterglas.
»Leuchten Sie!«, befahl Kriemhild.
Eine Taschenlampe hatten sie natürlich nicht dabei, aber in diesen modernen Zeiten hatte ja jedes Handy eine Taschenlampenfunktion. Kriemhild selbst besaß nur ein altes Motorola-Klapphandy. Noch aus der ersten Generation. Mit dem man nichts weiter tun konnte, als zu telefonieren.
Herr Hirsch verfügte dagegen über ein hochmodernes Teil. Ein Lichtstrahl zog sich gleich darauf durch den muffigen Kellerraum.
Hier unten fanden sich nur ein Regal mit Einmachgläsern und eine Holzkiste mit Kartoffeln. Und gleich darauf ein paar Blutstropfen von Herrn Hirsch. Er führte seine Hand zum Mund, saugte an der Wunde und spuckte aus. Das hatte er bei den Pfadfindern als Mittel gegen Schlangenbiss gelernt. Würde ganz sicher auch gegen Fensterglaskeime helfen.
Kriemhild schob Herrn Hirsch zur Tür. Knarzende Holzstufen führten hinauf ins Erdgeschoss. Links ging es in ein Büro, rechts in einen Raum, der als Wohn- und Esszimmer mit kleiner Küchenzeile diente.

Wie sie es bei einem Priester nicht anders erwartet hatte, war die Einrichtung funktional und schnörkellos.

»Lackmustest?«, flüsterte Herr Hirsch.

»Ich weiß nicht, wonach wir suchen. Wenn wir es sehen, werden wir es erkennen.« So esoterisch war Kriemhild sonst nicht, aber sie hatte wirklich keine Ahnung, wonach sie Ausschau halten sollten. Sie wusste nur, dass der Tod von Pfarrer Eberhard von einem Geheimnis umgeben schien.

Kriemhild schnupperte. Nein, es roch nicht nach Bleiche. Man hatte den Priester folglich nicht massakriert und anschließend den Tatort porentief rein gesäubert, damit keine Blutspuren zu finden waren.

Aber es gab ja Mordmethoden, bei denen kein Blut floss. Und es musste doch Mord gewesen sein, oder? Warum sonst hatten die Chef-Nonne und der Arzt sich jedes Mal verschwörerische Blicke zugeworfen, wenn vom Herzinfarkt des Priesters die Rede gewesen war?

Und wenn es kein Mord war, dann war Pfarrer Eberhard bestimmt durch irgendetwas Unschickliches zu Tode gekommen, was die beiden nun zu verbergen suchten, um dem Ruf des Priesters nicht zu schaden. Hm, war er womöglich an Syphilis gestorben?

»Lassen Sie uns in seinem Badezimmer nachsehen«, sagte Kriemhild und schob ihre lebende Leuchte die Treppe hinauf.

Das Schlafzimmer bestand nur aus einem ordentlich gemachten Bett und einem Schrank, in dem vier identische dunkle Anzüge und acht weiße Hemden hingen. Im Nachttisch verbarg sich nichts weiter als eine Bibel.

Das daneben liegende Badezimmer erwies sich jedoch als ergiebiger. Im Spiegelschrank über dem Waschbecken fan-

den sie nicht nur Rasierzeug, sondern auch diverse Medikamente.
»Leuchten Sie näher, ich kann die Etikette nicht lesen«, verlangte Kriemhild. Herr Hirsch tat wie geheißen.
Neben einer Schachtel Aspirin gab es mehrere blutdrucksenkende Arzneimittel, eine Flasche Hustensaft und eine Schmuckdose ohne Aufschrift, in der sich weiße Pillen befanden. Kriemhild konfiszierte die Dose. Bestimmt ließ sich herausfinden, ob es Tabletten gegen Syphilis waren.
Weil im ersten Stock ansonsten nichts zu finden war – es gab noch ein leer stehendes Gästezimmer, dessen Wände Kriemhild vergeblich abklopfte, um möglicherweise einen Hohlraum zu entdecken –, stiegen sie und Herr Hirsch wieder ins Erdgeschoss.
»Nehmen wir uns das Büro vor«, sagte Kriemhild.
Wenn Pfarrer Eberhard keine unaussprechliche Krankheit hatte, dann gab es vielleicht ein anderes Geheimnis: Unterschlagung, Ablasshandel, irgendwas Dubioses.
Das Licht vom Innenhof erhellte das Büro. Kriemhild besaß immerhin so viel Verstand, die Vorhänge vor dem Fenster zum Hof zuzuziehen.
Der Raum bestand vornehmlich aus Bücherregalen, die bis zum Bersten vollgestellt und vollgestopft waren. Auch auf dem Boden erhoben sich Bücherberge. Der Pfarrer hatte definitiv gern gelesen.
Auf dem Schreibtisch standen nur eine klassische, alte Messing-Tischlampe mit grünem Glasschirm und Perlenkordel sowie zwei saubere, auf den Kopf gestellte Weingläser auf einer weißen Serviette. Pfarrer Eberhard war offenbar gern gerüstet für einen spontanen Besucher, der eine Flasche Gegorenes mitbrachte.

Herr Hirsch öffnete die Schubladen des Schreibtisches. Pater Eberhard war ein enorm ordentlicher Mensch gewesen. In den Schubladen war alles penibel geordnet – die Stifte waren sogar nach Größe gereiht. Die Hängehefter im Hängeordner hingen eng an eng, alphabetisch von A bis Z sortiert.

Kriemhild fand diese Ordnungsliebe bewundernswert. Sie kannte das heillose Durcheinander ihrer Schwester nur allzu gut und wusste es sehr zu schätzen, auch einmal das Gegenteil von Chaos zu erleben. Dummerweise boten die Hängehefter nichts Belastendes: Predigtentwürfe, Ablaufpläne von Seniorenfreizeiten und Ähnliches.

So viel Ordnungsliebe war Herrn Hirsch schon fast verdächtig. Kriemhild nicht, die sah sich längst anderweitig um.

Neben dem Schreibtisch befand sich eine Kabelleiste mit fünf Steckdosen. Drei waren leer, in einer steckte die Schreibtischlampe und in der fünften das Ladegerät für das Handy des Priesters mitsamt Kabel. Das Handy war jedoch nirgends auszumachen.

»Läusekamm?«, flüsterte Herr Hirsch plötzlich.

»Ich habe nichts gesagt.«

Kriemhild sah Herrn Hirsch an, Herr Hirsch sah Kriemhild an. Beide hielten den Atem an.

Und trotzdem atmete etwas weiter. Besser gesagt: jemand.

Sie waren nicht allein im Raum!

Herr Hirsch leuchtete mit der Handytaschenlampe in den hinteren Teil des Büros. Dort standen ein bequemer Ohrensessel, ein Beistelltisch und eine Stehlampe und hinter der Stehlampe befand sich, wie ihnen jetzt erst klar wurde, ein weiteres Fenster, und vor dem Fenster hing ein blick-

dichter Vorhang … und der Vorhang beulte sich regelmäßig aus. Als ob er einer Aus- und Einatmung folgte.
In diesem Moment gab das Handy von Herrn Hirsch den Geist auf. Der Akku war leer!
Schlagartig wurde es zappenduster.
Kriemhild und Herr Hirsch quietschten auf, dann packte Kriemhild ihren Gärtner am schlackernden Ärmel seines Beerdigungsanzugs und zerrte ihn in Richtung Flur. Wobei sie, weil man in der Finsternis absolut nichts sehen konnte, erst gegen den Schreibtisch prallte und dann gegen die Wand.
Im Hausflur war es auch nicht viel heller. Nur das Notausgangschild warf ein unheimlich grünes Licht.
Kriemhild rüttelte an der Haustür, die aber nicht nachgab.
Herr Hirsch zog nun seinerseits Kriemhild ins Wohnzimmer zu den vergitterten Fenstern, die sie für unüberwindbar gehalten hatte.
Er öffnete das Fenster neben dem Esstisch und schlug den Riegel des Eisengitters zurück. Die Gitter ließen sich tatsächlich öffnen. Gleich darauf kletterten er und Kriemhild aus dem Priesterhaus und rannten hinüber zum Gästehaus.
Niemand hielt sie auf.
Niemand verfolgte sie.
Aber ein Augenpaar folgte ihnen. Und dieses Augenpaar gehörte nicht zu der atmenden Gestalt hinter dem Vorhang …

Konnys Kummerkastenkolumne

(aus dem Archiv wegen Trauerfall-bedingter Abwesenheit der Kolumnistin)

Liebe Frau Konny,
ich bin Ende sechzig und verwitwet, lebe in sehr angenehmen Verhältnissen und bin körperlich noch weitgehend fit. Ich hätte allen Grund, zufrieden und sogar glücklich zu sein. Aber meistens sitze ich zu Hause und bin unglücklich. Raten Sie mir nicht, mehr auszugehen – ich treffe mich regelmäßig mit Freundinnen zu kulturellen Veranstaltungen, aber dann bin ich einfach aushäusig unglücklich. Was fehlt mir?
Ratlos, Frau B. aus M.

Liebe Ratlose,
Ferndiagnosen sind ebenso einfach wie gefährlich. Natürlich kann ich aufgrund Ihrer wenigen Zeilen nicht punktgenau sagen, woran es in Ihrem Leben hakt, aber eins springt mir doch sofort ins Auge: Sie kreiseln um sich selbst.
Nie sind wir glücklicher, als wenn wir andere glücklich machen können. Wir gehören noch zu einer Generation, in der uns beigebracht wurde, es reiche, unsere Ehemänner und Kinder und Enkelkinder zu versorgen. Allenfalls noch unsere zwanzig Katzen, wenn es nicht zu einem Mann gereicht hat oder der allzu früh verstarb. Aber da draußen sind unzählige Lebewesen, denen wir helfen können – und indem wir ihnen helfen, helfen wir uns. Kümmern Sie sich um eine Flüchtlingsfamilie. Lesen Sie in der Stadtbibliothek Kindern

vor. Helfen Sie im Tierheim aus. Kutschieren Sie Essen auf Rädern. Pflegen Sie eine Brieffreundschaft mit einem Todeszelleninsasse. Werden Sie Guerillagärtnerin und pflanzen Sie Bäume in Betonwüsten. Es ist im Grunde völlig egal, was Sie tun – aber tun Sie es, um jemand oder etwas oder einer Sache zu helfen. Wofür immer Ihr Herz schlägt. Das Gefühl, gebraucht zu werden, einen kleinen Zipfel der Welt zu einem besseren Ort zu machen, wird Ihre Zufriedenheit exponentiell vergrößern. Dafür lege ich meine Hand ins Feuer.
Mit anfeuernden Grüßen,
Ihre Frau Konny

8 … in dem die eine Schwester langsam wieder zu sich kommt und die andere Reißaus nimmt

Es galt das eiserne Gesetz, Konny morgens erst anzusprechen, wenn sie ihren Kaffee gehabt, gefrühstückt, noch mehr Kaffee gehabt, einen Frühstücksnachklapp gehabt, sich einmal am Handy durchs Internet gescrollt, noch mehr Kaffee gehabt und dann das Batman-Signal gegeben hatte. Erst ab diesem Moment war es sicher. Vorher lief man Gefahr, dass sie einem den Kopf abbiss. Sie war nicht so der Morgenmensch. Eher schon ein Morgenmuffelmonster. Und das galt umso mehr, wenn sie einen Kater hatte.

So wie jetzt.

Was sie nicht davon abhielt, beim Frühstück kräftig zuzulangen. Der Tag, an dem Konny nichts mehr aß, war der Tag, an dem man sie offiziell für tot erklären durfte. Es hatte Gründe, warum sie so drall war. »Ist noch Rührei da?«, krächzte sie und hielt ihrer Schwester den Teller hin.

»Ja, jede Menge.« Kriemhild rührte sich nicht von der Stelle. Verkatert zu sein war keine Krankheit, sondern Dummheit. Die sie nicht dadurch unterstützen würde, dass sie für Konny den Laufburschen spielte.

Kriemhild sah nach draußen. Vor dem Brunnen in der Mitte des Innenhofs stand die Mutter Oberin – erkenntlich an dem riesigen Kreuz an ihrem Gürtel – und stritt mit einer hochgewachsenen Blondine in einem hellgrauen Businesskostüm. Oder vielleicht gestikulierte sie ihr auch eurythmisch die Frühstückszeiten im Speisesaal vor – jedenfalls wedelte sie ungewöhnlich heftig mit den Armen, während die Blondine in einer scheinbar trotzigen Körperhaltung die Arme vor der Brust verschränkt hielt.

Stöhnend stand Konny auf und ging zu der Warmhalteecke des Frühstücksbuffets, wo sie eine große Kelle Rührei, vier Nürnberger Rostbratwürste, eine ganze Camembertecke und drei Alibi-Gurkenscheiben auf ihren Teller häufte. Das hätte sie alles nicht gebraucht, ihre Hüften waren gut genug gepolstert, aber sie aß nun einmal gern. Das durfte man auch ruhig sehen. Konny sprach nicht von Übergewicht, sie nannte ihre Rettungsringe ›Bonusmaterial‹.

Sie waren allein im Speisesaal. Die Mitglieder des Chores frühstückten im Probensaal.

Herr Hirsch, der nie frühstückte, hatte auf dem Weg vom Gästehaus zum Speisesaal im Haupthaus Schwester Maria Agneta, die Klostergärtnerin, gesehen und ging – nach kurzem Dolmetschen durch Kriemhild – mit ihr in den Kräutergarten. Wo sie ihm auch ein Pflaster auf die immer noch ein wenig nässende Wunde an der Hand klebte. Man konnte die beiden jetzt im Kräuterbeet werkeln sehen.

Herr Hirsch nannte die Schwestern »Strickmützenpuschel« und »Anglerfisch«. Manchmal auch »Spargelstange« und »Bärlauchbonbon«. Herr Hirsch litt als Aphasiker nach seinem Schlaganfall an einer Sprachstörung. Er konnte alles gut verstehen, sprach aber selbst nur mühsam und stockend. Sätze konnte er gar nicht mehr bilden, nur einzelne Wörter. Anfangs ohne erkennbaren Sinnzusammenhang. Aber nach nunmehr drei Jahren konnten die Frauen in seinem Leben, also Anglerfisch Kriemhild und Bärlauchbonbon Konny und Sahnepudding Frau Hirsch, seine Ein-Wort-Kommentare perfekt interpretieren und gegebenenfalls dolmetschen.

Geistig und körperlich war Herr Hirsch wieder ganz wie vor dem Schlaganfall, als er noch als Bankdirektor gearbeitet hatte. Deshalb ertrug er es auch nicht, wenn Fremde ihn wie ein kleines Kind behandelten, nur weil er statt »Guten Tag« beispielsweise »Grießbrei« sagte. Da konnte er richtig muffig werden!

Und eins musste man den Nonnen zugutehalten: Sie nahmen ihn, wie er war. Ohne Vorbehalte, ohne Herablassung, ohne ihn zu verstehen. Herr Hirsch blühte regelrecht auf.

Kriemhild hatte sich Nonnen, vermutlich weil sie so viel irische Kindheitserinnerungsbücher gelesen hatte, immer als hartherzige Kreaturen vorgestellt, die schon bei kleinsten Anlässen ein Lineal zückten und losschlugen. Aber diese Schwestern unserer Lieben Frau vom Sonnenberg waren herzensgut. Also, bis auf die Mutter Oberin, die womöglich Pater Eberhard ermordet hatte.

Konny kam an den Tisch zurückgeschwankt und setzte sich.

»Bist du schon so weit, dass du mir sagen kannst, was das Letzte ist, an das du dich erinnerst?«, fragte Kriemhild. Sie bemühte sich nicht sonderlich, leise zu sprechen. Sollte der Brummschädel ihrer Schwester doch explodieren.

Konny setzte sich. Weil Kriemhild sie nicht ausgezogen hatte, hatte sie in ihrem schwarzen Trauerkleid alias dem Kartoffelsack geschlafen, der jetzt noch unförmiger und knitteriger aussah denn je. Sobald Konnys Kater aufhörte zu miauen und sie sich im Spiegel sah, würde sie einen Schreikrampf kriegen. Aber momentan war sie noch nicht so weit. Und im Speisesaal hing auch kein Spiegel.

»Pater Eberhard hat mir aus dem Grab gesimst. Der Arzt hat mich sediert. Und eine Nonne hat mich mit Likör abgefüllt.« Konny nahm einen großen Schluck schwarzen Kaffee. Der Kaffee wurde in derselben Kanne serviert wie gestern der Hagebuttentee. Er schmeckte wie Plörre mit Kräuteraroma. Aber egal, man musste nur an seine Wirkung glauben, dann half er auch.

Kriemhild, die ihr übliches halbes Brötchen mit einem winzigen Klacks Butter und einem noch winzigeren Klacks Honig bereits gegessen hatte, nickte. »So weit richtig. Fehlt noch ein kleines Detail: Du hast dich wieder einmal völlig danebenbenommen und Zeter und Mordio geschrien. Von wegen, der Pater würde noch leben.«

Daran erinnerte sich Konny durchaus noch. So etwas vergaß man auch im Vollsuff nicht. »Die SMS stammte von seinem Handy!« Auch angeschlagen konnte Konny bocken.

»Jemand hat sein Handy geklaut«, behauptete Kriemhild. »Es kann gar nicht anders sein. Alle haben bestätigt, dass er nicht mit dem Handy in den Sarg gelegt wurde. Und da es auch nirgends in seinem Haus herumlag, kann es nur gestohlen worden sein.« Kriemhild fegte sich Brötchenkrümel aus dem Schoß.

»Wie bitte?« Eine winzige Ecke von Konnys Gehirn war noch in Betrieb. Gewissermaßen das Notstromaggregat. Und das sendete jetzt Habt-Acht-Signale. »Woher weißt du, dass sein Handy nicht bei ihm zu Hause ist?«

»Weil Herr Hirsch und ich gestern Nacht nachgesehen haben.«

Konny ließ die Gabel fallen. Rühreibrocken flogen durch die Luft. »Ihr habt was?«, kreischte sie.

»Pst!«, mahnte Kriemhild und sah zu der Tür, die in die Küche führte. »Das muss ja nicht gleich die ganze Welt wissen.«

»Warum habt ihr mich nicht mitgenommen?«, verlangte Konny zu wissen. Das war der Geschwisterneid. Wenn es ein Abenteuer gab, dann wollte sie dabei sein.
»Wie denn? Sollte Herr Hirsch dich als Sandsack schultern? Sei nicht albern.«
»Ich bin nicht albern!«, erklärte Konny, die natürlich genau wusste, wie abstrus ihre Forderung war. Aber dennoch! Ein Abenteuer! Ohne sie!
»Jedenfalls …«, fing Kriemhild an, aber da wurde die Eingangstür geöffnet und die Blondine, die sich mit der Mutter Oberin angelegt hatte, trat ein. Sie schien in ihrem hellgrauen Businesskostüm und den dunkelgrauen High Heels völlig fehl am Platz.
»Guten Morgen.« Sie nickte den Schwestern kurz zu, nahm sich eine Banane aus dem Obstkorb und setzte sich an den Tisch, der von den Schwestern am weitesten entfernt lag, wo sie sich Kaffee eingoss – auf jedem der sechs Tische stand eine Edelstahlkanne – und sich anschließend intensiv mit ihrem Handy beschäftigte.
Konny und Kriemhild sahen sich an. Zum Schweigen verurteilt. Zumal gleich darauf noch jemand eintrat. Ein schütterhaariges Männlein mit Ziegenbärtchen in einem Fischgrätanzug. »Guten Morgen, die Damen«, sagte es wohlerzogen, setzte sich mittig an einen freien Tisch und … tat nichts. Außer verbindlich zu lächeln.
Kriemhild legte die Stirn in Falten. Wo hatte sie diesen Mann schon einmal gesehen? Ach ja, gestern auf der Beerdigung. Vermutlich ein Schäfchen des toten Priesters, der wegen des geistlichen Beistands von Pater Eberhard seit zwanzig Jahren trocken oder drogenfrei oder keusch lebte. Oder etwas in der Art.

»Bist du bald fertig?«, herrschte Kriemhild unvermittelt ihre Schwester an. Sie würde es niemals zugeben, aber sie vermisste Konnys spritzigen Ideenreichtum, wenn es um unkonventionelle Formen der Informationsbeschaffung ging. Je eher Konny ihr Frühstück beendet hatte, desto eher konnten sie gemeinsam überlegen, was als Nächstes zu tun war. Nur eins war von vornherein ausgeschlossen: abzureisen und das Rätsel um den toten Priester ungelöst zu lassen.

Konny nahm die Gabel wieder zur Hand und schaufelte sich den Rest Rührei in den Mund. Damit es schneller ging, nahm sie auch einen Schluck Kaffee. Damit waren ihre Hamsterbacken voll und eine Kommunikation unmöglich. Weswegen sie den Gruß von Doktor Grünbaum nicht erwidern konnte, der in diesem Moment den Raum betrat. Einzelhändler kennen das: Stundenlang ist der Laden leer, aber wenn erst mal einer kommt, kommen plötzlich alle.

»Guten Morgen«, sagte Grünbaum und trat zu den Schwestern.

Er sah nicht ganz so zerzaust aus wie zur Beerdigung, aber ordentlich ging anders. Seine Anzughosen waren staubig, das Hemd war ungebügelt. »Ich wollte nur kurz nach Ihnen sehen, bevor ich zu Frau Lammers muss. Sie soll heute niederkommen.« Er musterte Konny. »Sie sehen aus wie das personifizierte Leiden Christi.«

Uncharmant, aber zutreffend.

Konny zog die Schultern hoch.

»Dehydriert«, diagnostizierte Grünbaum. »Sie sollten viel Wasser trinken und nichts essen. Schon gar nicht so einen Berg. Hier …« Er fischte eine Pillendose aus seiner Arzttasche und ließ eine Tablette in Konnys Hand fallen. »… das wird gegen die Kopfschmerzen helfen. Danach ein Spaziergang an der frischen Luft, und schon sind Sie wieder ganz die Alte.«

Konny hatte immer noch den Mund voll und konnte nicht antworten.

»Danke, aber meine Schwester braucht keine Tablette«, erklärte Kriemhild. »Ein ordentliches Frühstück und eine Kanne Kaffee wirken bei ihr Wunder. Egal, woran sie laboriert.«

Konny kaute schneller.

»Eine schwere Mahlzeit und Koffein gegen einen Kater? Woher haben Sie das, aus dem Internet?« Grünbaum sprach mit einem leicht süffisanten Unterton. »Verwechseln Sie Ihre Google-Suche bitte nicht mit meinem Medizinstudium.«

Süffisanz konnte Kriemhild auch. Und wie. »Verwechseln Sie Ihre jahrzehntelang zurückliegende Vorlesung über Maßnahmen bei alkoholbedingter Dehydration nicht mit Konnys fünfzig Jahren Erfahrung mit übermäßigem Alkoholkonsum in diesem ihrem Körper.«

Mit einem weiteren Schluck Kaffee spülte Konny den nur mangelhaft durchgekauten Inhalt ihrer Hamsterbacken hinunter und steckte die Kopfschmerztablette weg. »Vielen Dank, Herr Doktor. Sehr freundlich.«

Er lächelte ihr auffordernd zu, aber bevor Konny die Tablette einwerfen konnte, stürmte die Mutter Oberin herein.

»Doktor Grünbaum, könnte ich Sie kurz sprechen?«, bat sie atemlos. Trotz ihrer sichtlichen Erregung war ihre Erscheinung makellos: Habit und Gesicht faltenfrei. Nur das Kreuz an ihrem Gürtel baumelte heftiger als sonst.

»Was ist passiert?«, fragte Grünbaum, der zögerte, seine Patientin zu verlassen. Er goss Konny ein Glas Wasser ein.

Die Mutter Oberin sah sich im Saal um. Die Kostümträgerin und der Ziegenbärtchenmann taten unbeteiligt – sie scrollte sich durch ihr Handy, er hielt eine Tasse Kaffee mit beiden Händen und sah angelegentlich zu dem gerahmten Foto von Papst Franziskus.
Der Blick der Nonne glitt über Konny und Kriemhild hinweg zum Arzt. »Im Priesterhaus wurde heute Nacht eingebrochen«, sagte sie atemlos. »Das Haus ist völlig verwüstet!«

9 … in dem man mit allem rechnen muss, auch mit dem Guten

»Ich wollte dir den handgreiflichen Beweis liefern, dass dein Priester nicht lebend begraben wurde, mehr nicht.« Kriemhild sah sich über die Schulter. »Und schau nicht zurück. Wir müssen unverfänglich wirken.«

Die Schwestern hatten sich überstürzt auf den Weg gemacht. Bevor die Mutter Oberin unangenehme Fragen stellen konnte, hatte Kriemhild ihre Schwester ins Freie gezerrt und verließ jetzt mit ihr das Klostergelände.

»Nur deshalb sind Herr Hirsch und ich eingestiegen«, erläuterte Kriemhild. »Unsere Aktion war zwar nicht von Erfolg gekrönt, aber du solltest mir dankbar sein, dass ich es überhaupt versucht habe!«

Über eine Steinbrücke, deren Brückenheiliger wetterbedingt sehr vernarbt aussah und seine rechte Hand sowie seine Nase an die Elemente verloren hatte, führte der Weg durch eine Allee in Richtung Ortschaft.

»Warum habt ihr dabei das Priesterhaus verwüstet?« Konny war empört. Auch wenn Pater Eberhard nun an einem anderen Ort wohnte, die Schändung seines ehemaligen Lebensmittelpunktes war ein unverzeihliches Sakrileg.

»Wir haben absolut rein gar nichts verwüstet. Im Gegenteil!« Kriemhild erinnerte sich genau, wie Herr Hirsch die Medikamentenpackungen des Priesters, die sie aus dem Toilettenschrank herausgenommen hatte, gewissenhaft wieder zurück auf das Regal stellte. Der Größe nach. Als ob er Tetris spielen würde.

Die Schwestern schritten zügig die Allee entlang. Die bauchige Krokotasche baumelte in Kriemhilds Ellbogenbeuge. Herrn Hirsch hatten sie im Kräutergarten bei Schwester Maria Agneta gelassen. Sie waren ja nicht die US-Marines – von wegen *semper fi* und *Keiner bleibt zurück*. Was sollte ihm schon groß passieren? Es konnte ihn ja keiner zur Rede stellen. Und außerdem wollten sie später zurückkehren.

»Aber wir waren auch nicht allein«, fügte Kriemhild wie in einem Nachgedanken hinzu.

Konny blieb abrupt stehen. »Ihr habt jemand mitgenommen? Wen denn?« Konny, die von den fünfzig Milliliter Nerventrost nur deshalb ins Katerkoma geworfen worden war, weil sie gestern so gut wie nichts gegessen hatte, fühlte sich schon wesentlich besser. Kaffee und eine heiße, fettige Mahlzeit – das war ihr Geheimnis. Von wegen viel Wasser und leichte Kost. Ha! Wer sich besser fühlte, der konnte sich auch erregen. Wie sie jetzt gerade.

»Nicht stehen bleiben, weitergehen!« Kriemhild zerrte an ihrer Schwester, die schüttelte deren Arm ab.

»Wir haben natürlich niemand mitgenommen!«, schnaufte Kriemhild. »Der war schon da!«

»Da war schon einer? Und der hat euch gesehen?« Das *Wie kann man so blöd sein?* war deutlich herauszuhören.

Kriemhild brummte. »Ich glaube nicht, dass er uns gesehen hat. Und er war bestimmt auch nicht legal dort – wer immer es war. Er hat sich nämlich hinter einem Samtvorhang versteckt.«

Konny merkte, dass sie immer noch die Tablette von Doktor Grünbaum in der Hand hielt. »Da, steck das weg«, sagte sie zu ihrer Schwester.

Die wiederum zog die Pillendose des Priesters aus ihrer Tasche. »Schau, das habe ich aus Pater Eberhards Bad mitgehen lassen. Vermutlich sind das Tabletten gegen Syphilis.« Sie gab die Anti-Kater-Tablette hinein. Wenn der Arzt mit der Obernonne unter einer Decke steckte, dann war diese Tablette womöglich vergiftet und somit Beweismaterial! Diese Möglichkeit beschäftigte sie so sehr, dass sie erst Augenblicke später bemerkte, mittlerweile allein unterwegs zu sein. Sie drehte sich um.

Konny war stehen geblieben und hatte die Hände auf die Hüften gestemmt. Jetzt brüllte sie: »Syphilis? SYPHILIS? Das nimmst du zurück!«

Zugegebenermaßen, es war auch ein bisschen viel von Konny verlangt – eben war sie noch fest davon überzeugt, dass Pfarrer Eberhard lebendig begraben worden war, und nun musste sie sich nicht nur damit abfinden, dass er tatsächlich tot war, sondern dass er auch noch als durch eine Geschlechtskrankheit überführter Sünder gestorben war?

Kriemhild ging zu ihr zurück. »Hör zu, du hast das nicht mitbekommen, aber ich glaube, den Tod deines Priesters umgibt ein ungutes Geheimnis.« Sie erzählte von den bedeutungsschwangeren Blickkontakten zwischen dem Arzt, der Mutter Oberin und Pater Gregorius. Und weil sie weiter keine Beweise hatte, erwähnte sie diese höchst suspekten Blickkontakte noch einmal, nur aus einem anderen Blickwinkel. Sie hätte sich nicht bemühen müssen, die Nüstern ihrer Schwester bebten bereits.

»Das mit der Syphilis ist natürlich Quatsch!«, erklärte Konny kategorisch. »Aber ich wusste es! Ich wusste, dass er nicht einfach gestorben ist! Da hat jemand nachgeholfen!«

Das war nun wiederum eine kühne Behauptung. Andererseits … wer außer diesen dreien hätte einen Schlüssel für

das Priesterhaus haben können? Und wen immer sie und Herr Hirsch im Haus überrascht hatten, war hineingekommen, obwohl alle Fenster und Türen verschlossen waren.
»Einer von diesen dreien muss gestern im Priesterhaus gewesen sein!«, rief sie folglich.
»Was?« Konny verstand nicht gleich.
Im Weitergehen unterbreitete Kriemhild ihr diese Theorie.
Die Allee aus völlig unterschiedlichen Bäumen, einige davon sichtlich nicht in diesen Gefilden heimisch, sondern vor langer Zeit von Baumliebhabern importiert, war – neben der Klosteranlage – das Schönste, was Mistelau am Walde zu bieten hatte.
Nicht einmal der Wald war schön. Man konnte ihn von der Allee aus sehen – er war magersüchtig, von den Holzfällern ohne Sinn und Verstand ausgedünnt. Der Waldboden war zugewuchert von Staudenknöterich und Brombeeren.
Und der Ort selbst war von exorbitanter Hässlichkeit.
Hätten sich die Schwestern mit der Geschichte der Siedlung vertraut gemacht, so hätten sie gewusst, dass sich erst im 19. Jahrhundert mit dem Bau der Bahnstrecke einige Arbeiter hier ansiedelten. Davor hatte es nur das Kloster und sonst nichts gegeben. Mistelau erlebte noch einmal eine kleine Blüte während des Zweiten Weltkriegs, als sich hier ein Zulieferbetrieb der Waffenindustrie niederließ. Prompt wurde das kleine Örtchen von den Alliierten platt gebombt. Dass die Bombe das Kloster verfehlt hatte, wurde als Akt von ganz oben interpretiert.
Der Wiederaufbau von Mistelau am Walde verlief lustlos. Und ästhetisch suboptimal. Mittlerweile wohnten hier in den lieblos gestalteten Reißbrett-Reihenhäusern vor allem

Pendler, die mit dem Auto oder mit dem Zug in die nicht allzu weit entfernte, mittelgroße Industriestadt fuhren. Es gab einen kleinen Supermarkt, einen Optiker, einen Bäcker, eine Apotheke und ein Bestattungsunternehmen.

Vor letzterem blieb Kriemhild stehen.

»Was wollen wir hier?« Konny sah zu dem Schild neben der Eingangstür. *Heimbach – gemeinsam schwere Wege gehen,* stand darauf. Und: *Bitte klingeln.*

»Ich will auch das letzte Restfitzelchen Zweifel ausräumen. Sonst findest du doch dein Leben lang keine Ruhe mehr, und ich muss mir das Gejammere dann jeden Tag anhören.« Kriemhild klingelte.

Quasi in derselben Sekunde, als ob er dahinter gewartet hätte, wurde die Tür von einem traurigen Basset geöffnet. Also, es war nicht wirklich ein Hund, nur ein Mann in einem dunkelgrauen Anzug, der mit seinen Hängebacken und hängenden Mundwinkeln und traurig wirkenden Augenringen verblüffend an einen Basset erinnerte.

»Seien Sie mir willkommen«, sagte er in diesem pastoralen Tonfall, der Geistlichen auf der Kanzel und Bestattern vorbehalten schien. »Ich bin Georg Heimbach. Treten Sie doch bitte ein.«

Er führte sie in einen kleinen Raum mit einem Schreibtisch, drei Gästestühlen und einem riesigen, professionell ausgeleuchteten Meerwasser-Aquarium.

»O wie schön!«, rief Konny und beugte sich vor. Zwischen echten Wasserpflanzen und gefakter Muschel-Deko dümpelten bunte Fische, die sie völlig ignorierten.

»Meine Kunden empfinden die Fische immer als sehr beruhigend.« Basset Heimbach faltete die Hände und schaute milde. »Bitte nehmen Sie doch Platz. Darf ich Sie in dieser schweren Stunde fragen, welcher liebe Mensch von Ihnen gegangen ist?«

Konny und Kriemhild setzten sich nicht. Also blieb auch Heimbach stehen. Er legte den Kopf leicht schräg, während er auf eine Antwort wartete.

Bei der Beerdigung war Konny mit Heulen beschäftigt gewesen, aber Kriemhild erinnerte sich dumpf an den Bestatter. Er hatte die gestrige Zeremonie auffallend unauffällig überwacht, hatte in der Kirche Blumenarrangements neu geordnet, den Zettel mit der Lied-Abfolge und Sinnsprüchen in den Kirchenbänken verteilt und später den Totengräbern auf dem Klosterfriedhof stumm, aber mit Handgesten Anweisungen gegeben.

Er wiederum schien sich nicht an die Schwestern zu erinnern. Das war verständlich – in einem Meer aus schwarz gekleideten Leibern gingen Individuen unter. Das Einzige aus der Masse Herausspringende – wie ein Delfin, der die Meeresoberfläche durchbrach und sich in die Lüfte erhob – war Konnys sizilianischer Witwenschleier gewesen, aber der sprang jetzt nicht mehr, sondern lag zusammengeknüllt im Gästehaus des Klosters.

»Wir sind wegen Pfarrer Eberhard hier«, erklärte Kriemhild, die ihre Sechziger-Jahre-Tasche wie ein Schutzschild vor den Bauch hielt. Und in Richtung ihrer Schwester, die gerade die Hand gehoben hatte, brummte sie: »Nicht an die Scheibe klopfen!«

Schmollend richtete Konny sich auf. »Das hatte ich auch nicht vor.«

Sie hatte ein Handy-Foto vom Aquarium schießen wollen, um es als Screensaver einzurichten. Aber die Erwähnung von Robert Eberhards Namen brachte sie wieder auf Spur,

und das Handy verschwand in der Tasche ihres Kartoffelsacks.
»Pastor Eberhard ist bereits zu Grabe getragen worden«, meinte Herr Heimbach. Er schürzte die Lippen. Ihm kam der Verdacht, dass er mit diesen beiden Damen keinen Umsatz machen würde.
»Das wissen wir, wir waren dabei.«
Heimbach hob die Augenbrauen und ließ sie oben. Als ob dadurch die Erinnerung zurückkommen könnte. Was sie nicht tat.
»Nun, wenn es nicht um eine Bestattung geht … wie kann ich Ihnen dann behilflich sein?«
»Sie haben geholfen, Pfarrer Eberhard für die Aufbahrung vorzubereiten?«, fragte Konny.
Er nickte. Sein Kopf befand sich immer noch in der Schräglage.
»Haben Sie sein Handy zu ihm in den Sarg gelegt?«
Jetzt erst richtete sich der Kopf auf. Heimbachs Augenbrauen senkten sich wieder. Und wurden zu einem haarigen Strich über seinen Augen. »Darf ich fragen, was diese absurde Frage soll?« Jetzt klang er fast menschlich. Das lag an dem genervten Timbre.
»Als wir gestern am offenen Grab standen, hat meine Schwester eine SMS bekommen«, klärte Kriemhild ihn auf. »Vom Handy von Pfarrer Eberhard.« Sie nickte ihrer Schwester zu. »Zeig ihm die SMS.«
Konny holte ihr Handy wieder heraus und rief die Textnachricht auf.
Herr Heimbach setzte eine dicke Hornbrille auf die Bassetnase, ruckelte sie zurecht und beugte sich vor. Dann schnappte er nach Luft. »Mein Gott, die SMS ist von gestern.«

»Und wie Sie sehen können, ist sie von Pfarrer Eberhard.« Sie zeigte auf die oben eingeblendete Handynummer.

Heimbach nahm die Brille ab. »Das ist ja … ich weiß gar nicht, was ich sagen soll … nein, selbstverständlich haben wir keine Elektronikgeräte in den Sarg gegeben!«

»Aber …« Konny stockte der Atem. »… er war hundertprozentig tot, als Sie ihn in den Sarg legten?«

Heimbach sah kurz zur Decke. Als wäre dort oben eine Diashow von seiner letzten Begegnung mit Pfarrer Eberhard zu sehen. Nach oben schauend sagte er: »Als ich gerufen wurde, hatte die Totenstarre schon weitgehend nachgelassen. Ich habe Totenflecke am Unterschenkel und an den Füßen gesehen. Und über der Narbe am Knöchel. Die hatte er von einer Verletzung, die er sich bei einem Squash-Spiel mit mir zugezogen hatte.« Heimbach sah zu den Schwestern. »Er war definitiv tot. Gar kein Zweifel möglich.«

Konny seufzte.

»Haben Sie ihn für den Sarg eingekleidet?«, wollte Kriemhild wissen. »Er wurde doch sicher nicht in den Sachen begraben, die er bei seinem Tod trug?«

Heimbach sah zu Boden. Er fuhr sich mit der Zungenspitze über die Lippen. So sah einer aus, dem etwas peinlich war. »Nun ja …«, fing er an. »Er starb im Kloster. Da haben wir immer gesonderte Abmachungen. Er war schon eingekleidet. Bis auf Socken und Schuhe. Das ist aber absolut legal!« Trotzig sah er auf.

»Die Chef-Nonne und der Arzt haben ihn hergerichtet, nicht wahr?«, mutmaßte Kriemhild.

Volltreffer, versenkt. Heimbach lief knallrot an.

»Darf ich bitte fragen, wer Sie eigentlich sind? Und was Sie das angeht?«

Ältere Damen hatten ja grundsätzlich einen Vertrauensvorschuss, aber wenn sie den Finger in die Wunde legten, gingen die Alarmanlagen los und die Zugbrücken wurden eingeholt.

Kriemhild wollte zu einer Erklärung ansetzen, da …

… gellte plötzlich ein unmenschlicher Schrei durch das Bestattungsunternehmen. Sogar die Fische im Meerwasserbecken zuckten zusammen.

Heimbach verlor schlagartig seine rote Farbe und fasste sich ans Herz. Kriemhild wirbelte zu ihrer Schwester herum.

Konny zeigefingerte mit schreckverzerrtem Gesicht an die Wand. An der ein Spiegel hing.

Es war weiß Gott kein schöner Anblick. Natürlich war sie an diesem Morgen nach dem Aufwachen in das kleine Bad ihres Gästehauszimmers gewankt. Aber in ihrem verkaterten, halbwachen Zustand war das, was vom Badezimmerspiegel auf ihre Netzhaut traf, nicht bis zu den Bereichen ihres Gehirns vorgedrungen, in denen die Bildbearbeitung stattfand. Jetzt war sie entkatert und wach und völlig entsetzt: Die zotteligen Locken standen an den Seiten und oben ab, waren jedoch hinten plattgedrückt. Der schwarze Kartoffelsack war so zerknittert, dass es schon an Plissee erinnerte. Und ihr Gesicht war vom gestrigen Heul-Marathon rot und fleckig. Von den Mascara-Schlieren ganz zu schweigen.

Heimbach hatte vermutlich nur deshalb nicht verstört auf diese Fratze reagiert, weil er es in seinem Job oft mit Menschen zu tun bekam, bei denen durch ihre Trauer die Körperhygiene zweitrangig wurde.

»Reiß dich zusammen«, bellte Kriemhild, der es grundsätzlich egal war, wie sie aussah. Sie hätte ihre Schwester besser kennen müssen.

»Haben Sie eine Gästetoilette?«, rief Konny dem Bestatter zu. Der verschränkte die Arme und schüttelte verneinend den Kopf, aber da hatte Konny schon die Tür mit der Aufschrift WC neben der geöffneten Bürotür entdeckt.

Die nächsten zwei endlos scheinenden Minuten verbrachten Heimbach und Kriemhild damit, sich anzuschweigen. Dann sagte Heimbach: »Darf ich Ihnen, wo Sie schon hier sind, unsere Auswahl an Bestattungsarrangements zeigen?«

War das eine verkappte Drohung?

Kriemhilds Augen wurden schmal. »Ich habe nicht vor, während meines Aufenthalts hier abzutreten. Und falls doch, will ich nicht hier begraben werden.«

Heimbach war aber kein Attentäter, nur durch und durch Geschäftsmann. Und so leicht ließ er sich nicht abwimmeln.

»Falls das Unaussprechliche eintreten sollte, müssten Sie an Ihren Heimatort überführt werden. Das soll doch bestimmt formschön und in Ihrem Sinne stattfinden?«, köderte er.

Und hatte Kriemhild am Haken. Die nachfolgenden fünfzehn Minuten suchte sie sich einen Sarg aus. Nicht ganz billig, aber in bequemen Ratenzahlungen zu haben.

»Eine gute Wahl«, lobte Heimbach. »Ich bereite die schriftliche Vereinbarung vor.«

In diesem Moment trat Konny aus dem Klo. Immer noch zerknittert und gesichtsfleckig, aber wenigstens die Mascara-Schlieren waren verschwunden, und die Locken hatte sie mit Wasser und Fingern etwas gebändigt.

»Gibt es hier eine Boutique?«, fragte sie verzweifelt. »Ein Geschäft für Damenoberbekleidung?«

»Nein.«

Konny setzte ihren Rehaugenblick auf. »Sind Sie verheiratet? Könnte mir Ihre Frau vielleicht etwas zum Anziehen leihen?«

»Nein!«

Ob er Single war oder ob seine Frau nur Sachen in XXS trug, in die Konny nicht einmal ihren linken Arm quetschen konnte, ließ er offen.

Kriemhild fand zwar, dass es unmöglich noch peinlicher werden könnte, aber sie wollte kein Risiko eingehen. »Danke für alles«, rief sie dem Bestatter zu und zog ihre Schwester ins Freie.

»Aber der Sargvertrag …?«, rief er ihnen nach, doch da waren sie schon draußen.

Auf der Straße bockte Konny und erklärte, dass sie so, wie sie aussah, keinen Schritt weitergehen könnte. Kriemhild fiel die Apotheke ins Auge, direkt gegenüber. »Komm«, sagte sie und nahm Konny am Arm.

»Ich sehe aus wie durchgekaut und ausgespuckt. Ich gehe keinen Schritt …«, fing Konny an, aber da hatte sie Kriemhild böse unterschätzt. Wenn diese hagere Bohnenstange von einer Frau fest entschlossen war, entwickelte sie übermenschliche Kräfte und konnte auch einen schweren Brummer vom Kaliber einer Konny mühelos über die Straße zerren wie eine Trachtenjankerträgerin einen Zwergdackel.

Die Apothekentür schlug melodisch bimmelnd an. Mehr oder weniger zeitgleich materialisierte sich ein Basset in der Tür zum Hinterzimmer. Die Mistelauer waren offenbar ausnahmslos von der flotten Truppe.

Konny und Kriemhild stutzten.

War Herr Heimbach in Doppelfunktion als Bestatter und

Apotheker unterwegs? Er hier sah exakt so aus wie der drüben, nur dass er statt einem dunklen Anzug einen weißen Kittel trug.

Der weißbekittelte Mann mit den Hängebacken und den Augenringen fragte: »Womit kann ich Ihnen dienen?«

»Sie sind nicht zufällig mit Herrn Heimbach verwandt?«, erkundigte sich Konny. Als ehemalige Journalistin ging sie den Dingen gern auf den Grund und hielt ungelöste Fragestellungen grundsätzlich nicht aus.

»Mit welchem denn? Es gibt mehrere. Der Bäcker ist ein Heimbach. Ebenso wie der Notar, der Wirt vom Goldenen Ochsen, der Ortsvorsteher, der Friseur und der Geschäftsführer des Supermarkts.«

»Wir kommen gerade vom Bestatter.«

»Ah, stimmt, den hatte ich vergessen. Das ist mein Cousin. Eigentlich sind wir alle Cousins. Nur der Ortsvorsteher nicht. Das ist mein Bruder.«

»Mistelau ist also fest in der Hand der Heimbachs?«, schlussfolgerte Konny. Insgeheim dachte sie – angesichts der frappanten Ähnlichkeit – *Inzest!*, sprach das aber nicht aus. Kriemhild war die genetische und genealogische Verknüpfung der Mistelauer schnurzegal.

»Können Sie diese Tabletten identifizieren?« Sie schob Apotheker Heimbach die Pillendose zu, die sie im Bad von Pfarrer Eberhard gemopst hatte.

Er hob die Augenbrauen und legte den Kopf schräg. Das Augenbrauenheben und Kopfschräglegen war bei den Heimbachs offenbar familientypisch.

»Wir sind kein Chemielabor, gute Frau. Wenn Sie nicht mehr wissen, wogegen Ihr Arzt die Tabletten verschrieben hat, dann fragen Sie ihn einfach.«

Wenn sie bei einem TV-Ratespiel ihn und seinen Bestattercousin unterscheiden sollten, würden sie ihn an seinem Tonfall erkennen – alles andere als kanzelartig milde. Seiner hatte was von einem kläffenden knöchelhohen Terrier.

»Sind Sie denn kein Fachmann? Dann werden Sie die Tabletten doch wohl anhand der Optik erkennen können!«, beharrte Kriemhild und klappte die schmucklose Pillendose auf.

»Wissen Sie, wie viele Tabletten allein in Deutschland auf dem Markt sind? Hunderttausende – niedrig geschätzt!«, fragte er genervt und wollte noch was draufsetzen, aber da stockte er plötzlich. »Ah, doch, die erkenne ich. Das sind Tabletten gegen Bluthochdruck.« Er beugte sich vor – so weit, dass man die Tonsur-Lichtung auf seiner Scheitelkrone sah –, nickte und richtete sich wieder auf. »Ja, das ist ein ACE-Hemmer gegen Bluthochdruck.«

»Gegen Bluthochdruck?« Kriemhild klang enttäuscht. »Nicht gegen Syphilis?«

Konny stieß ihr mit dem Ellbogen in die Seite.

Heimbach stutzte. »Syphilis? Sie leiden an der Syphilis?«

Kriemhilds Gesichtszüge entglitten. »Ich? Sie denken, ich würde an Syphilis leiden! *Ich*?«

»Da siehst du, wie es ist, wenn einem ein Lotterleben unterstellt wird«, meinte Konny lapidar.

»Geschlechtskrankheiten sind kein Zeichen eines Lotterlebens, wie Sie es nennen«, klärte Heimbach auf. »Gerade die Syphilis ist leicht übertragbar. Schon ein einziger ungeschützter Sexualverkehr kann zu einer Infizierung führen.«

»Ich hatte keinen Sexualverkehr!«, donnerte Kriemhild.

Konny realisierte, dass ihre Schwester und Herr Tröndle of-

fenbar doch nur Händchen hielten. Nach all der Zeit. Und trotz all der gegenseitigen Besuche. Und gleich darauf dachte sie, dass dieser Ausbund an Keuschheit deshalb unmöglich ihre echte Zwillingsschwester sein konnte. Bestimmt hatte es damals im Krankenhaus eine Verwechslung gegeben. Beim Windelwechseln auf der Neugeborenenstation.
»Kornelia, wir gehen!«, fauchte Kriemhild. Die Aussprache des Komplettnamens deutete auf sehr große innere Erregung hin. Da widersprach man besser nicht.
Eine letzte Frage hatte Konny dennoch an den Apotheker. »Sagen Sie, haben Sie einen Ersatzkittel, den Sie mir verkaufen würden?«

10 … in dem man das Lotterleben nicht suchen muss – es findet einen von ganz allein

»Hier unterschreiben, bitte.«

Der Zusteller hielt Kriemhild ein klobiges schwarzes Gerät hin, an dem etwas baumelte, das so tat, als wäre es ein Stift. Kriemhild kritzelte damit Unleserliches auf den Touchscreen. Von wegen Unterschrift, es hätte auch die Reliefansicht der Anden sein können.

Der Zusteller tippte sich an die nicht vorhandene Mütze, schwang sich ins Fahrerhaus und brauste davon.

»Es ist höchst ungewöhnlich, dass unsere Gäste sich Pakete zustellen lassen, noch dazu in dieser Größe.« Die Mutter Oberin sagte es mit sanfter Stimme, aber es schwang unüberhörbar ein Tadel mit. Schwester Maria Tumaini stand mit ebenfalls tadelnd verschränkten Armen neben ihr.

Just in dem Moment, als Kriemhild und Konny – letztere immer noch in ihrem knitterzerknautschten Kartoffelsack, weil Apotheker Heimbach keinen Kittel hatte, der Konnys Hüften Unterschlupf gewährt hätte – ins Kloster zurückkehrten, wollte der Expressdienstzusteller das riesige Paket wieder in seinen Lieferwagen hieven, weil die Nonne die Annahme verweigert hatte. In letzter Sekunde hatten sie ihn davon abhalten können.

Und nun stand es vor der Tür zum Gästehausbüro. Hüfthoch, fett und wuchtig.

»Wir sind ohne Gepäck gekommen. Da verstehen Sie doch sicher, dass wir uns einige Dinge haben nachschicken lassen«, erklärte Kriemhild frostig.

Konny, die von nichts wusste, weil sie sich während Kriemhilds Telefonaten im Likördelirium befunden hatte, sah erst das Paket und dann ihre Schwester an. Sie mischte sich aber nicht ein – das war ganz offensichtlich ein kampfsportlicher Pax de deux zwischen Kriemhild und der Mutter Oberin.
Und die sagte jetzt verblüfft: »Aber Sie reisen doch heute ab. Wir haben Ihr Zimmer schon geputzt und die Betten neu bezogen.«
Es war davon auszugehen, dass dieses »wir« der Mutter Oberin ein *Pluralis Majestatis* war. Es war Schwester Maria Tumaini, die Gummihandschuhe trug und einen Eimer mit Lappen und Putzmitteln vor sich stehen hatte.
»Pech, da hätten Sie uns vorher fragen sollen. Wir verlängern. Bis zum Wochenende.« Kriemhild schürzte die Lippen und hob das Kinn.
Eine unverhohlene Kampfansage, die der Mutter Oberin nicht verborgen blieb, die sie aber berufsbedingt nicht ebenso schamlos kinnhebend erwidern konnte.
»Es tut mir leid, aber ich fürchte, das wird nicht möglich sein«, sagte sie stattdessen.
»Warum nicht, wenn ich fragen darf? Laut Schwester Maria Tusnelda …«
»Tumaini«, korrigierte Konny verhalten zischelnd.
»… Maria *Tumaini* sind im Gästehaus diese Woche noch jede Menge Zimmer frei. Das stimmt doch, oder?« Kriemhild konnte sich ein triumphierendes Grinsen nicht verkneifen.
In der Tat, Schwester Maria Tumaini hatte sich verplappert. Sie wurde unter dem vorwurfsvollen Blick ihrer ranghöheren Mitschwester vermutlich rot, aber aufgrund ihres

samtigen, ebenholzfarbenen Hauttons war das nicht genau auszumachen.

Was würden die Nonnen tun? Die Option, die jeder andere in einer solchen Situation gewählt hätte, nämlich frech zu lügen, stand ihnen ja nicht zur Verfügung.

Die Mutter Oberin pumpte ein wenig, dann zwang sie sich zu einem: »Wenn das so ist …« Sie nickte Schwester Maria Tumaini zu, die bückte sich, nahm den Eimer, und dann verschwanden die beiden Nonnen im Gästehausbüro.

»Wer hilft uns jetzt, das Paket aufs Zimmer zu tragen?«, moserte Kriemhild.

»Übertreib's nicht. Du hast dein Glück schon genug herausgefordert.« Konny sah zu dem Paket. »Was um alles in der Welt ist da drin?«

Und … hatte sich das Paket eben … bewegt?

Nein, es waren keine Luftlöcher im Karton. Konny hatte sich eine Sekunde lang vorgestellt, wie sich Herr Tröndle – nur mit einer roten Schleife bekleidet – als Spezialzusendung hatte verschicken lassen, um Kriemhild zu überraschen. Wie in einem Hollywoodfilm. Konny hätte so etwas gefallen. Aber Kriemhild und Tröndle schickten sich wohl eher Rezepte für Baumkuchen und dergleichen.

Kriemhild ruckelte an dem Paket. Es war nicht schwer, nur sehr unhandlich.

Gemeinsam hoben sie es an und mussten gleich darauf feststellen, dass sie den Zimmerschlüssel in der Zimmertür vergessen hatten und sie somit auch die Haustür nicht aufschließen konnten.

Konny und Kriemhild sahen sich über das Paket hinweg an. Wer von ihnen würde den Gang nach Canossa antreten und die Nonnen bitten, die Gästehaustür aufzuschließen?

Glücklicherweise keine.

»Braunkohlelager!«, rief Herr Hirsch fröhlich. Und: »Butterblümchen!«

Auch er war ihrer Erinnerung entfallen. Jetzt kam er gerade richtig. Er wirkte fröhlich und guter Dinge und hatte eine Blume hinter dem Ohr, dessen botanische Zuordnung den Schwestern nicht möglich war. Offenbar hatte er mit Schwester Maria Agneta eine schöne Zeit verlebt.

»Herr Hirsch, haben Sie Ihren Zimmerschlüssel dabei?«

Er zog ihn aus seiner Anzugtasche. Dann sah er zu dem Paket. »Überraschungsei?«

»Wir zeigen Ihnen gleich, was im Karton ist«, sagte Kriemhild. »Und jetzt schließen Sie uns auf. Mir fallen gleich die Arme ab.«

Die Schwestern schleppten das Expressgut den ellenlangen Gang bis zu ihrem Zimmer, das in der Tat makellos rein war und nach Desinfektionsmittel roch. Man hätte auf dem kleinen Tisch vermutlich Operationen am offenen Herzen durchführen können – so sauber war er. Der Schleier, den Konny zurückgelassen hatte, war nirgends zu sehen. Und auch die Handtücher und Notfallbeutel fehlten.

Sie setzten ihre Fracht zwischen den beiden Betten ab, der einzigen freien Stelle, wenn sich drei Erwachsene in dem kleinen Zimmer tummelten.

»Zumachen!«, sagte Kriemhild zu Herrn Hirsch und meinte die Tür zum Flur, und »Aufmachen!« zu Konny und meinte den Karton.

»Ein Paket von Frau Schober?« Konny entdeckte jetzt erst die Absenderadresse.

»Das habe ich arrangiert, während du im Vollrauschkoma darniederlagst.«

Konnys Bewunderung für ihre Schwester stieg. Sonst war sie immer der Geist, der stets verneinte, wenn Konny mit einer ihrer Ideen aufwartete. Aber kaum war Konny ausgeschaltet, wuchs Kriemhild über sich hinaus und entwickelte eigene Ideen. *Vielleicht sollte ich öfter über den Durst trinken*, dachte Konny.

»Aufmachen!«, wiederholte Kriemhild.

»Womit denn?«, schnauzte Konny.

Herr Hirsch zog sein Schweizermesser aus der Hosentasche und ratschte den Paketkleber auf.

Das Erste, was Konny sah, waren diverse Kleidungsstücke von ihr und ihrer Schwester – farblich gut zu unterscheiden: Alles Knallbunte gehörte Konny, alles Graubraundeprifarbene gehörte Kriemhild – und die Kosmetikbeutel von Kriemhild und ihr. Dann kam eine Pappabdeckung, die jemand maßgenau zurechtgeschnitten hatte.

Und darunter befand sich …

… Gabi.

Konny quietschte auf. »Gabi? Du hast dir GABI schicken lassen?«

Herr Hirsch kicherte.

»Ich habe beim Hotelverband eine Ersatzkraft angefordert, die drei Tage lang für uns in der Pension einspringt. Die darf Gabi auf gar keinen Fall finden! Das ist dir doch klar, oder? Hier steht unsere Zukunft als Pensionswirtinnen auf dem Spiel!«

Herr Hirsch kicherte noch etwas mehr.

Nun muss man wissen, dass Kriemhilds verstorbener Ehemann, der Kommodore, oft viele Monate am Stück auf den sieben Weltmeeren unterwegs gewesen war. Kriemhild hatte den Kommodore vergöttert. Auch noch nach seinem Tod.

Gerade nach seinem Tod. Tote Ehemänner umgibt ja viel eher der Nimbus der Heiligkeit als lebende. Weil sie nichts mehr anstellen können.

Natürlich hatte Kriemhild gewusst, dass der Kommodore nicht nur ein Heiliger, sondern auch ein Mann war. Und folglich Bedürfnisse hatte. Darum hatte sie ihm irgendwann erlaubt, sich eine Sexpuppe aus Silikon zuzulegen – besser eine Gummipuppe als in jedem Hafen eine Braut. Hatte sie gedacht. Bis sie, erst lange nach dem Tod des Kommodore, schmerzhaft und nachhaltig traumatisierend hatte herausfinden müssen, dass diese Puppe, die er Gabi nannte, nach einer lebenden, atmenden, echten Frau geformt worden war – die ebenfalls Gabi hieß. Und die über viele Jahre seine Geliebte gewesen war. Hätte Kriemhild eine Möglichkeit gesehen, diese peinliche Erinnerung an die Untreue ihres Mannes so zu entsorgen, dass es niemand, wirklich niemand, mitbekam, dann hätte sie das längst getan. So aber fristete Gabi ihr Dasein mit eingeklappten Gliedmaßen in diesem Pappkarton. Der in Kriemhilds Zimmer stand, damit keiner der Pensionsgäste zufällig darüber stolperte und hineinsah. Aber weil sie von sich auf andere schloss, ging Kriemhild sehr davon aus, dass die Ersatzkraft des Hotelverbands überall herumschnüffeln und in alle Kartons hineinschauen würde, weil die ja … hüstel, räusper, Ausrede, Ausrede … eventuell eine Brandgefahr darstellen könnten, und dann würde diese Person die Sexpuppe sehen und es überall herumerzählen und es womöglich als heitere Anekdote des Monats im Newsletter des Hotelverbands veröffentlichen – und das durfte auf gar, gar keinen Fall geschehen!

Darum war Gummi-Gabi jetzt also hier. Im Kloster der Schwestern unserer Lieben Frau vom Sonnenberg.

Konny schüttelte den Kopf. »Du hast sie …« Doch nicht mehr alle, hatte sie sagen wollen. Aber da merkte sie plötzlich, dass die Sexpuppe wackelte, und bekam einen Schreck.

Auch Herr Hirsch fuhr zusammen.

Sie hatten es alle gesehen.

»Lass das gefälligst!«, fuhr Kriemhild ihre Schwester an. Wenn irgendwas Slapstickartiges passierte, war immer Konny schuld. Konny mit ihrem Faible für Albernheiten.

»Ich mach doch gar nichts!«

»Doch, du trittst dagegen!«

Herr Hirsch trat näher an den Karton heran und sah hinein.

»Und? Sehen Sie was?«, fragte Konny, die sich im Gegensatz zu Herrn Hirsch einen Schritt vom Karton entfernt hatte. Nur zur Sicherheit.

In diesem Moment schlängelte sich plötzlich etwas Fleischfarbenes zwischen den Beinen von Gabi hervor und sprang in einem einzigen, geschmeidigen Satz Konny an.

Konny, Kriemhild und Herr Hirsch schrien unisono auf.

Und Nacktkater Amenhotep miaute im Chor mit, während er sich mit scharfen Krallen in die Kartoffelsackbrust seines Frauchens bohrte …

11 … in dem die Schwestern und ihr Gärtner Zuwachs bekommen

Neue Rekorde im Hochsprung findet man bei den Olympischen Spielen und wenn Menschen aus heiterem Himmel zutiefst erschreckt werden. Und zwar in kürzester Reihenfolge zweimal hintereinander. Herr Hirsch, Kriemhild und Konny lupfte es unwillkürlich vom Linoleumboden des Gästehauszimmerbodens. Das war der Schreck. Und so ein Lemming-Ding: Wenn einer über die Klippe springt, springen alle. Galt auch fürs Hochspringen.

Und just in dem Moment, als Amenhotep wie so ein Springteufelchen aus der Kiste katapultiert kam, klopfte jemand an die Tür.

Klopf, klopf.

»Hallo?«, rief eine Stimme, die sie nicht gleich zuordnen konnten.

Konny, Kriemhild und Herr Hirsch sahen sich aus weit aufgerissenen Augen an. Um etwas erwidern zu können, mussten sie erst mal wieder zu Atem kommen. Und sie standen alle noch unter Schock.

Nur Amenhotep nicht. Der schnurrte.

Es klopfte erneut. »Ist alles in Ordnung?«, rief es draußen auf dem Flur. Jetzt war klar: Die Stimme gehörte Schwester Tumaini.

Totstellen ging nicht, sie musste ihre Schreie gehört haben.

»Wie kommt dein Kater in den Karton?«, flüsterte Kriemhild mit tief zerfurchter Stirn.

»Er muss sich hineingeschlichen haben, als Frau Schober gerade nicht hinsah«, flüsterte Konny zurück.

»Tiere sind im Gästehaus nicht erlaubt!«, raunte Kriemhild, die beim Einchecken die an der Empfangstheke aushängenden Hausregeln studiert hatte. Das machte sie immer. Damit sie wusste, worauf sie sich gegebenenfalls ein Ei pellen konnte. Was sie in diesem Fall aber nicht wollte – erst musste sie herausfinden, ob die Obernonne und der Arzt den Priester umgebracht hatten. Das war jetzt eine Frage der Ehre. Es würde sie rasend machen, wenn sie nicht beenden konnte, was sie angefangen hatte.

»Hallo?«, rief die Nonne abermals. Und etwas ungeduldiger: »Ich bringe frische Handtücher.«

Sie bewegte den Türknauf.

Gerade noch rechtzeitig sprang Herr Hirsch zur Tür und hielt dagegen.

»Weg mit dem Kater. Ich will ihr keinen Grund liefern, uns rauszuwerfen, bevor unsere Mission erfüllt ist!« Kriemhild warf die diversen Kleidungsstücke so zurück in den Karton, dass man Gummi-Gabi nicht mehr darunter erkennen konnte. Ein paar der Sachen fielen an Gabi vorbei auf den Kartonboden, was sich später als fatal herausstellen würde.

Konny wollte Amenhotep auf das Kleiderlager ablegen, aber sie bekam seine Krallen nicht aus dem Kartoffelsack. Je mehr Konny zerrte, desto tiefer versenkte er sie in Stoff und Haut.

»Was ist denn los bei Ihnen?«, rief die Nonne und ruckelte heftiger an der Tür.

»Phrasendrescher«, mahnte Herr Hirsch besorgt. Er hatte alle Mühe, die Tür geschlossen zu halten.

»Ins Bad!«, kommandierte Kriemhild. »Er wird ohnehin Durst haben. Gib ihm Wasser.«

Konny eilte mit ihrem Nacktkater in die Fliesenabteilung, Kriemhild warf die Tür zu. Gerade noch rechtzeitig.

Schwester Maria Tumaini mit ihrem muskulösen Kugelstoßerinnenkörper schob die Tür, an der der vergleichsweise fliegengewichtige Herr Hirsch klebte, unaufhaltsam auf.

»Hallo, Schwester«, flötete Kriemhild. »Das ist aber nett, dass Sie uns frische Handtücher bringen.«

Schwester Maria Tumaini sah sich misstrauisch um. Ihr Blick blieb an dem offenen Karton hängen, in dem man jedoch nichts weiter sah als Kleider. Sie rümpfte die Nase, dann sagte sie: »Ihr Paket riecht merkwürdig.«

Jetzt, wo sie es sagte, fiel es auch den anderen beiden auf. Ein strenger Geruch. Ein Geruch, den Kriemhild gut kannte.

Kater-Pipi.

»Das ist das Parfüm meiner Schwester«, sagte sie und nahm der Nonne die Handtücher ab, bevor die Anstalten machen konnte, sie ins Badezimmer zu bringen. Jetzt erst sah sie, dass obenauf Konnys Witwenschleier lag. Ordentlich gefaltet und gebügelt.

Kriemhild ärgerte sich ein wenig darüber, dass die Nonne so ein guter Mensch war. Weil ihr das vor Augen führte, woran es ihr selbst mangelte. Beispielsweise an den kleinen Liebesdiensten.

Gleich darauf bediente sie sich des ältesten Tricks der Welt: Ablenkung.

»Sagen Sie, Schwester, ich habe beim Frühstück gehört, dass heute Nacht im Priesterhaus eingebrochen wurde. Warum sehe ich gar keine Polizei auf dem Gelände? Haben Sie denn keine Anzeige erstattet?«

Es wirkte.
Schwester Tumaini sah sie mit zusammengepressten Lippen an. »Es wurde nichts gestohlen, nur ein wenig Unordnung angerichtet. Die ehrwürdige Mutter fand es besser, für die Täter zu beten.«
»Die wer?«
»Die Mutter Oberin.«
»Ah.« Kriemhild war mit den klösterlichen Anreden nicht vertraut und fand das *ehrwürdig* gerade in diesem Fall strittig. Sie lächelte süffisant und wollte etwas Herablassendes sagen, aber manchmal strafte einen das Schicksal schon, da hatte man das Böse noch gar nicht getan, nur angedacht.
In diesem Moment miaute es nämlich deutlich hörbar im Badezimmer.
Schwester Maria Tumaini fuhr herum. »Was war das?«
»Meine Schwester«, sagte Kriemhild.
Es miaute erneut, brach dann abrupt ab. Als hätte jemand der Quelle des Miauens die Hand auf die Schnauze gepresst.
»Das war doch eine Katze!« Schwester Maria Tumaini lauschte. Es blieb jedoch still.
»Ich muss doch sehr bitten«, befand Kriemhild streng. »Welche Töne man von sich gibt, wenn man im Bad seine Geschäfte erledigt, erlaubt ja wohl keine abfälligen Vergleiche mit dem Tierreich!«
Man musste Schwester Maria Tumaini zugutehalten, dass sie sich nun schämte. Völlig grundlos, aber das wusste sie ja nicht. »Natürlich. Sie haben recht. Verzeihen Sie bitte. Ich gehe dann jetzt.«
Was sie auch tat. Lautlos, wie nicht anders zu erwarten, glitt sie in den Flur.
Kaum hatte Herr Hirsch die Tür hinter der Nonne ge-

schlossen, drang ein Aufschrei aus dem Bad und gleich darauf ein wütendes Fauchen. Im Kampf Frauchen gegen Nacktkater stand es offenbar eins zu null für den haarlosen Vierbeiner.

12 … in dem schon wieder wer stirbt

Konny ließ unauffällig ein Stück Fleisch in Kriemhilds Handtasche gleiten. Mit ihrer dick bandagierten rechten Hand. Schwester Gundela, die nicht nur Schnaps brannte, sondern im Kloster – wann immer nötig – erste Hilfe bei Notfällen leistete, die den Einsatz von Doktor Grünbaum nicht erforderlich machten, hatte die Wundversorgung übernommen.

»Das sieht wie ein Tierbiss aus«, hatte Schwester Gundela beim Anblick der roten Punkte in Konnys Hand besorgt geäußert.

»Nein … äh … ich habe mich beim Fingernägelkauen erschrocken und mich selbst gebissen«, hatte Konny gekontert.

Konny war gegen alles geimpft, was Nacktkater Amenhotep ihr durch seinen Biss hätte bescheren können. Jodtinktur und Verband reichten völlig aus.

»Sie waren nicht immer schon Nonne?«, hatte Konny gefragt.

»Wo denken Sie hin, liebes Kind, man kommt doch nicht als Nonne auf die Welt.« Maria Gundela hatte keckernd gelacht.

»Als was dann?« Manchmal kam die frühere Journalistin in ihr durch.

»Als Krankenschwester!«

Woraufhin Konny visualisiert hatte, wie Baby Gundela im weißen Kittel und Birkenstocksandalen aus ihrer Mutter herausploppte.

Es war allerdings unübersehbar, dass ihre aktive Zeit lange, sehr lange zurücklag – der Verband ähnelte mehr einem Boxhandschuh.
Und jetzt musste Konny dafür sorgen, dass ihr kleiner Ausreißerliebling etwas zu futtern bekam, ohne dass die Nonnen es merkten.
Es war Mittagszeit im Speisesaal. In anderen Häusern verstand man unter Halbpension Frühstück und eine warme Mahlzeit am Tag. Alles darüber hinaus wäre Vollpension und nur gegen Aufpreis zu haben.
Bei den Nonnen kam die Halbpension der Speisung der Fünftausend gleich. Dreimal am Tag ächzten die Tische im Speisesaal unter dem Gewicht all dessen, was Schwester Maria Pulcharda und ihre Küchenhilfen auffuhren. An diesem Mittag waren es verschiedene Salate, ein Kessel Spinatsuppe, ein riesiger Edelstahl-Wärmebehälter mit Spinatlasagne und eine fast annähernd so große Schale mit Mousse au Chocolat. Dazu selbstverständlich ein Brotkorb sowie eine Etagere mit verschiedenen Obstsorten. Und ein etwas kleinerer Wärmebehälter mit den Schnitzelresten vom Vortag.
Auf Letztere hatte Konny es abgesehen. Nicht nur Herr Hirsch, auch Amenhotep war Schnitzel-Aficionado.
»Schmeckt's?«, rief Schwester Maria Pulcharda und trat aus der Küche in den Speisesaal, wobei sie sich ihre geröteten Hände an der Schürze abwischte.
»Köstlich!«, rief Konny, die noch keinen Bissen probiert hatte.
Es war jedoch eine faktenbegründete Vermutung, denn alle anderen im Speiseraum kauten wie die Weltmeister.
Auch Herr Hirsch, weil er genau wusste, dass er schnell sein

musste, bevor Konny die kompletten Schnitzelreste kleingeschnitten in Kriemhilds Handtasche gleiten ließ.
Und Kriemhild, weil sie während ihrer Ehe mit dem Kommodore nie viel Geld besessen hatte, und seitdem die Angewohnheit hatte, immer kräftig zuzulangen, wenn es etwas umsonst gab. Oder unerklärlich billig war. Und weil sie so kräftig zulangte, bekam sie auch nicht mit, dass Konny ihre Krokotasche unter dem Tisch als Futterzwischenlager missbrauchte.
Das Ziegenbärtchen und die Luxusbiene saßen an denselben Plätzen, die sie schon beim Frühstück eingenommen hatten, das war das ungeschriebene Gesetz aller Speisesäle. Sie nickten der Nonne beim Kauen bestätigend zu.
»Schön!«, freute sich Maria Pulcharda, lächelte selig in die Runde, sah kurz nach, ob sie irgendwo nachlegen musste, hielt dann inne, zog die Nase kraus, schnupperte kurz und verschwand wieder.
Es kehrte Stille ein.
Stille, aber keine Geruchsneutralität.
Dummerweise waren es Konnys Kleider gewesen, die an Gummi-Gabi vorbei auf dem Kartonboden und somit im Katzenurin gelandet waren. Konny hatte die Wahl gehabt: weiterhin den Kartoffelsack zu tragen oder endlich wieder etwas Figurschmeichelndes in Kanariengelb oder Knallorange zu tragen und sich als Frau zu fühlen, dafür aber wie ein inkontinenter Kater zu riechen. Selbst nachdem sie ihren halben Parfümflakon über sich geleert hatte. Man musste Prioritäten setzen: Auf Fotos sah niemand, wie man roch.
Und Konny war, das musste leider gesagt werden, trotz ihres fortgeschrittenen Alters ein Kind ihrer Zeit: Optik trumpfte alles.

»Würde es einem von Ihnen etwas ausmachen, wenn ich ein Fenster öffne?« Es war eine rhetorische Frage. Die Frau im eleganten Businesskostüm klappte bereits den Riegel auf. Gleich darauf ergoss sich ein Schwall Frischluft in den Saal. Als die Frau sich setzte, sah sie zu dem Mann am Nebentisch.

Kriemhild stutzte. Bildete sie sich das jetzt ein oder hatten die beiden gerade ebenfalls einen verschwörerischen Blick ausgetauscht? Sie war eigentlich nicht die Art von Mensch, die gelegentlich an der eigenen Wahrnehmung zweifelte, aber hier konnten doch unmöglich alle unter einer Decke stecken? Oder hatten die beiden, die zunächst so rein gar nichts miteinander gemein zu haben schienen, etwa eine eigene Konspiration am Laufen?

Da öffnete sich die Eingangstür, und Doktor Grünbaum trat ein. Er sah so zerzaust wie am Morgen aus, nur dass jetzt Flecken auf seinem Hemd auszumachen waren. Eiter? Reste vom Frühstücksei? Die Flecken waren in einem diffusen Gelbton.

»Guten Tag.« Sein professioneller Blick wanderte zu dem Verband um Konnys Hand. »Ich hörte schon von Schwester Gundela, dass Sie medizinisch versorgt werden mussten. Was ist denn passiert?«

Aller Augen wanderten zu Konny.

»Ja. Ich … äh … habe mich gebissen.« Sie konnte jetzt unmöglich mit einer anderen Geschichte aufwarten. Schwester Gundela hatte es Grünbaum bestimmt brühwarm erzählt. Das war schließlich nichts so Alltägliches wie eine Geburt draußen im Ort oder ein neuerlicher Gichtanfall von Schwester Stupenda, der mit Abstand ältesten Mitschwester.

»Sie haben *sich selbst* gebissen?« Grünbaum ließ sich nichts anmerken. Vermutlich bekam man als Arzt viel Quatsch zu hören. Ausreden, anzunehmenderweise. Von Leuten, die sich für ihre Wunden schämten, weil sie sich diese beispielsweise zugezogen hatten, als sie mit nacktem Hinterteil aus dem Fenster eines fahrenden Autos hingen, bis ihnen ein Baumstamm die Haut von den Backen schrammte. Oder etwas in der Art. Als ob sie auf Teufel komm raus den Darwin Award gewinnen wollten.

»Ja.« Konny ging nicht weiter darauf ein. Wirklich gute Lügner wussten, dass man von dem, was man nicht verraten wollte, möglichst viel weglassen musste, um es stattdessen mit möglichst vielen echten Details zu schmücken, die der Lüge dienlich waren. »Schwester Gundela hat allerbeste Wundversorgung geleistet, großes Kompliment. Wirklich erstklassig. Und sehr einfühlsam. Alles ist desinfiziert und perfekt bandagiert.« Sie hob die klobige Keule, die ehemals ihre rechte Hand gewesen war.

Und es zeigte sich, dass Konny die genau richtige Strategie gefahren hatte, denn jetzt kam Schwester Maria Gundela mit einer Likörflasche und einem Schnapsglas an. Sie hatte die Lobeshymne noch mitbekommen und freute sich sichtlich.

»Liebe Frau Konny, Sie sind ein Schatz. Dafür bringe ich Ihnen hier etwas Hochprozentiges, damit etwaige Keime auch von innen abgetötet werden.« Schmunzelnd schenkte sie ein. »Das ist unser Himbeergeist. Hilft gegen alles!«, versprach sie vollmundig und stellte das volle Schnapsglas vor Konny auf den Tisch. »Der Doktor hat das schon abgesegnet.« Sie lächelte Grünbaum zu. Der lächelte ebenfalls und nickte.

Konny hatte zwar bis gerade eben das Gefühl gehabt, den inneren Kater fest im Griff zu haben, aber der hauchzarte Duft von Himbeergeist erweckte das Monster zu neuem Leben. *Trink doch, wenn du dich traust*, raunte es ihr zu. Ihr kam etwas Galle hoch.

»Ich habe es gestern mit dem Hochprozentigen übertrieben. Es wäre besser, wenn ich jetzt nichts trinke.«

»Das war kein Alkohol, das war Medizin«, widersprach Schwester Maria Gundela. Es zählte nicht als Schnaps, wenn *Nerventrost* draufstand. War es nicht auch ein Mönch, der dunnemals die Maultasche erfunden hatte, damit man auch in der Fastenzeit Fleisch essen konnte, weil der Herrgott es nicht mitbekam, wenn man Teig drum herumwickelte? Klosterleute waren in ihrer Gottesfurcht durchaus kreativ.

»Ich fürchte …«, setzte Konny erneut an. Sie spürte, wie ihr fester Entschluss ins Wanken geriet.

»Nur ein Schluck. Das wird Ihnen guttun«, meinte der Arzt. »Schwester Maria Gundela hat nicht ganz Unrecht: Das Brennen aktiviert das Immunsystem.«

Konny war keine Kostverächterin. Was Alkohol, Essen und Männer anging, griff sie immer gern zu, selbst dann, wenn sie es eigentlich besser wissen sollte. Und auch jetzt machte ihre gute Hand eine Vorwärtsbewegung.

Bis ihr Greifarm von Kriemhild schnöde auf die Tischplatte hinuntergedrückt wurde. »Meine Schwester möchte nicht«, giftete Kriemhild.

Es trat ein unguter Moment der Stille ein. Angeblich gibt es – oder gab es zumindest – Kulturen, in denen das Ausschlagen der Gastfreundschaft zu sofortigem Kopfabschlagen der Hospitalitätsverweigerer führte. Glücklicherweise traf das nicht auf das Kloster der Schwestern unserer Lieben Frau vom Sonnenberg zu. Schwester Maria Gundela schaute zwar enttäuscht, drückte aber flugs den Korken wieder in die Flasche und meinte besänftigend: »Aber natürlich, wie Sie meinen. Wenn Sie es sich anders überlegen, dann finden Sie mich in der Brennerei hinter dem Klostergarten.« Lächelnd glitt sie davon.

Doktor Grünbaum guckte dagegen unwirsch. Mit jeder Pore seines Körpers verströmte er seine Überzeugung, dass man einem Arzt nicht zu widersprechen hatte. Er hatte in seiner Anfangszeit als Mediziner noch miterlebt, wie Ärzte als Halbgötter in Weiß galten, deren Wort Befehl war. Er vermisste diese Zeiten.

Grünbaum wollte nach dem Schnapsglas greifen – in einem Kloster galt Verschwendung zweifelsohne als Sünde –, da klingelte sein Handy. Er sah auf das Display und nahm den Anruf zügig an, wobei er den Anwesenden den Rücken zukehrte und mit seiner sonoren Stimme Beruhigendes murmelte. Allem Anschein nach versicherte er einer werdenden Mutter, dass deren Wehenabstände mitnichten Anlass zur Eile geboten.

Die Kostümträgerin und das Ziegenbartmännchen erhoben sich.

Er wollte sich Nachschlag von der Mousse holen, sie stellte ihr Geschirr auf dem Rollwagen ab.

Kriemhild hätte Stein und Bein geschworen, dass die beiden sich wieder einen Blick zuwarfen. Und nicht nur ein harmloses Austaxieren, ob man aneinander vorbeikam, ohne sich zu touchieren, nein, einen *Blick*!

Und als ob die Frau Kriemhilds Gedanken in ihrem Rücken gespürt hätte, drehte sie sich zu den Schwestern um und sagte: »Sie kannten Hochwürden Eberhard auch, nicht wahr? Ich habe Sie bei der Beerdigung gesehen.«

Ihr Lächeln war strahlend, als wäre ein Licht angeknipst worden. In der Frontalansicht wirkte sie noch schöner als seitlich oder von hinten. Wie eins der Supermodels aus den 1980er Jahren. Claudia Schiffer fiel den Schwestern bei diesem Anblick unwillkürlich ein, weil sie dieselbe Sozialisation erfahren hatten.

Eine Welle der Eifersucht schwappte über Konny hinweg. Die Unsicherheit, was das eigene Äußere angeht, wurde Frauen von frühester Kindheit an eingeimpft. Konny hatte nie dem gängigen Schönheitsideal entsprochen. Diese Frau hier schon. Sie war groß und schlank und sicher nicht viel jünger als Konny, wirkte aber jugendlicher, gesichtsgeglätteter, fitter, schöner. Und außerdem war sie blond. In der drallen Konny mit ihren dunklen Locken waren seit jeher Minderwertigkeitskomplexe beim Anblick hochgewachsener Blondinen aufgewallt. So einen tief verwurzelten Komplex legte man auch mit sechzig nicht einfach ab. Egal, wie erfolgreich man in seinem Leben war – als Journalistin, als Frau, als Schwester, als Frau, die von Männern geliebt wurde. Ein bisschen Restgehirnwäsche durch Hochglanz-Frauenmagazine blieb immer.

»Ob wir uns kannten? Robert und ich kannten uns sogar sehr gut«, platzte es aus ihr heraus. Und so, wie sie es sagte, klang es, als hätten der Priester und sie seit Jahrzehnten einer heimlichen Liebe gefrönt und nicht nur eine Woche lang auf der Hollywoodschaukel im Pensionsgarten gesessen und den Schafen der Schobers beim Grasen zugesehen.

Kriemhild schüttelte den Kopf.

Sogar Herr Hirsch schürzte die Lippen.

»Mein Beileid, dann muss Ihr Verlust besonders tragisch gewesen sein. Ich fühle mit Ihnen!« Die Blondine schaute mitfühlend. Weil sie das wie auf Knopfdruck tat, wirkte es unecht. Welches Spiel spielte sie? »Ich kannte ihn nur ganz oberflächlich. Von gelegentlichen kurzen Besuchen. Uns verband jedoch die Liebe zu christlicher Literatur und theologischen Schriften. Thomas a Kempis, Kardinal Newman und natürlich die Heilige Schrift. Wir sind … waren beide Sammler.«

Konny kam sich albern vor. Die Frau stellte keine Konkurrenz dar – sie war bibliophil, nicht priesterphil.

»Seine Leidenschaft für Bücher habe ich leider nicht geteilt. Die fürs Lesen schon, nur nicht fürs Sammeln. Aber …« Konny war mit ihrer Fake-Witwen-Nummer noch nicht durch. »… uns verband …« Bedeutungsschwangere, künstlich in die Länge gezogene Pause. »… anderes.«

Kriemhild rollte mit den Augen. Es hatte nie ein *uns* gegeben. Aber ihrer Schwester war immer schon gern die Fantasie durchgegangen. Jetzt, wo Pfarrer Eberhard tot war, konnte er dagegen auch keinen Einspruch mehr einlegen.

»Wie schade. Bücher sind etwas Wunderbares«, konstatierte die Frau. »Gerade auch christliche!«

Konny nickte bestätigend. Dabei hatte sie in ihrem ganzen Leben keine christliche Erbauungsliteratur gelesen.

Das Männchen mit dem Ziegenbart saß mittlerweile wieder an seinem Platz und löffelte Mousse. Aus den Augenwinkeln sah er zu den Frauen. Kriemhild fand diesen Augenwinkelblick höchst suspekt.

»Na, dann will ich Sie nicht länger aufhalten.« Die Blondine strich sich über die Kostümjacke und wollte sich gerade zur Tür umdrehen, als sie das verwaiste Schnapsglas mit dem Himbeergeist sah. »Würde es Ihnen etwas ausmachen, wenn ich das trinke? Ich fand die Lasagne, unter uns gesagt, ziemlich schwer, und Schnaps soll ja die Verdauung fördern.«

»Nur zu«, sagte Konny, die ihren Alkohol normalerweise nicht teilte, aber an Katertagen konnte sie großzügig sein.

Die Frau, die sich ihnen nicht vorgestellt hatte, kippte den Himbeergeist auf ex und stellte das leere Glas wieder vor Konny ab.

Währenddessen tupfte sich Herr Hirsch die Mundwinkel mit der Serviette ab, er war pappsatt.

Das Ziegenbärtchenmännlein kratzte hörbar seine Dessertschale aus.

Konny schloss die Handtasche, aus der es verdächtig nach Schnitzel duftete, was aber glücklicherweise nur sie wahrnahm, die Nasen der anderen rochen nur Katzenpipi.

Doktor Grünbaum beendete sein Telefonat, drehte sich um und lächelte sein Drei-Tage-Bart-Lächeln, das alle für ihn einnahm – mit Ausnahme von Kriemhild.

Die Tür ging auf, und die Mutter Oberin betrat den Speisesaal.

Gerade rechtzeitig, um – wie alle anderen auch – mitzubekommen, wie sich die Blondine an den Hals fasste, die Augen aufriss, röchelnd in die Knie ging …

… und starb.

13 … in dem die Schwestern in flagranti ertappt werden

Mit der Pfote fischte Amenhotep Schnitzelhäppchen aus Kriemhilds Handtasche. Er war der Einzige im Zimmer, an dem die Tristesse der Mortalität allen Lebens in diesem Augenblick spurlos vorüberging.

»Der Schnaps war für dich gedacht!«, erklärte Kriemhild. »Jemand wollte dich ermorden.«

Weil sie davon überzeugt war, dass jemand ihre Schwester vom Leben zum Tode befördern wollte, ging sie ausnahmsweise nicht auf die Schnitzel-Schändung ihrer guten Handtasche ein.

»Sei nicht albern. Warum sollte mich Schwester Gundela vergiften wollen? Ja, ich bin noch da.« Letzteres galt Bäuerin Schober, mit der Konny gerade telefonierte und die sich nach kurzer Abwesenheit vom Hörer nun wieder meldete – eine Kuh kalbte gerade und das Kleine wollte nicht raus, womit Frau Schober gar nicht beschäftigt war, aber sie hatte dem Tierarzt rasch warmes Wasser gebracht.

»Aha«, sagte Konny. Und: »Aha.« Und: »Ich verstehe. Danke schön, Frau Schober.«

Konny streichelte den Wackelpo ihres Nacktkaters. Beim Fressen schien er vor lauter Begeisterung immer Rumba zu tanzen. »Sie sagt, sie hat ihn gar nicht vermisst. Als heute früh sein Futternapf noch unberührt war, dachte sie, dass er sich im Keller eine Maus geschnappt hätte. Als ob mein Süßer Lebendfutter fressen würde. Du bist doch kein Barbar, nicht wahr?«

Amenhotep ignorierte sie. Das konnte er gut. Wenn er hatte, was er wollte.

»Willst du gar nicht wissen, wie sich Frau Sperling macht?«, sagte Konny zum Rücken ihrer Schwester.

Kriemhild und Herr Hirsch schauten aus dem Fenster.

Was die beiden Schwestern mittags bei der Rückkehr von ihrem Spaziergang nach Mistelau noch vermisst hatten, jetzt war es eingetreten: Im Klosterinnenhof wimmelte es nur so von Polizei und Rettungswagen. Man hatte Konny, Kriemhild und Herrn Hirsch bis zur Befragung auf ihre Zimmer geschickt.

Kriemhild drehte sich um: »Wer?«

»Frau Sperling, die Ersatzkraft vom Hotelverband.« Konny stand auf und trat ebenfalls ans Fenster. »Frau Schober sagt, die junge Dame mache einen sehr kompetenten Eindruck. Sie hat sie vorhin in unserem Keller vorgefunden. Sie kocht mit unseren Vorräten aus der Tiefkühltruhe und dem Einmachglasregal, um Geld für Lebensmittel zu sparen.«

»Ich wusste es!«, rief Kriemhild, weil man immer nur das heraushört, was man hören will. »Sie schnüffelt im Keller herum! Stell dir vor, ich hätte Frau Schober nicht gebeten, uns Gabi nachzuschicken.«

Die Zeiten, in denen Gabi ein Kellerdasein führte, waren längst vorbei. Und zwischen einer Erkundungstour durch die Vorratshaltung und dem Betreten von Privatzimmern bestand ein Unterschied, aber Konny ließ das mal so stehen. Eins brannte ihr jedoch unter den Nägeln.

»Weißt du eigentlich, was es gekostet hat, Gabi per Über-Nacht-Express nach Mistelau zu schicken? Noch dazu bei der Größe des Kartons? Mit dem Geld könnte eine Großfamilie eine Woche Urlaub auf Mallorca machen!«

»Man kann auch an der falschen Stelle sparen! Sieh dir das an!« Kriemhild zeigte mit dem Kinn in den Hof.
Dort standen jetzt zwei Männer im besten Alter, die ganz offenbar für die Mordkommission arbeiteten. Aufgrund ihrer jüngsten Vergangenheit hatten Konny und Kriemhild jede Menge Erfahrung und konnten das einschätzen. Und außerdem hatte Doktor Grünbaum schon kurz nach dem Ableben der Blondine erklärt, dass es sich um keinen natürlichen Tod handelte. Zum Entsetzen aller, aber – wie Kriemhild bemerkte – zum größten Entsetzen von dem Ziegenbärtigen.
Kurzum, die Mordkommission ermittelte, und darum war es nicht allzu weit hergeholt, bei den beiden Männern auf Kommissare zu schließen. Die nun eine vorbeieilende Nonne ansprachen – keine die Konny und Kriemhild kannten, und ja, am Tag zwei im Kloster konnten sie die Nonnen durchaus schon voneinander unterscheiden. Oder wussten zumindest, dass diese hier keine von denen war, deren Namen sie kannten. Die Nonne zeigte auf das Gästehaus.
Rasch traten Konny und Kriemhild hinter die Vorhänge in Sicherheit. Nur Herr Hirsch blieb ein wenig bedröppelt stehen.
»Vielleicht stecken die hier alle unter einer Decke?« Kriemhild hatte als sehr junge Frau einmal einen Horrorfilm gesehen, in dem ein komplettes Dorf gleichgeschaltet worden und zu einer Mörderbande mutiert war. Jetzt verwoben sich die Erinnerungen mit Mutmaßungen über das Kloster. Sie würde es sich niemals eingestehen, aber ihre Fantasie galoppierte bisweilen ebenso hemmungslos wie die ihrer Schwester.
»Unsinn«, sagte Konny, weil es das Gleichgewicht zwischen

den Schwestern bedingte, dass immer eine vernünftig sein musste, wenn die andere gerade hohl drehte. Meistens war Kriemhild die Stimme der Vernunft, aber nun hatten sie zur Abwechslung die Rollen getauscht. Konny linste um den Vorhang herum. »Gut, sie sind weg.«

»Schlittenfahrt«, sagte Herr Hirsch.

»Keine Sorge, die kommen schon nicht drauf, dass wir im Priesterhaus eingebrochen sind.« Auch Kriemhild trat wieder hinter dem Vorhang vor.

»Wo hattet ihr eigentlich die Einmalhandschuhe her? Oder habt ihr hinterher alles abgewischt, was ihr angefasst habt?« Konny sah sie fragend an.

Kriemhild und Herr Hirsch warfen sich einen Blick zu. Das Priesterhaus musste übersät sein mit ihren Fingerabdrücken. Von der DNA in den Blutstropfen von Herrn Hirsch ganz zu schweigen. Und weil sie beide schon einmal eines Verbrechens verdächtigt worden waren, waren sie auch beide aktenkundig.

»Kichererbse«, seufzte Herr Hirsch. Wie sollte er das nur seiner Frau beibringen? Gut, dass sein Akku leer war, das verschaffte ihm eine Gnadenfrist.

Kriemhild presste die Lippen aufeinander.

»Anfänger«, spottete Konny. Das konnte ja heiter werden! Auch wenn sie die Blondine gar nicht gekannt hatten, würden sie – sobald die Spurensicherung ihre Arbeit aufgenommen hatte – in den Fokus der Ermittleraufmerksamkeit kommen. Apropos Blondine …

»Sie hatte das Zimmer neben dem Gemeinschaftsbad …«, sinnierte Konny, weil sie nun innerlich zu neuen Ufern aufbrach, während sich ihre Schwester und Herr Hirsch bei Wasser und Brot in einer Dunkelzelle sahen.

Konny war kein Mensch, der alles zu Tode grübelte. Wenn ihr eine Idee kam, dann setzte sie die auch um.
»Jetzt oder nie!« Konny erklärte nicht lang. Sie lief auf den Flur.
Das Glück lacht der Tapferen. Oder einer, die ohne Rücksicht auf Vernunft und Verstand einfach loslegte.
Weil einen im Kloster ganz automatisch das alles durchdringende Gefühl überkam, dass alles gut war auf der Welt – gut und ehrlich –, hatte auch die Blondine, ebenso wie Konny und Kriemhild, ihr Zimmer nicht abgeschlossen. Mangels Safe musste man ohnehin immer alles am Körper tragen, was wertvoll war.
Oder was andere Leute nicht sehen sollten.
Es stellte sich heraus, dass Zimmer *Ruth* – alle Zimmer waren nach Persönlichkeiten der Bibel benannt – ebenfalls in die Luxuskategorie mit eigenem Bad fiel, nur in der Einzelvariante.
Im Badezimmer befand sich ein Kulturbeutel von Prada und eine ganze Batterie an hoch- und höchstpreisigen Kosmetika. Schönheit kam nicht von ungefähr. Schon gar nicht im Alter.
Konny war aber mehr an dem Koffer unter dem Bett interessiert. Als sie ihn hervorzog, sagte eine strenge Stimme: »Und wo sind *deine* Einmalhandschuhe?«
Konny streckte ihrer Schwester die Zunge heraus und öffnete den Koffer. Kriemhild beugte sich über Konnys Schulter. Es gab aber nichts zu sehen. Der Koffer war leer.
Nun kam auch Herr Hirsch herein.
Mit drei Erwachsenen war es in dem Zimmer jetzt so voll wie in einer Tokioer U-Bahn zur Rushhour. Sie konnten sich kaum zu dem schmalen Kleiderschrank umdrehen.

In dem sie weiter nichts fanden als Dessous von *La Perla* und *Agent Provocateur* – was Konny sofort erkannte und Kriemhild nicht einmal dann gewusst hätte, wenn ihr Leben davon abhinge – sowie ein Ersatzkostüm mit zwei zusätzlichen Blusen.

»Ist deine kindische Neugier jetzt befriedigt?« Kriemhild stemmte die Hände auf die hageren Hüften. »Ich weiß gar nicht, was das soll. Oder hast du ein schlechtes Gewissen, weil sie an deiner Stelle ermordet wurde?«

»Ich sage dir, das Gift war nicht im Himbeergeist. So schnell wirkt Gift auch gar nicht!« Als ob Konny wüsste, wie schnell Gifte wirken. Sie hatte das nur mal gelesen.

Im Grunde trieb Konny nur die unsichere Frage um, ob die Tote mit *ihrem* Pfarrer Eberhard nicht vielleicht doch mehr geteilt hatte als die Liebe zu Büchern. Aber das würde sie natürlich nicht zugeben.

»Ich finde einfach, dass wir wissen sollten, wer sie ist. Warum kommt sie zu Pfarrer Eberhards Beerdigung, wenn sie sich angeblich nur oberflächlich kannten? Das ist doch verdächtig!«, behauptete Konny und rief gleich darauf: »Aha!«

In das Kostüm war das Etikett einer Maßschneiderei eingenäht. *Benigno Gallinera für Seska von Teller.*

»Seska von Teller?«, las Konny vor. »Wer ist Seska von Teller?«

»Eine exorbitant reiche Bibliophile, die gelegentlich zu Pfarrer Eberhard kam, um sich seine Expertise einzuholen. Wenn es um alte Bibeln ging, machte ihm keiner was vor.«

Die Mutter Oberin stand mit verschränkten Armen in der Tür. Dass sie sogar nicht auf die fragwürdige Anwesenheit von Konny, Kriemhild und Herrn Hirsch einging, war fast

noch beängstigender, als wenn sie Zeter und Mordio geschrien hätte.
»Die Tür stand auf«, sagte Konny, als sei das eine hinreichende Begründung. Oder eine Entschuldigung. Sie nahm sich vor, die Tür hinter sich zu schließen, wenn sie das nächste Mal ein fremdes Zimmer durchsuchte. Und das würde sie auch Kriemhild und Herrn Hirsch beibringen.
»Die Polizei hat den Empfangsbereich zum Befragungszimmer umfunktioniert und erwartet Sie jetzt dort.« Die Nonne reagierte immer noch nicht auf das Absurde der Situation. Was Kriemhild äußerst verdächtig fand. Schließlich war sie auch Pensionswirtin und wusste ganz genau, was sie in einem solchen Fall getan hätte. Aber Kriemhild fand die Chef-Nonne ohnehin suspekt, und hätte sie geniest und die Nonne hätte ihr »Gesundheit!« gewünscht, hätte sie das ebenfalls verdächtig gefunden.
»Rastalocken«, sagte Herr Hirsch und schlurfte an der Nonne vorbei zum Ausgang. Wenn Recht und Gesetz riefen, war er immer schon eilfertig losgelaufen – nicht erst, seit er mit einer Kommissarin verheiratet war. Kriemhild folgte ihm. Ohne Dolmetscherin war eine Befragung von Herrn Hirsch unmöglich.
»Ich … äh … muss nur rasch für kleine Königstiger«, sagte Konny zur Mutter Oberin. »Ich komme gleich nach.«
»Ich werde unten Bescheid geben.«
Beide Frauen rührten sich keinen Millimeter von der Stelle.
»Danke!«, sagte Konny und verließ das Zimmer.
Die Nonne wartete, bis Konny schon fast ihre eigene Zimmertür erreicht hatte. Dann drehte sie den schweren Schlüssel im Schloss – und nahm ihn mit.

Als Konny noch einmal über die Schulter zurückschaute, hatte die Mutter Oberin bereits das andere Ende des Flurs erreicht und trat ins Treppenhaus. Die Nonnen konnten nicht nur lautlos gleiten, sie waren auch flink.

Konny öffnete die Tür. Das heißt, sie musste sie nicht wirklich öffnen. Die Tür war nur angelehnt.

Nur angelehnt?

Mit einer dumpfen Ahnung trat Konny ein.

Und ja, Nacktkater Amenhotep war nirgends zu sehen. Es war nichts weiter von ihm übrig als ein Häufchen Schnitzelerbrochenes mitten auf dem Bett.

Interessanterweise fehlte auch Gummi-Gabi. Der Karton, der am Boden noch immer ein wenig feuchtelte, war leer …

14 … in dem es einen Splitscreen gibt, aber als Text

»Nein, mehr habe ich nicht zu sagen.«

Konny und Kriemhild hatten sich geirrt. Nicht zum ersten Mal in ihrem Leben, aber dafür gründlich. Die beiden Männer im Innenhof waren nicht die zuständigen Ermittler der Mordkommission gewesen – bei ihnen handelte es sich einfach nur um zwei Neuankömmlinge, denen eine der Nonnen den Weg zur Empfangstheke des Gästehauses zeigte.

Die Ermittlungen wurden von zwei taffen Frauen um die vierzig geleitet. Eine hatte beachtliche Tränensäcke, weshalb Konny sie innerlich Derrick nannte, die andere sah ein wenig schlunzig-ungepflegt aus. Wie Columbo, nur in weiblich.

Columbo gab den bösen Cop, Derrick den noch viel böseren. Ihre Fragen stellten sie kurz angebunden und schnauzig. Ausschmückungen und Ausreden schmetterten sie schon im Ansatz ab.

Konny hätte ja Männer bevorzugt. Sie war nicht stutenbissig, aber Männern gegenüber konnte sie gewisse Schienen bedienen. Früher hatte sie im Fall der Fälle mädchenhaft kokettieren können, und jetzt machte sie in der Not auf süße Oma. Beides Strategien, die bei den Kommissarinnen nicht fruchteten. So was von überhaupt nicht.

»Sie kannten Seska von Teller also nicht, pflegten nur ein einziges Mal einen verbalen Austausch mit ihr – und zwar kurz vor ihrem Tod – und haben nichts beobachtet, was der Aufklärung des Falles auch nur im Entferntesten dienlich

sein könnte«, fasste Columbo zusammen und klang unzufrieden.
»Das ist richtig.«
Konny hatte gefühlt Stunden auf einem unbequemen Stuhl vor der Tür warten müssen, während Kriemhild und Herr Hirsch befragt worden waren. Die Dolmetschkünste ihrer Schwester gerieten bei einem so komplexen Thema wie dem Beobachten eines Mordes offenbar an ihre Grenzen. Konny hatte einmal geklopft und gefragt, ob sie helfen könne, aber Derrick, Columbo und Kriemhild hatten nur »Nein!« geblafft.
Konny saß die ganze Zeit wie auf Kohlen. Wo war Amenhotep? Kriemhild musste ihn versteckt haben, als sie bereits ins Zimmer dieser Seska unterwegs war. Aber wo? Er musste sich in dieser fremden Umgebung doch ängstigen! Aber der Streifenbeamte am Eingang ließ sie nicht weg.
Nun ja, alles geht vorüber. Endlich war die Befragung vorbei.
»Kann ich jetzt gehen?«, fragte Konny.
Draußen wurde es schon dunkel. Normalerweise kündigte das Einbrechen der Nacht, diese *l'heure bleue*, für Konny den Beginn der Cocktailzeit an. Zu Hause gönnte sie sich dann gern ein kleines Gläschen Portwein. Oder einen großen Gin & Tonic – je nach Tagesform.
Aber in diesem Moment war ihr nicht nach Alkohol zumute.
Das schummrige Licht ließ die Polizistinnen wie unberechenbare Ungeheuer aus einer Parallelwelt wirken. Sollte Kriemhild recht haben? Steckten in diesem vermaledeiten Klosterdorf alle unter einer Decke? Würde sie schon in

Kürze mit Pfarrer Eberhard vereint sein? Einen Meter unter der Erde?

Derrick, die bis dahin neben dem Fenster zum Innenhof an der Wand gelehnt hatte und nur einmal »Sprechen Sie deutlicher!« gebellt hatte, kam auf Konny zu. Sie bewegte sich wie ein Wrestler, der mit Steroiden vollgepumpt war, dabei war sie ein graziles Persönchen. Nur die schiere Willenskraft ließ sie deutlich größer und breiter wirken.

Das Ganze war surreal.

Was kam nun? Folter?

Derrick ballte die Hände zu Fäusten und stützte sich damit auf der Tischplatte ab. »Gut, wenn Sie Ihrer Aussage nichts mehr hinzuzufügen haben, können Sie gehen.«

Hm, das war jetzt ein bisschen enttäuschend.

Konny war schon fast an der Tür, als Derrick ihr nachrief: »Aber verlassen Sie das Klostergelände nicht!«

Als ob Konny ohne Amenhotep auch nur einen Schritt nach draußen setzen würde …

Sie hastete zu ihrem Zimmer. Auf den Betten saßen links Herr Hirsch und rechts Kriemhild. Tür und Fenster standen weit offen, damit der Durchzug den alles durchdringenden Geruch nach Katererbrochenem wegfegen konnte.

»Was habt ihr mit Amenhotep gemacht?«, rief Konny, da war sie noch gar nicht ganz im Zimmer.

»Was hast du mit Gabi gemacht?«, rief Kriemhild zeitgleich. Manchmal merkte man eben doch, dass sie Zwillinge waren und wellenlängengleich tickten.

»Rumpelstilzchen!«, rief Herr Hirsch, etwas zeitversetzt. Womöglich, um einfach auch etwas gesagt zu haben.

»Es wird Nacht! Die Kälte bringt ihn um!« Konny guckte panisch in den Innenhof. Die Jugendstilleuchten waren angegangen, Amenhotep war trotzdem nirgends zu sehen. Dabei reflektierte sein grüner Strampler das Licht. Wenn er da draußen herumlief, würde er unübersehbar blinken – wie die Lichtreklame über einem Striplokal.

»Mach dir nicht ins Hemd. Katzen zerfallen im Mondschein nicht zu Staub wie Vampire im Sonnenlicht. Und außerdem trägt er sein Froschkostüm.« Kriemhild war die Ruhe in Person.

»Das ist kein Froschkostüm, sondern ein Wärmejäckchen!« Konny rang die Hände.

»Sag mir lieber, wo du Gabi hingebracht hast?«, wollte Kriemhild wissen.

»Was? Wieso ich?« Konny drehte sich um. »*Ihr* habt Gabi doch verschwinden lassen. Sie war jedenfalls schon weg, als ich aus dem Zimmer von Seska zurückkam.«

»Himmelfahrtskommando!« Herr Hirsch schüttelte energisch den Kopf.

»Genau«, gab Kriemhild ihm recht. »Wir waren das nicht.«

Die drei musterten sich. Wenn es keiner von ihnen gewesen war, wer dann?

»Wir müssen sie wiederfinden!« Kriemhilds Ton machte deutlich, dass sie keinen Widerspruch duldete.

»Erst müssen wir Amenhotep suchen!«, verlangte Konny. »Leben ist wichtiger als Silikon.«

»Es geht hier nicht um Silikon, sondern um unseren Ruf!«

»Weißt du, wohin du meinetwegen deinen Ruf stecken kannst?«

Konny hatte nie ein regelkonformes Leben geführt, Kriemhild dagegen schon. Für Konny war Amenhotep der Lebenspartner, den sie als Singlefrau nie gehabt hatte. Für Kriemhild war ihre Honorigkeit das Einzige, was ihr noch geblieben war, nachdem sich die große Liebe in ihrem Leben, für die sie alles geopfert hatte, als Illusion herausgestellt hatte. Normalerweise gelang es ihnen ganz gut, sich in die jeweils andere hineinzuversetzen, aber in Momenten wie diesen krachten ihre Wertewelten aufeinander.

»Bettpfanne!« Herr Hirsch ertrug es nicht gut, wenn die Schwestern stritten. Jetzt gab er den Mediator. Er stand auf und machte Schwimmbewegungen mit den Armen.

Allein ihren alten Freund und Gärtner beim Trockenschwimmen zu sehen, bei dem ihm der Anzug, aus dem er herausgeschrumpft war, um die dürren Extremitäten schlackerte, ließ den Dampf aus den Streithennen entweichen.

Sie sahen ihm zu, begriffen nicht gleich.

»Sie wollen, dass wir uns aufteilen?«, interpretierte Kriemhild schließlich.

Er nickte.

»Gute Idee.« Kriemhild stand ebenfalls auf. »Konny, du suchst deinen Kater. Herr Hirsch, Sie machen sich auf die Suche nach Gabi. Ich halte die Augen nach beiden offen. Abgemacht?«

»Abgemacht!« Konny zeigte mit dem Daumen nach oben.

»John Wayne!«, sagte Herr Hirsch.

»Herr Hirsch«, freuten sich Konny und Kriemhild unisono. »Das waren ja *zwei* Wörter!«

*

Null-Null-Hirsch

Für Herrn Hirsch war klar, dass es ein anderer Gast gewesen sein musste. Konnte überhaupt gar nicht anders sein, denn ins Gästehaus kam man nur mit Schlüssel. Und sollte ein Einbrecher von außerhalb zufällig an diesem Nachmittag eingestiegen sein – mittels Dietrich oder als Fassadenkletterer –, dann war der auf der Suche nach Bargeld und Pretiosen, nicht nach Sexpuppen. Außerdem war Gummi-Gabi niemand, den man mal eben so unter dem Sakko oder im Herrenhandtäschchen nach draußen schmuggeln konnte.

Nein, befand Herr Hirsch, ein Scherzkeks – vielleicht aus dem Chor – hatte die Puppe aus dem Karton herauslugen sehen und seine Chance ergriffen.

Seiner Meinung nach war die Puppe noch im Haus. Er würde sich systematisch vom ersten Zimmer (*Adam*, was sonst) bis zum letzten Zimmer (nein, nicht *Zion* oder *Zedekiah*, sondern *Lazarus*) vorarbeiten.

*

Miss Konny Marple

Nacktkater Amenhotep war kein Abenteurer. Ihn lockte die Welt da draußen nicht. Hatte sie noch nie. Die war kalt und schmutzig und bäh.

Gut, er war neugierig. Aber nur innerhalb seiner bekannten vier Wände. Nur deshalb war er vermutlich in den Karton geklettert, als Frau Schober die Silikonpuppe zum Versand richtete.

Konny lief »Amenhotep« rufend einmal quer durchs Gästehaus. Am Eingang blieb sie stehen und dachte nach.

Wenn sie ein Nacktkater wäre, was würde sie tun?

Der Transport durch halb Süddeutschland, die fremde Umgebung hier im Kloster – das musste ihren Kleinen traumatisiert haben. Irgendwo, wo es warm und heimelig war, versteckte er sich in diesem Moment, kein Zweifel möglich. Zitternd. Ängstlich. Verzweifelt nach seinem Frauchen miauend.

Wenn er sich zu Hause fürchtete, weil beispielsweise rücksichtslose Gäste durch die Pension polterten, dann gab es nur einen einzigen Ort, an dem er seinen Frieden fand: die Küche.

Das Terrain hier war ihm fremd, aber Katzen hatten einen untrüglichen Instinkt für Küchen. Oder sie erschnupperten die Küchenausdünstungen. Jedenfalls würde Amenhotep sich auf die Suche nach einer Küche gemacht haben.

Sie stürmte los in Richtung Haupthaus.

Halte durch, mein Schatz, Mami kommt!

*

Miss Kriemhild, wir werden gebraucht!

Kriemhild war der Kater egal. Also nicht egal-egal. Sie war einfach nur davon überzeugt, dass Amenhotep als Tier einen funktionierenden Überlebensinstinkt besaß und sich selbst zu helfen wusste.

Im Zweifel würde ihn irgendjemand entdecken und Unterschlupf gewähren. Die Leute waren ja ganz verrückt nach Katzen. Nacktkater waren zwar optisch gewöhnungsbedürftig, aber sein froschgrüner Strampler ließ ihn niedlich genug wirken, um das Kindchenschema zu aktivieren. Nein, um den Kater musste man sich nicht sorgen.

Wie Kriemhild, nach kurzer Nachdenkphase allein im Zimmer, wobei sie die Bettdecken glattzog und die Fenster schloss, zu ihrem eigenen Erstaunen bewusstwurde, war ihr auch Gummi-Gabi nicht wirklich wichtig. Es schüttelte sie immer noch bei dem Gedanken, dass jemand diese Silikonmonstrosität mit ihr in Verbindung bringen und dieses Wissen öffentlich machen könnte, aber ihr Leben kreiste nicht um Gabi. Ja, die stand unerwarteterweise auf ihrer Prioritätenliste sogar erst auf Platz zwei.

Man überlebte auch ohne guten Ruf. Das Leben lebenswert machte etwas anderes. Beziehungsweise *jemand* anderes.

Die Frage, die ihr unablässig im Kopf kreiselte, lautete daher: Wer wollte ihre Schwester vergiften?

Die Antwort darauf kannte nur eine – nämlich Schnapsschwester Gundela. Und die würde sie sich jetzt vorknöpfen. Sie hängte sich ihre Krokotasche um den Arm und marschierte los.

Im Dunkel der Nacht, will heißen immer an den Hauswänden entlang, stapfte Kriemhild vom Gästehaus am Klostershop vorbei auf die andere Seite des Klostergeländes, umrundete die Ecke des Haupthauses und durchquerte den Garten.

Die Tür zur Schnapsbrennerei stand sperrangelweit offen …

*

Agent HH – Schlimmer geht immer

Herr Hirsch stellte fest, dass die Mitglieder des Chores schon am frühen Vormittag – also lange vor dem Eintreffen des Kartons und vor dem Mord – abgereist waren. Genauer gesagt, stellte er es nicht fest, er las es ab. Der Belegungsplan hing in der Besenkammer aus.

Die meisten Gästezimmer gähnten ihm daher leer und von Schwester Tumaini gereinigt entgegen. Es konnte also kein

Chormitglied gewesen sein. Frauen als Sexpuppen-Kidnapperinnen schloss er ebenfalls aus. Blieben die insgesamt vier Männer, die momentan im Gästehaus untergebracht waren: er selbst, die beiden Neuankömmlinge und der Ziegenbärtige, der ihm schon bei der Beerdigung aufgefallen war. Er meinte, ihn von irgendwoher zu kennen. Aber woher?

Die Neuen wohnten beide in Zimmer *Hesekiel*. Was Herrn Hirsch noch nicht stutzig machte. Aber als er – ohne anzuklopfen, weil er sie doch eben noch rauchend vor dem Haus gesehen hatte – die Tür ihres Doppelzimmers aufriss und die beiden bei einem innigen Kuss, Hipsterbart auf Hipsterbart, überraschte – sie waren selbst schuld, warum schlossen sie auch nicht ab?! –, kam er spontan zu dem Schluss, dass sie vermutlich kein Interesse an einer Gummi-Gabi hatten. Eher schon an einem Gummi-Gerd.

»Strip-Poker!«, rief er mit schamroten Bäckchen und schloss rasch die Tür.

*

Mission Possible

Normalerweise war das Hauptgebäude nach dem Abendessen für alle, die keine Nonne waren, tabu. Nur heute nicht. Heute wimmelte es nur so von Uniformierten, Menschen in Ganzkörperschutzanzügen, Zivilbeamten und nur ganz vereinzelt eine Nonne dazwischen.

Heute hatte es auch kein Abendessen gegeben. Schwester Maria Pulcharda brach es fast das Herz, dass sie ihre Zöglinge nicht versorgen durfte. Als wären ihre Mitschwestern und die Gästehausgäste keine bestens genährten Zivilisationsgeschöpfe.

Aber durch den Mord war der Speisesaal zum Tatort geworden, und auch in der Küche ging die Spurensicherung ihrer Arbeit nach. Schwester Maria Pulcharda hatte sich ausbedungen, wenigstens einen Tisch mit Marmorkuchen und Obst vor den Eingang stellen zu dürfen, damit sich alle bedienen durften, die hungrig waren: Nonnen, Polizisten, Gäste, der junge Reporter des *Mistelauer Boten*.

»Haben Sie einen Nacktkater gesehen?«, fragte Konny einen Streifenbeamten, der kauend zwischen Versorgungsstation und Haupteingang Wache schob.

Er schüttelte den Kopf, sah kurz auf die überdimensionale Bandage um ihre Hand und schluckte dann seinen Bissen hinunter. »Zutritt verboten«, sagte er Marmorkuchenkrümel spuckend, als sie sich an ihm vorbei ins Haus und somit in die Küche quetschen wollte.

»Ich suche meinen Nacktkater«, erklärte Konny, als sei das noch nicht klar. »Er ist verschwunden!«

Der Polizist war kein Unmensch, er hatte zu Hause zwei Frettchen und wusste, wie sehr man an seinen Schoßtieren hängen konnte. »Tut mir leid, aber Sie dürfen das Gebäude derzeit nicht betreten. Ich kann Ihnen versichern, dass hier kein Kater vorbeigekommen ist.« Er hatte zwar keine Ahnung, wie genau ein Nacktkater aussah und stellte sich einen normalen Kater nur ohne Fell vor, was nicht ganz richtig war, aber egal, hier war überhaupt kein Tier vorbeigekommen. »Es ist auch viel zu umtriebig. Falls ich ihn doch sehe, gebe ich im Gästehaus Bescheid.«

Konny wollte ihn fragen, woher er wusste, dass sie im Gästehaus wohnte, aber dann fiel ihr ein, dass es außer den Nonnen nur vier Frauen auf dem abgesperrten Gelände gab. Und zwei davon hießen Derrick und Columbo. Die Zuordnung war also nicht schwer.

»Danke«, sagte sie. »Halten Sie Ausschau nach einem Frosch.«
Er sah ihr nach. Wie jetzt? Eine Katze, die wie ein Frosch aussah?

*

Die wandelnden Toten

Herr Hirsch taperte – immer noch schamgerötet – durch den Flur, als er am anderen Ende plötzlich eine Bewegung wahrnahm. Ein Männerrücken, der durch einen Türspalt flitzte. Er erkannte den Anzug. Das Ziegenbärtchen verschwand gerade in den Gemeinschaftsraum!
Rasch nahm er die Verfolgung auf. Doch als er ankam, was dauerte, weil sich der Flur wirklich ellenlang hinzog und Herr Hirsch nicht wie Usain Bolt sprintete, sondern nur zügige Altmännerschritte machte, war der Raum leer.
Herr Hirsch sah hinter den Vorhängen nach – man lernte ja dazu – und öffnete die Küchenschranktür. Nichts. Nur wild zusammengewürfelte Küchenutensilien aus den vergangenen vierzig Jahren des Gästehausgemeinschaftsraumes.
Da erinnerte er sich an die Hintertür, durch die man in den Innenhof kam. Von der Küchenzeile führten einige Stufen nach unten, und direkt unter dem grünen Fluchttürschild befand sich der Notausgang.
Herr Hirsch sah nach draußen.
Rechts, auf dem beleuchteten Pflasterteil des Innenhofs, jenseits des Hauptwegs, standen Streifenwagen und Einsatzwagen der Spurensicherung. Überall Beamte, die ihrer Arbeit nachgingen. Auch im Priesterhaus zur Linken herrschte Betrieb. Aber das Ziegenbärtchen war nirgends auszumachen.

Doch halt! Da vorn, zwischen Priesterhaus und Kirche, dort, wo es zum unbeleuchteten Klosterfriedhof ging – hatte sich da nicht etwas bewegt?

Herr Hirsch überlegte nicht lange. Er war invalide, aber nicht ängstlich. Ohne, dass ihn jemand bemerkt hätte, schlich er zum Friedhof.

Hinein in das Dunkel der Toten.

*

Kriemhild – geschüttelt, nicht gerührt

Von allen Gebäuden auf dem Klostergelände war es in der Schnapsbrennerei am friedlichsten. Überall sonst tummelten sich die Vertreter von Recht und Ordnung, und die Nonnen hatten sich in der Kirche zum Gebet für die arme Verstorbene – und für das Seelenheil des Täters – eingefunden.

»Hallo? Schwester Gundela?« Kriemhild trat ein.

Sie hatte eine Art Totenglocke gehört und auch die Prozession der Nonnen in die Kirche gesehen, aber man konnte ja nie ganz sicher sein, ob nicht eine aus dem Schwarm fehlte.

»Ist jemand da?«

Niemand antwortete, und Kriemhild trat ein.

Es war noch eine Brennerei vom alten Schlag, in der die Destillationsanlage mit Holz befeuert wurde. Es gab keine Fliesenflächen, die man einfach abkärchern konnte, sondern einen unregelmäßigen Steinboden und Steinwände. Auf einem Holzregal standen große, bauchige Flaschen, die meisten davon aus grünem Glas.

Es gab auch eine Probierecke: ein klobiger Holztisch mit einer Eckbank unter einem Kruzifix und einem gerahmten Stickbild *Zur Ehre des Herrn*.

Alles sehr beschaulich.
Schwester Maria Gundela war nirgends zu sehen.
»Schwester Gundela?«, rief Kriemhild. Im Namen verkürzen war sie ganz groß. »Sind Sie da?«
Zu sehen war sie jedenfalls nicht.
Kriemhild zog die Nase kraus. Die Luft war mit Alkoholdämpfen geschwängert. Aus der Destillieranlage tropfte es stetig in einen Krug. Dem Duft nach – schnupper, schnupper – zu urteilen Quittenschnaps. Wenn sie jetzt ein Streichholz entzündete, würde womöglich das Kloster der Schwestern unserer Lieben Frau zum Sonnenberg mit einem grellen Gleißen ins Nirwana explodieren.
Kriemhild hatte zum Glück keine Streichhölzer dabei. Bei ihr war es – ebenso wie bei ihrer Zwillingsschwester, nie ganz auszuschließen, dass sie jeden noch so abwegig-dummen Gedanken mal eben in die Tat umsetzte.
Der Krug, in den es so stetig und laut tropfte, war fast leer, aber da es relativ zügig tropfte, musste er vor kurzem erst geleert worden sein, sonst wäre er viel voller. Schwester Gundela musste also hier irgendwo sein.
Kriemhild ging in den hinteren Teil der Brennerei. Dort stieß sie auf eine offene Kellertür. Anzunehmenderweise führten die Stufen hinunter ins Vorratslager mit Obst oder Feuerholz oder was auch immer. Kriemhild hatte keine Ahnung vom Schnapsbrennen.
Sie lauschte. Kurz überlegte sie, ob sie jemand zu Hilfe holen sollte. Aber da hörte sie das Weinen …

*

Die Inspektor-Clouseau-Methode: Innehalten und an den Blumen riechen

Auf dem Friedhof war es zappenduster. Der Berg versperrte dem künstlichen Licht aus dem Ort den Weg, und am Himmel sah man nur eine Wolkendecke. Normalerweise hätte Herr Hirsch mit dem Handy geleuchtet, aber der Akku war ja leer, und das Ladekabel hatte er zu Hause in der Pension vergessen. Nun, dann musste es so gehen.

Friedhöfe machten Herrn Hirsch keine Angst. Er fürchtete sich, wenn überhaupt, mehr vor den Lebenden als vor den Toten.

Vorsichtig tastete er sich voran. Mehrmals stieß er gegen eins der schlichten Holzkreuze, die die Gräber der Nonnen zierten. Nur die Gräber der Priester hatten einen Grabstein. Selbst Herr Hirsch – ansonsten kein Feminist – fand das ungerecht. Stein für alle!

Hin und wieder blieb er stehen und lauschte. Er hoffte, den Ziegenbärtigen atmen zu hören. Oder einen Schmerzensjauler zu vernehmen, wenn der sich ebenfalls an einem der Kreuze die Zehen angestoßen hatte. Aber nichts.

Er hatte sich schon fast bis zum Dormitorium der Nonnen vorgearbeitet, als er mit etwas zu viel Schwung gegen einen Keramiktopf trat. Der Topf kullerte los, krachte gegen etwas Festes und zerbrach scheppernd.

»Ist da wer?«, rief eine Stimme. Allerdings eine Frauenstimme. Ein Licht flackerte auf.

Herr Hirsch erstarrte. Wie ein Reh im Scheinwerferlicht eines Drei-Tonnen-Trucks riss er die Augen auf, rührte sich aber nicht.

»Herr Hirsch, was machen Sie denn mitten in der Nacht auf dem Friedhof?« Es war Schwester Agneta, die Floristin.

Die ihn so liebenswürdig und geduldig in ihrem Garten betreut hatte, obwohl sich ihre Kommunikation auf Handzeichen und Lächeln beschränkte.
Herr Hirsch atmete erleichtert aus. »Hefezopf«, sagte er und lächelte. Sie senkte ihre Taschenlampe.
»Ach, Sie Armer, stimmt, es gab ja heute kein Abendessen.« Die Nonne nahm ihn am Ellbogen. »Na, kommen Sie mit. Ich weiß, wo Schwester Pulcharda die geheimen Vorräte gebunkert hat.«

*

Mord ist ihr Hobby und ihre Leidenschaft

Wie ein Flummi hüpfte Konny auf und ab.
Seitlich vom Hauptgebäude befanden sich die Küchenfenster. Eins davon war geöffnet. Dummerweise lagen die Fenster zu hoch, um einfach hineinschauen zu können. Und sosehr Konny sich auch bemühte und sich mit aller Kraft vom Pflasterboden abstieß, sie kam einfach nicht hoch genug. Weil sie fand, dass der Riesenverband sie in Schräglage brachte, schälte sie ihn sich von der Hand und warf ihn in einen der Mülleimer, die praktischerweise überall auf dem Innenhof verstreut standen. Die Nonnen waren auf Sauberkeit bedacht.
Konny fühlte sich jetzt zwar leichter, konnte aber trotzdem nicht höher hüpfen.
»Amenhotep?«, keuchte sie und lauschte.
Von nirgendwoher kam gar nichts.
Wenn sie nicht in die Küche hineinkam, musste sie versuchen, ihn herauszulocken. Mit etwas, was er zu Hause normalerweise nicht bekam, weil er auf Droge unberechenbar wurde: Katzenminze.

Wo war gleich noch mal der Klostergarten?

Konny leuchtete sich mit ihrer Handytaschenlampe hinter das Haus zum Garten. Der war nicht als Augenschmaus konzipiert, sondern galt der Versorgung. Die Schwestern lebten weitestgehend autark. Es gab natürlich auch einen Kräutergarten. Da musste doch irgendwo Katzenminze zu finden sein. Amenhotep war verrückt danach. Damit würde sie ihn ködern. Durch das offene Küchenfenster würde der süße Duft der Droge sein kleines Näschen erreichen und – schwuppdiwupp! – würde er aus dem Fenster in ihre Arme springen.

Konny trampelte zwischen den Beeten entlang. Manchmal auch durch die Beete. Das war die Angst um ihren kleinen Liebling, da war ihr alles andere egal. Besser ein toter Dill als ein toter Amenhotep.

Pikant an dieser Situation war eigentlich nur, dass Konny mehrmals über die Katzenminze leuchtete, ohne sie zu erkennen …

*

Beverly Hills Kriemhild – sie löst den Fall auf jeden Fall

Der Klosterkeller war in höchstem Grad unheimlich. Selbst für jemanden wie Kriemhild, die sich eigentlich nie gruselte. Aber dieser Keller war nicht nur klamm und schummrig, er schien ein eigenes Echo zu besitzen: Jeder einzelne Schritt hallte endlos lange nach. Aber schließlich war der Keller auch achthundert Jahre alt und hatte mithin einiges zu erzählen. Hier hatten sich die Nonnen im Bauernkrieg vor Marodeuren versteckt, hier war im Frühjahr 1763 Schwester Maria Adelgunda mit einem Kind niedergekommen, das die Nonnen vor ihrem Beichtvater versteckten, bis es mit vierzehn Jahren hinaus in die Welt zog, hier hatten sie drei jüdische Familien durch die Nazi-Zeit gerettet …

… und hier fand Kriemhild – nach mehreren Irrungen und Wirrungen durch die verschlungenen Gänge – Schwester Gundela.

Durch den Nachhall im Gewölbekeller erinnerte ihr konstantes Weinen schon sehr fatal an Schlossgeister. Es fehlte nur noch das Kettenrasseln.

Die Nonne saß auf dem Boden, ein Häufchen Elend. Ihre Nase glänzte besonders rot, vielleicht deshalb, weil der Inhalt des Kruges, der in ihrem Schoß lag und ihren Habit tränkte, vermutlich größtenteils durch die Adern von Schwester Gundela floss.

»Was machen Sie denn hier?«, fragte Kriemhild. Wobei sie natürlich sah, was Schwester Gundela hier machte: sitzen und weinen. Kriemhild meinte es auch eher im Sinne von »Sollten Sie nicht mit den anderen in der Kirche sein und beten?«, weil die Nonnen ihrer Meinung nach so etwas wie ein 21-köpfiger siamesischer Zwilling waren und nicht getrennt voneinander existieren konnten. Was natürlich Quatsch war. Schwester Maria Gundela existierte – wie Schwester Maria Agneta, aber das wusste Kriemhild in diesem Moment noch nicht – sehr wohl als Individuum. Manche von ihnen fanden Trost im Gebet, andere inmitten der Natur und sie bei ihrem Selbstgebrannten.

Die Nonne ignorierte Kriemhild und weinte noch etwas heftiger.

»Na, na, na«, sagte Kriemhild. Wenn sie etwas nicht konnte, dann liebevoll trösten. Sie war mehr so die Praktikerin. Hilflos tätschelte sie der Nonne die Schulter. »Alles wird gut.«

Was man eben so sagte.
»Nichts wird gut!« Schwester Gundela hickste. »Warum? Warum hat er das getan?«
Aha, ein Moment der Wahrheit! Kriemhild wollte sich neben die Nonne setzen, aber der Steinboden war eisig. Darum blieb sie stehen und knickte nur mittig ein, um ja alles mitzubekommen, was die – man muss es leider sagen – angeschickerte Nonne beichten würde. »Wer hat was getan?«, fragte sie und hielt den Atem an.
Schwester Maria Gundela schniefte.
»Warum hat er sich erhängt? Dort – da habe ich ihn gefunden!« Man hätte meinen können, dass Schwester Gundela schon leer geweint sein müsste, aber erst jetzt wurden die Schleusen so richtig geöffnet, und sie heulte tsunamiartig Rotz und Wasser. »Da drüben, da an dem Balken, da hat sich Pfarrer Eberhard erhängt!«

15 … in dem wir lernen: Die Hölle, das sind wir selbst!

Es gibt so Tage, da läuft man herum, als wäre alles in Ordnung, dabei gleitet einem mit jedem Schritt die Socke weiter vom Fuß. Oder der Slip rutscht beim Gehen zwischen die Pobacken, aber man kann ihn nicht rausziehen, weil überall Leute sind, und er schubbert bei jedem Schritt mehr. Kurzum, es gibt Tage, da wird man vom Schicksal kontinuierlich gegen den Strich gebürstet.

Für Konny war das einer dieser Tage.

Weil sie beim besten Willen Katzenminze nicht von Salbei oder Dill unterscheiden konnte, leuchtete sie mit der einen Hand in die Beete und rupfte mit der anderen Hand von jedem Büschel ein Blatt ab. Sie hatte schon einen beachtlichen Strauß zusammen, als sie etwas weiter nach rechts leuchtete …

… und plötzlich ein paar klobige Schuhe mit zwei Füßen darin sah.

Konny schrie auf!

Hier, hinter dem Hauptgebäude, herrschte finsterste Nacht, und man hörte nichts außer dem Plätschern des Baches – und Konnys Schrei.

»Wirst du wohl Ruhe geben!«, herrschte ihre Schwester sie an.

Als Konny nach oben leuchtete, sah sie Kriemhild, die Schwester Maria Gundela stützte. Letztere war leer geheult. Die Nonne war komplett dehydriert. Aber auch kurz vor dem Einschlafen – und zwar vor Erschöpfung. Und Überalkoholisierung. Sie hing wie ein nasser Sack in Kriemhilds Armen.

»Musst du mich so erschrecken?« Konny richtete sich auf.

»Hilf mir mal, Schwester Gundela zu transportieren.«

»Ich habe keine Hand frei.« Konny schwenkte Handy und Kräuterstrauß.

Kriemhild hatte endlos lange gebraucht, die Nonne auf die Beine zu hieven. Und dann noch mal eine gefühlte Ewigkeit, um aus dem labyrinthischen Gewölbekeller herauszufinden. Ständig hatte sie dabei das Gefühl, etwas … nun ja … atmen zu hören. Als ob ein Monster hinter ihnen herschleichen würde. Gab es hier unten Tiere? Sie hatte »Amenhotep?« gerufen, aber es kam kein Miau und auch kein Nacktkater. Merkwürdig. Gut, dass sie nicht an Geister glaubte!

Irgendwann war es ihr gelungen, Schwester Gundela eine Steintreppe hochzuwuchten, und – Heureka! – es war die Treppe, die in die Brennerei führte. Eigentlich hatte sie Schwester Gundela auf der Sitzbank in der Probierecke ablegen wollen, aber die war zu schmal, und die Nonne rutschte ständig auf den Steinboden. Der war so eisig, dass sie sich mindestens eine Blasen-, wenn nicht gar eine Lungenentzündung holen würde, also hatte Kriemhild beschlossen, sie ins Haupthaus zu bringen.

Jetzt legte sie die Stirn in strenge Falten.

»Du hilfst mir sofort oder es setzt was«, brummte sie. Konny war die Jüngere der beiden, um exakt vierzehn Minuten, da durfte sie, als Ältere, durchaus Respekt und Gehorsam einfordern.

Das fand Konny zwar nicht, aber manche Kämpfe waren

das Ausfechten einfach nicht wert. Sie schob sich das Handy in den üppigen Ausschnitt und legte Schwester Gundelas Arm mit der freien Hand um ihre Schulter. Den Kräuterstrauß ließ sie allerdings nicht zurück.

Gemeinsam gelang es den Schwestern, die Nonne bis vor den Haupteingang zu transportieren. Der mittlerweile abgeschlossen war.

Es war nach Mitternacht, und die Polizei war in Gänze abgezogen. Alles war untersucht, gesichert und abgesperrt. Pförtnerschwester Maria Magunda hatte auch die riesige Klosterpforte abgesperrt. Es herrschte Nachtruhe.

Es gab zwar eine Klingel, aber – die Schwestern probierten es natürlich aus – die war ausgeschaltet. Weil – genau – Nachtruhe.

»Vielleicht beten die Nonnen noch in der Kirche?« Konny zeigte mit dem Kopf zur Kirchentür.

Nonnen war grundsätzlich alles zuzutrauen.

Also trugen sie den nassen Sandsack, der gefühlt Tonnen wog, hinüber. Die Tür zur Kirche war niemals verschlossen. Gott stand rund um die Uhr für seine Gläubigen zur Verfügung. Aber Kriemhild und Konny suchten nicht den Allerhöchsten, sondern eine seiner Vertreterinnen auf Erden.

Trotzdem riefen sie gleich darauf: »Hallo, jemand da oben?«

Wobei sie mit ihren Rufen nicht auf himmlische Sphären zielten, sondern auf die Empore. Das eigentliche Kirchenschiff war für die Gläubigen gedacht. Nur zu den Gottesdiensten kamen die Nonnen nach unten. Ihre Gebete vollzogen sie oben neben der Orgel.

Aber offenbar betete gerade keine von ihnen.

Konny hätte spätestens jetzt aufgegeben, nicht so Kriemhild. Und weil das Gehirn immer nur das wahrnimmt, was es wahrnehmen will, sah Konny nichts als einen hermetisch verschlossenen Kirchenraum, Kriemhild dagegen entdeckte eine Tür. Und weil *Privat* draufstand und jemand mit rotem Marker noch drei Ausrufezeichen dahinter gemalt hatte, musste es die Tür sein, die in das geheime Reich der Nonnen führte. Selbstverständlich war diese Tür ebenfalls zu, aber das scherte Kriemhild nicht. Sie donnerte mit der Faust dagegen.

Es tat sich nichts.

Konny und Kriemhild hatten keine Ahnung, wohin genau diese Tür führte und wie es dahinter aussah. Von dem eigentlichen Lebensbereich der Nonnen gab es keine Fotobeweise, nicht einmal in dem Bildband über das Kloster, der im Empfangsbereich auslag und den Kriemhild – gleich nach den Hausregeln – durchgeblättert hatte: Sie war eine schnelle Leserin, und das Einchecken hatte gedauert, weil Schwester Maria Tumaini und die Belegungs-Software des Gästehauses auf Kriegsfuß miteinander standen.

Kriemhild klopfte weiter. Was man so klopfen nannte. Es klang wie damals, als die Vandalen vor den Toren Roms standen, um zu plündern und zu brandschatzen.

Theoretisch hätte sie bis zum jüngsten Tag klopfen können, weil die Tür in einen Vorraum mit dicken Steinwänden führte. Erst durch eine weitere Holztür kam man in den Kreuzgang. Und die Zellen der Nonnen lagen zudem auf der gegenüberliegenden Seite des Kreuzgangs nach hinten hinaus. Trotz aller Vehemenz konnten die Schallwellen nicht bis dorthin vordringen.

Aber sie hatten Glück.

Die Mutter Oberin war auf einem letzten Kontrollgang durch das Haupthaus. Sie öffnete die Tür und erfasste die Situation mit einem Blick. »Folgen Sie mir«, sagte sie zu Kriemhild und Konny. »Wir bringen sie in mein Büro.«
»Sollen wir sie nicht gleich in ihre Zelle tragen?«, fragte Konny und hielt sich für einfühlsam und mitdenkend.
»Wir betreten niemals die Zelle einer Mitschwester ohne deren explizite Erlaubnis, das wäre ein eklatanter Verstoß gegen die Privatsphäre, die gerade in unserer Lebenssituation ein hohes Gut ist«, erklärte die Mutter Oberin. »Schwester Maria Gundela kann heute Nacht in meinem Büro schlafen.«
Die kleine Gruppe pilgerte durch den Kreuzgang, der seit Jahrhunderten die Bewohnerinnen verzückte.
Kriemhild hatte kein Gespür für die Magie des Ortes, dafür war sie zu nüchtern veranlagt, aber Konny konnte sich gar nicht sattsehen. Sie staunte mit offenem Mund und stolperte mehrmals.
Kleine Nachtlichter erhellten den romanischen Kreuzgang in all seiner Schönheit. Die Säulen waren schlicht und wuchtig und in Teilen von Efeu überwachsen. Sichtlich frisch restaurierte Wandgemälde erzählten die Geschichte des Klosters und seiner Bewohnerinnen. Im begrünten Innenhof plätscherte ein Brunnen. Es war zauberhaft. Aber dann bog die Mutter Oberin auch schon nach rechts in einen kurzen Gang und öffnete die Tür zu ihrem Büro.
Im Büro der Klostervorsteherin gingen Konny die Augen über. Es war ein riesiger Raum mit holzvertäfelten Wänden, Bücherregalen bis zur Decke, Ölgemälden von früheren Klostervorsteherinnen, einem imposanten Schreibtisch, zwei überdimensionalen Chesterfield-Sofas aus rotem Le-

der und Beistelltischen mit überbordenden Blumenarrangements.
»Wow«, hauchte Konny angesichts der Größe und Erhabenheit dieser Schaltzentrale der Macht.
»Sicher schwer zu heizen«, meinte Kriemhild lapidar.
»Legen Sie Schwester Maria Gundela bitte auf das Sofa«, bat die Mutter Oberin und holte eine karierte Decke aus der Kommode unter einem kleinen Wandaltar mit einer Mutter Gottes darin.
Kriemhild und Konny legten Schwester Gundela ab, die Mutter Oberin deckte sie zu. »Es ist für uns alle eine schwere Zeit, die uns viel abverlangt. Wer so nah an der Versuchung arbeitet wie Gundela, ist mehr als wir alle der Gefahr ausgesetzt, ihr zu erliegen. Urteilen Sie nicht zu hart über meine Mitschwester«, bat sie und wandte sich wieder zum Gehen.
»Oh, ich urteile nicht«, sagte Kriemhild, die natürlich immer urteilte, aber in diesem Fall ausnahmsweise Verständnis aufbrachte. »Ich würde sicher auch trinken, um zu vergessen. Wenn ich an der Quelle säße …« Sie legte eine bedeutungsschwangere Pause ein. »… und einen Toten gefunden hätte, der *Selbstmord* als einzigen Ausweg sah.«
Konny sah ihre Schwester verblüfft an.
Die Mutter Oberin wurde etwas fahler als ohnehin schon und senkte den Blick. Aber sie schwieg.
»Ich weiß alles!«, tönte Kriemhild und ließ diesen Satz mal so im Raum stehen. Auch wenn er natürlich viel zu hoch gegriffen war. Bis auf diesen Fakt wusste sie nichts.
»Was weißt du?« Konny wedelte mit ihrem Kräuterstrauß. Sie ertrug es nicht gut, wenn ihre Zwillingsschwester über mehr Informationen verfügte als sie.

»Setz dich lieber«, meinte Kriemhild und drückte Konny auf die freie Ledercouch. »Das solltest du im Sitzen hören. Konny, ich weiß, dass Pfarrer Eberhard Selbstmord begangen hat. Er hat sich im Keller erhängt.«

Die eintretende Stille wurde von einem lauten Schnorcheln von Schwester Gundela unterbrochen.

Die Mutter Oberin hatte sich mittlerweile in dem wuchtigen Schreibtischstuhl hinter ihrem nicht minder wuchtigen Schreibtisch niedergelassen. Sie stützte die Ellbogen auf den Lehnen ab und stellte Dürers »Betende Hände« nach. Jedoch eindeutig nicht zum Gebet, sondern zum Nachdenken.

»Das glaube ich nicht«, platzte es aus Konny heraus. Unwillkürlich fiel ihr der Kräuterstrauß aus der Hand und landete auf dem Holzparkett. Sie hob ihn nicht auf.

»Glaub es ruhig, Schwester Gundela hat es mir erzählt.« Kriemhild sah wieder zur Mutter Oberin. »Nun? Möchten Sie sich dazu nicht äußern?«

Die Nonne blieb stumm.

Dafür sagte plötzlich eine Männerstimme: »Sie haben absolut recht. Mein Freund Robert hat sich erhängt.«

Doktor Grünbaum trat ein. Er trug immer noch die fleckigen Sachen vom Vormittag, nur dass die jetzt noch fleckiger waren. Spuren eines ereignisreichen Arbeitstages. Den er offenbar ohne Kittel verbracht hatte.

Er ging zum Schreibtisch der Mutter Oberin und lehnte sich erschöpft an. Fahrig fuhr er sich durch die Haare. »Wir haben Sie unterschätzt«, sagte er mit einem schiefen Lächeln in Richtung der Schwestern.

Schwester Gundela schnorchelte im Schlaf, als ob sie das bestätigen wollte.

Kriemhild guckte triumphierend, Konny verstand immer noch nur Bahnhof. »Selbstmord, das kann nicht sein«, murmelte sie.

»Sie haben uns jetzt in der Hand«, räumte die Mutter Oberin ein. »Ich weiß nicht, welcher Dämon Pfarrer Eberhard diese schreckliche Tat eingeredet hat, als er von Ihnen zurückkam …«

War das jetzt ein Vorwurf?

»… aber in der Nacht seiner Rückkehr ging er in den Keller und hat sich erhängt. Schwester Maria Gundela hat ihn gefunden und ist seitdem nicht mehr dieselbe. Ich darf wohl sagen, dass es uns alle zutiefst verstört hat.«

Konny realisierte den unausgesprochenen Vorwurf erst jetzt. Sie sprang auf. »Er war glücklich und bester Verfassung, als er mich verließ!«

Grünbaum schaute dezidiert auf seine Schuhspitzen. Die mal wieder gewachst gehörten. »Niemand von uns kann in den Kopf eines anderen hineinschauen. Ich kannte ihn seit unserer Studienzeit in Tübingen, er Theologie und ich Medizin. Später waren wir gemeinsam auf Einsätzen in Mittelamerika und Afrika, ich für Ärzte ohne Grenzen, er für die Kirche. Ich fühlte mich ihm näher als meinem eigenen Bruder, und selbst ich hätte nie geglaubt, dass Robert …« Ihm brach die Stimme.

»Selbstmord ist eine Sünde«, erklärte die Mutter Oberin. »Gott gibt uns das Leben, und er allein darf es uns nehmen. Es ist unsere Pflicht, das Leben, wie immer es kommt, dankbar anzunehmen. Pfarrer Eberhard war bewusst, dass Selbsttötung der Liebe zum lebendigen Gott widerspricht und dennoch …« Sie klang, als würde sie mit sich selbst reden. Als Schwester Gundela wieder einen Schnorchelschnarcher von sich gab, sah sie auf. »Wir konnten unmöglich zulassen, dass er so in Erinnerung bleibt. Das hätte auch kirchenrechtlich Folgen gehabt – er hätte nicht in unserem geweihten Boden begraben werden dürfen. Pfarrer Eberhard stand uns im Leben immer zur Seite, ich wollte ihm im Tod denselben Freundschaftsdienst erweisen, auch wenn … es nicht …« Sie stockte, dann streckte sie das Kinn vor. »Ich allein trage die Verantwortung.«

»Nein, liebe Maria Ziphora«, widersprach Doktor Grünbaum. Zum ersten Mal hörten Konny und Kriemhild den Namen der Mutter Oberin. »Ich habe den Totenschein sehenden Auges gefälscht. Und dazu stehe ich auch. Robert gehört hierher.« Er sah zu den Schwestern – Konny auf dem Sofa sitzend, Kriemhild neben ihr stehend. »Ich bitte Sie nicht mir zuliebe, den Mantel des Vergessens über das zu breiten, was Sie eben gehört haben. Ich bitte Sie im Namen meines Freundes Robert darum. Wenn Sie das an die große Glocke hängen, wird er womöglich umgebettet. Hier findet seine Seele Ruhe.«

Ging es ihm wirklich nur um seinen toten Freund oder wollte er sich selbst schützen? Eine Falschaussage auf dem Totenschein hätte ja auch für ihn Folgen.

Egal, dachte Kriemhild. Sie hatte sich damit abgefunden.

Nicht so Konny. »Pfarrer Eberhard hätte nie im Leben Selbstmord begangen. Unter gar keinen Umständen. Dafür hat er das Leben viel zu sehr geliebt!«

Grünbaum schürzte die Lippen. »Und Sie kannten ihn … wie lange genau? Eine Woche?«

Konny wollte protestieren, aber Kriemhild legte die Hand auf ihre Schulter. Unabhängig davon, was sie persönlich als möglich oder nicht möglich erachtete, hier war Schwesternsolidarität gefragt – mit der eigenen Schwester, nicht mit der Oberschwester des Klosters. »Seine letzten Tage war er rundum unbeschwert und glücklich, er hat jede Sekunde bei uns genossen«, sagte sie deshalb. »Und mit diesem inneren Lächeln wollte er offenbar abtreten, als er in sein altes Leben zurückkam, wo ihm diese glückliche Unbeschwertheit fehlte.«

Das galt dem Vorwurf, den die Mutter Oberin in den Raum geworfen hatte. Kriemhild lächelte. Eine kontrollierte einhändige Rückhand. Spiel, Satz und Sieg.

Konnys Gedanken waren purzelbaumschlagend aber schon längst weitergewandert. »Sind Sie sicher, dass es kein Mord war?«

»Mord?« Die Mutter Oberin erhob sich. Auch Doktor Grünbaum stieß sich vom Schreibtisch ab und schaute entsetzt. »Mord?«

Konny war in ihrem langen Leben erst vor kurzem, nach der Eröffnung der Pension, mit Mord in Kontakt gekommen. Seitdem aber regelmäßig. Es war, als hätte das Schicksal eine Tür geöffnet. Kein Wunder, dass sie jetzt immer auch an ein Verbrechen dachte, wenn etwas passierte. Mord war für sie in diesem Fall viel schlüssiger.

»Es war definitiv Selbstmord!«, erklärte die Mutter Oberin. »Es geschah mitten in der Nacht, und er war allein im Keller.«

»Was hat er mitten in der Nacht im Keller gemacht?«, verlangte Konny bockig zu wissen. »Warum hat er sich nicht im Priesterhaus erhängt?«

»Weil es dort keine Deckenbalken gibt?«, mutmaßte der Doktor.

Kriemhild nickte. Für sie war das ein einleuchtender und völlig ausreichender Grund.

»Und wer hat die SMS von seinem Handy geschickt?«, verlangte Konny zu wissen. Auch wenn sie mittlerweile akzeptierte, dass Pfarrer Eberhard nicht mit einem Fitzelchen Restluft lebendig im Sarg lag, sondern wirklich, wirklich tot war, schrie dieses Rätsel immer noch nach Aufklärung.

»Ich bin gewiss, dass es sich um einen äußerst üblen Scherz gehandelt hat«, erklärte die Mutter Oberin. »Wir hatten …«, sie seufzte, »… einen Einbruch im Priesterhaus. Seit wir Pfarrer Eberhard für die Aufbahrung eingekleidet hatten, war niemand mehr dort. Aber als ich heute Vormittag eine Bestandsaufnahme seiner Besitztümer machen wollte, musste ich feststellen, dass jemand das Haus restlos verwüstet hat. Es ist mir ehrlich schleierhaft, wer in ein Kloster einbricht. Was glauben die Leute, was bei uns zu holen ist?« Sie schüttelte verständnislos den Kopf. »Offenbar ist nichts und niemand mehr heilig.«

Kriemhild schürzte die Lippen. Sie konnte unmöglich klarstellen, dass sie in der Nacht zuvor im Priesterhaus gewesen war und dass zu diesem Zeitpunkt noch keine Verwüstung geherrscht hatte. Das Handy von Pfarrer Eberhard musste zu einem viel früheren Zeitpunkt gestohlen worden sein.

»Es wird Zeit für unseren Aufbruch«, erklärte Kriemhild. »Und Ihr Geheimnis ist bei uns sicher – wir werden niemand davon erzählen«, versprach sie Doktor Grünbaum und Obernonne Ziphora.

Der Arzt und die Chef-Nonne tauschten wieder einen Blick, aber dieses Mal war es kein verschwörerischer Blick, sondern ein erleichterter.

Anfänger, dachte Kriemhild, man merkt überdeutlich, dass sie das Lügen einfach nicht gewohnt sind.

Es klopfte an die Tür.

»Entschuldigung, wir haben gesehen, dass noch Licht brannte …« Schwester Maria Agneta spechtete durch die Tür, die Doktor Grünbaum nur angelehnt hatte. Neben ihr lugte Herr Hirsch um die Ecke. Und er hielt etwas Froschgrünes im Arm.

»Amenhotep!«, rief Konny und stürmte auf ihren Liebling zu. Hochwürden war vergessen.

»Ich habe Herrn Hirsch in meinem Schuppen Tee und Toast gemacht. Wir haben uns ein wenig verplaudert.« Schwester Agneta hob entschuldigend die Schultern. Sie hatte in ihrem Geräteschuppen alles, was man brauchte, wenn man eine Pause von seinen Mitschwestern brauchte. Inklusive eines Wasserkochers und eines Uralt-Flach-Toasters, mit dem man noch Toast Hawaii zubereiten konnte. Ananasdosen hatte Schwester Agneta immer gehortet, und Käse sowie Schinken hatte sie aus Schwester Pulchardas Geheimversteck stibitzt. Schwester Maria Agneta stammte aus einer bitterarmen rumänischen Großfamilie und hatte früh verinnerlicht, dass überlebensnotwendiger Mundraub nicht unter das siebte Gebot »Du sollst nicht stehlen« fiel.

»Und plötzlich tauchte ein junger Mann auf und verlangte seinen Anteil vom Schinken.« Lächelnd sah sie zu Amenhotep, der sich schnurrend an die warme, weiche Oberweite seines Frauchens schmiegte. *Home, sweet home.*

»Danke, liebe Schwester Maria Agneta. Wir sehen uns dann morgen … besser gesagt, *nachher* bei der Laudes«, sagte die Mutter Oberin.

Schwester Maria Agneta verbeugte sich andeutungsweise und glitt lautlos davon.

Der Arzt und die Klostervorsteherin sahen ihr nach. Wie viel mochte sie gehört haben?

»Wer weiß denn von dem Selbstmord Bescheid?«, fragte Kriemhild ganz offen.

»Nur Doktor Grünbaum, ich und Schwester Stupenda, unsere älteste Mitschwester. Sie hat mir geholfen, Pfarrer Eberhard zu waschen und einzukleiden.« Die Mutter Oberin schaute so jämmerlich aus ihrem Habit, dass Kriemhild Mitleid mit ihr bekam. Einen toten Freund zur Aufbahrung vorzubereiten, das wünschte man nicht einmal seinem ärgsten Feind.

»Von uns wird es niemand erfahren«, versprach Kriemhild, die den Blick der Nonne deuten konnte. Sie sah zu der riesigen Pendeluhr in der Ecke. Die war zwar stehengeblieben, dennoch rief Kriemhild: »Meine Güte, jetzt müssen wir aber wirklich los!« Sie trieb Konny und Herrn Hirsch zur Tür. Wie ein Hütehund mit Armen. »Gute Nacht.«

»Einen Augenblick noch!« Die Mutter Oberin kam hinter dem Schreibtisch vor.

Kriemhild, Konny und Herr Hirsch hielten inne und sahen zu, wie die Nonne zu der Pendeluhr ging und sie öffnete und …

… die Silikon-Sexpuppe des Kommodore herausholte.

»Die gehört Ihnen, wenn ich nicht irre?«

Gäbe es bei den Olympischen Spielen die Disziplin Synchron-Erröten, Konny, Kriemhild und Herr Hirsch hätten eine Goldmedaille gewonnen.

»Sie gehörte meinem verstorbenen Mann«, erklärte Kriemhild, nahm Gummi-Gabi der Mutter Oberin ab und schulterte sie.

Schwester Maria Ziphora war zu müde, um zu fragen, warum Kriemhild mit dem lebensgroßen Sextoy ihres toten Mannes durch die Welt reiste – und es interessierte sie auch nicht wirklich. Ihre Sorge galt allein dem Kloster. »Ich habe sie heute Nachmittag gefunden. Ihre Zimmertür stand auf und … sie lugte aus dem Karton. Das geht natürlich nicht. Ich muss Sie nachdrücklich um mehr Diskretion bitten! Vor allem, wenn ab morgen die ersten Teilnehmer unserer Pilgerreise eintreffen.«

Kriemhild fand zwar, dass die Nonne auch einfach ein Handtuch über den Karton breiten und die Zimmertür hätte schließen können, aber tief in ihrem Innern erkannte sie die Seelenverwandte in Maria Ziphora: Schließlich hatte sie sich Gabi extra schicken lassen, damit in der Pension niemand über sie stolperte und ihr Ruf damit ruiniert wäre. Wie viel größer musste die Sorge in einem Kloster sein.

»Für Sie mag das hier alles putziges Entertainment fern der Heimat sein«, meinte die Mutter Oberin abschließend, »aber für uns ist es das ganze Leben. Ein Leben, das uns kostbar ist.«

»Ihre Besorgnis ist angekommen. Ich werde persönlich darauf achten, dass Gabi nicht unbewacht bleibt.«

Die Mutter Oberin nickte.

Das Grinsen erlaubte sie sich erst, als alle gegangen waren.

Kriemhild, Gummi-Gabi, Konny und Herr Hirsch wurden von Doktor Grünbaum nach draußen begleitet. Er kannte eine zusätzliche Tür, die vom Kreuzgang hinaus in den großen Innenhof führte, und schloss sie auf.

»Sie haben einen Schlüssel?« Kriemhild hob die Augenbrauen.
»Ja, sicher. Ich wohne hier. Durch diese Tür komme ich immer hier herein und in die Klosterküche, wenn ich mitten in der Nacht von einer Geburt zurückkomme und noch Hunger habe. Mein Apartment hat zwar eine Küchenzeile, aber grundsätzlich einen leeren Kühlschrank. Da drüben.« Doktor Grünbaum zeigte zu dem Trakt, in dem auch der Museumsshop untergebracht war. Er zwinkerte. »Aber keine voreiligen Schlüsse – mein Schlüssel passt nur für die Zugangstüren zum Kreuzgang, nicht für das Gebäude, in dem sich die Zellen der Schwestern befinden.«
»Daran habe ich keine Sekunde lang gedacht!«, erklärte Kriemhild, und das stimmte auch. Ihre Frage war rein der Neugier geschuldet. »Gute Nacht!«
»Schlafen Sie gut!«
Die Schwestern, ihr Nacktkater und ihr Gärtner überquerten den Klosterinnenhof zum Gästehaus.
Es herrschte Stille; in diesem Teil des Klosters hörte man auch das Bächlein nicht mehr rauschen.
Laut wurde es erst, als Herr Hirsch – an dessen Zimmer sie als Erstes vorbeikamen – seine Tür öffnete.
Die beiden Hipsterbart-Männer aus Zimmer *Hesekiel* saßen mit erwartungsvollem Blick auf seinem Bett.
»Rühmkopflampe?«, entfuhr es Herrn Hirsch vor Schreck.
Die Schwestern lugten ebenso erstaunt über seine Schulter.
»Ja hallo, geht's jetzt los?« Die beiden auf dem Bett stießen sich beim Anblick von Gabi mit den Ellbogen an, grinsten und standen auf. »Es ist so … wir haben die Zimmernummer auf dem Belegungsplan entdeckt. Du hast uns doch

eingeladen, erinnerst du dich? Ich bin der Rainer, das ist der Sergei. Also … findet der Strippoker jetzt hier statt? Und machen die drei Mädels mit?«

Konnys Kummerkastenkolumne

(aus dem Archiv wegen Trauerfall-bedingter Abwesenheit der Kolumnistin)

Liebe Konny,
ich bin 69 und verwitwet. Mein Mann und ich hatten nie Tiere. Aber jetzt ist eine neue Nachbarin eingezogen, die im Tierheim arbeitet und mir ständig zuredet, ich solle doch ein kleines, notleidendes Geschöpf adoptieren. Grundsätzlich könnte ich mir das schon vorstellen, aber ich habe Bedenken. Wenn ich mir einen Hund zulege, muss ich regelmäßig mit ihm eine Runde drehen. Ich habe jetzt schon Knie- und Rückenprobleme, wie soll das in ein paar Jahren werden? Natürlich könnte ich auch eine Katze nehmen, aber ich will nicht als die verrückte Alte enden, die mit zwanzig Katzen lebt, die sie dann auffressen, wenn sie irgendwann im Fernsehsessel einem Herzinfarkt erliegt. Und seien wir ehrlich: Man lebt ohne ein Tier sorgloser.
Unschlüssig, Annemie

Liebe Unschlüssige,
dass man ohne ein Tier sorgloser lebt, ist ein Argument – aber kein gutes. Man lebt auch ohne andere Menschen sorgloser, aber will man das? Ganz und gar allein zu sein frisst die Seele auf.
Ein Tier bewahrt Sie davor, sich mit zunehmendem Alter isoliert und einsam zu fühlen und schützt somit vor Depressionen. Angehörige haben Besseres zu tun, der Freundeskreis

dünnt naturgemäß aus – da ist es schön, ein Lebewesen zu haben, das immer bei einem ist und einen bedingungslos liebt. (Oder zumindest die Hand liebt, die die Futterdose öffnet ...) Tierbesitzer fühlen sich gebraucht, das ist psychologisch wichtig. Und die Struktur, die ein Tier einfordert – aufstehen, füttern, spielen, Tierarztbesuche –, wird auch Ihnen Halt geben. Das wirkt einer potenziellen Altersverlotterung entgegen.

Was Ihre Bedenken betrifft, so kann ich Ihnen versichern, dass sich für jedes Problem eine Lösung findet.

Die regelmäßige Bewegung mit einem Hund wird Ihnen guttun. Womöglich so gut, dass Rücken und Knie noch viele Jahre mitspielen. Und wenn's mal nicht mehr geht, erfahren Sie über Ihr Tierheim die Kontaktadressen von Menschen, die mit Ihrem Hund Gassi gehen. Außerdem wird auch Ihr Hund älter, und irgendwann reicht ihm ein Mini-Gassigang vors Haus, und den Rest des Tages sitzen Sie gemütlich gemeinsam im Fernsehsessel.

Der Schritt von einer Frau, die eine Katze besitzt, zu einer Verrückten, die sich zur Futtersklavin einer ganzen Rotte von Felidae macht, ist kein Automatismus. Da gibt es noch Zwischenstufen. Sehr beliebt – und für die Katze besonders erfreulich – ist es, wenn man sich eine Zweitkatze als Spielgefährtin zulegt. Und dann aufhört. Das geht. Katzen machen zwar süchtig, sind aber kein Suchtmittel, das man immer höher dosieren muss, damit es wirkt.

Kurzum: Alles, wirklich alles spricht für ein Tier. Aber brechen Sie nichts übers Knie. Begleiten Sie Ihre neue Nachbarin an Ihren Arbeitsplatz und schauen sich um. Machen Sie das mehrmals. Führen Sie einen Hund aus oder spielen Sie mit einer Katze. Zwischen Mensch und Tier ist es wie zwischen

Mensch und Mensch: Die Liebe fällt, wohin sie will. Und wenn sie einen erwischt, gibt es kein Gegenmittel mehr. Herzlichst, Ihre Konny (glückliche Besitzerin eines Nacktkaters und eines Graupapageis)

16 … in dem es um dieses *carpe dingsda* geht

Ein neuer Morgen brach über dem Kloster der Schwestern unserer Lieben Frau vom Sonnenberg an.

Konny räkelte sich im Bett. Genüsslich und ausgiebig. Dann schaute sie sich um.

Im Bett von Kriemhild lag nur Amenhotep, zusammengerollt in der offenbar noch warmen Kuhle, die der Körper ihrer Schwester über Nacht zwischen Decke und Matratze geformt hatte.

Konny schnupperte. Sie hatten das Fenster zwar über Nacht gekippt, aber es roch immer noch nach den Magen- und Blaseninhalten ihres nackten Lieblings. Kein Problem für eine echte Katzenmutter: Babys machen nun mal Dreck. Und Gerüche. In der Horizontalen sah sie nur ein wenig blauen Himmel und eine Baumkrone.

»Nur noch ein Momentchen«, dachte sie, ohne auf die Uhr zu sehen. Wie spät konnte es schon sein?

Sie war hundemüde. In der Nacht hatte sie ein schrecklicher Alptraum heimgesucht. Und sie träumte sonst nie alp. Pfarrer Eberhard war ihr erschienen. Aber statt gletscherblauen Augen hatte er nur leere Höhlen. Und mit geisterhafter Stimme wiederholte er immer und immer wieder: »Einer von Ihnen ist der Mörder!«

Bei der Erinnerung schauderte es sie erneut. Auch wenn es jetzt, im ersten Sonnenlicht des Tages, nur noch ein dumpfer Schrecken war.

Konny beschloss, sich umzudrehen und ein bisschen zu schlummern. Kriemhild würde sie schon wecken.

Kurz bevor ihr wieder die Augen zufielen, visualisierte sie sich an diesem Bilderbuchmorgen als Drohne über dem Kloster: Sie sah das efeuumrankte Gemäuer, von den ersten Sonnenstrahlen in ein liebliches Licht getaucht, sie hörte im Halbschlaf zwitschernde Vögel und den engelsgleichen Gesang der Nonnen, der aus der Kirche drang. Dann schlief sie wieder ein. Lächelnd, mit dem betörenden Gefühl des Aus-der-Welt-gehoben-Seins.

Kloster, wie es sein sollte.

Ganz im Gegenteil zum Kloster, wie es in diesem Augenblick wirklich war.

Ja, die Nonnen sangen, aber wie immer mehrheitlich falsch, und die greise Schwester Stupenda an der Orgel fand zwar Tasten, aber nicht die richtigen. Das war dem Allerhöchsten ganz sicher egal, denn er schaute auf die Herzen, und die waren rein, aber alle anderen – die wenigen Gläubigen im Kirchenschiff, die Küchenhelferinnen und Doktor Grünbaum auf dem Weg zu einer verfrüht einsetzenden Geburt – verzogen schmerzhaft das Gesicht.

Selbst Kriemhild, die völlig unmusikalisch war, schnitt eine Grimasse.

Sie war vorhin beim Aufwachen zu dem Schluss gekommen, dass ihr Werk im Kloster getan war: Der Priester hatte, warum auch immer, Selbstmord begangen. Basta. Und sein Handy war vermutlich bei der unsachgemäßen Entfernung des Leichnams vom Balken einfach aus der Jackentasche gepurzelt. Es gab haufenweise Nicht-Ordensleute, die den Weg in den Keller angetreten haben konnten: die säkularen Küchenfeen, die Gästehausgäste, die Teilnehmer der regelmäßigen Schnapsverkostungen, Museumsshopbesucher … die Tür zur Brennerei stand immer offen.

So wie jetzt auch.
Kriemhild hatte beim Packen – noch vor dem Frühstück – ihre Handtasche vermisst. Sie musste sie in der Nacht im Keller vergessen haben, als sie Schwester Gundela auf die Beine half. Darum stopfte sie erst das, was da war, in den Karton: also Gabi und ihre und Konnys Kleider – die man vermutlich verbrennen musste, den Katzengestank wurden sie doch nie wieder los. Sie würde sich nach dem Frühstück eine Rolle Paketkleber von den Nonnen geben lassen.
Dann machte sie sich auf den Weg zur Brennerei. Und nun stieg sie die Steinstufen hinunter, in der Hoffnung, dass sie das Schicksal mit diesem neuerlichen Kellerbesuch nicht herausforderte und sie sich diesmal nicht wieder hoffnungslos im Labyrinth der Gänge verirren würde.
Kriemhild war genervt. Sie stellte nicht nur an andere hohe Ansprüche, sondern vor allem auch an sich selbst. Ihre Handtasche zu vergessen, gehörte zu den Dingen, die sie maßlos ärgerten.
Ein paar Hundert Meter weiter, im Klostergarten, war von dem Frieden und der Idylle, die Konny beim neuerlichen Weggleiten in Morpheus' Arme empfunden hatte, auch nichts zu spüren.
»Das glaube ich ja wohl nicht!«, donnerte Kommissarin Klum.
Breitbeinig, mit auf den Hüften gestemmten Händen, stand sie vor ihrem Mann und Schwester Agneta.
Als sie mit einer der Küchenhelferinnen, die gerade ihren Dienst antraten, das Klostergelände betrat, sah sie auf der anderen Seite des Innenhofes ihren Mann, der zwischen Haupthaus und Klostershop in den Garten ging.
Sie hinterher.

Zwei Tage hatte sie vergeblich versucht, ihn auf dem Handy zu erreichen. Und als sie dann auf dem Festnetz das Kloster anrief, hieß es nur, man könne keine Auskunft geben. Frau Klum hatte mal eben rasch die Polizeiberichte der Gegend gegoogelt und gesehen, dass es einen Todesfall gegeben hatte. So schnell konnten die Teilnehmer des Symposiums gar nicht schauen, wie sie davoneilte und im Laufen einen Heimflug buchte. Die ganze Nacht war sie unterwegs gewesen, nur um ihren geliebten Mann jetzt quicklebendig mit einer anderen vorzufinden. Und so ruhig und gelassen und distanziert Frau Klum jahrzehntelang im Beruf geblieben war, so sehr rastete sie jetzt aus.

»Ich komme vor Sorge fast um, und du liegst hier in den Armen einer anderen Frau?«

Nun ja, das war so nicht ganz richtig.

Zwischen Herrn Hirsch und den Armen von Schwester Maria Agneta lagen mindestens vier Meter, niedrig geschätzt. Er saß auf einem wackligen Holzstuhl neben der Tür des Schuppens und hielt eine dampfende Tasse Instantkaffee in der Hand, sie stand am anderen Ende vor einem noch dampfenden Wasserkocher und schob gerade Toast in einen Toaster.

»Furzkissen«, rief Herr Hirsch vor Schreck. Nicht, weil er ein schlechtes Gewissen hatte – er hatte keinerlei amouröse Absichten auf die Nonne, sondern war einfach gern im Gartenschuppen, noch dazu, wenn man ihn dort fütterte –, sondern weil seine Frau völlig unerwartet wie ein Büffel in den Schuppen gestürmt war.

»Ach, es ist nicht so, wie es aussieht?«, übersetzte Frau Klum und funkelte die Nonne böse an. »Dass Sie sich nicht schämen. Sich an den Mann einer anderen Frau heranzumachen. Im Habit, und somit als Christin.«

»Dass ich einen Habit trage, macht mich genauso wenig zur Christin, wie es mich zur Gehirnchirurgin machen würde, wenn ich einen Chirurgenkittel trüge. Das Tun ist der Beweis, nicht das Outfit«, giftete Schwester Agneta. »Und mein Tun ist rein und in der Tat christlich – ich mache Ihrem Mann gerade einen Toast Hawaii, weil er den so liebt.«

Ja, sie würde das Herumgiften Pater Gregorius beichten müssen. Sie hatte wirklich keinerlei unzüchtige Absichten mit Herrn Hirsch – wie auch, selbst wenn sie Interesse an Männern hätte, er war über dreißig Jahre älter als sie! –, aber er erinnerte sie an ihren Vater selig. Deswegen schwänzte sie auch die Laudes. Herrn Hirsch eine Tasse Kaffee und seinen geliebten Toast Hawaii zuzubereiten, war ein Moment der innigen Verbundenheit mit ihrem verstorbenen Tată, der in Rumänien begraben lag, weswegen sie sein Grab nur einmal im Jahr besuchen konnte.

Herr Hirsch fand es irgendwie süß, dass seine Frau eifersüchtig war. Auf eine Nonne! Und obwohl er über siebzig und invalide war.

»Daumenschraube«, gurrte er verliebt.

»Wir gehen!«, bellte sie und zog ihn am Ärmel aus dem Schuppen.

Das war exakt der Moment, in dem Kriemhild im Gewölbekeller um die letzte, entscheidende Ecke bog.

Kriemhild hatte das Gefühl, wirklich jeden Winkel des Kellers abmarschiert zu haben, als ob sie einen kompletten Kontinent erkundet hätte – das Kap der Vorräte für die Schnapsbrennerei, die blühende Halbinsel der Vorräte für die Küche, den undurchdringlichen Rumpelkammerdschungel mit den ungebrauchten Überresten aus Jahrhunderten, die öden Wüsteneien, in denen es nur Spinnweben gab. Sie fragte sich, wann sie endlich bewohntes Gebiet erreichen würde, und dabei hätte ihr, der großen Zynikerin, eigentlich bewusst sein müssen, dass man nie Fragen stellen sollte, auf die man keine Antwort haben möchte.

Das Leben eines jeden Menschen hat einen Sinn. Manche Menschen sind vom Schicksal dazu ausersehen, Großes zu leisten, Geschichte zu schreiben, Heilmittel zu finden, Kunstwerke zu schaffen. Andere sind dazu da, Großes zu leisten und Liebe zu verbreiten, ein Heim zu gründen und zu bewahren, dem Menschsein Menschlichkeit zu verleihen. Und wieder andere sind dazu auserkoren, Leichen zu finden.

Kriemhild gehörte zur letzten Kategorie.

Sie stand erst ein wenig ungläubig vor dem Skelett, dann schloss sie die Augen und atmete tief ein und aus.

Es wäre weiter nicht schlimm gewesen, ein Skelett zu finden. In alten Gemäuern erwartete man so etwas im Grunde. Jeder wusste doch von den Gerüchten, dass schwangere Nonnen im Mittelalter im Keller eingemauert wurden, nicht wahr? Es war also nur eine Frage der Zeit, bis man in einem uralten Klosterkeller auf eine eingestürzte Wand traf und dahinter menschliche Knochen entdeckte.

Das Problem mit diesem Skelett war allerdings, dass es nicht aus dem Mittelalter stammte. Noch nicht einmal aus dem Zweiten Weltkrieg.

Es war noch so frisch, dass ein paar Ratten die letzten Fleischreste am skelettierten Fuß abnagten. Und bei ihrem leckeren Imbiss ließen sie sich auch von Kriemhild nicht stören …

17 … in dem Derrick und Columbo auf Gummi-Gabi treffen

»Ich weigere mich, diese Frage zu beantworten. Schon deshalb, weil ich die Antwort nicht weiß.« Kriemhild verschränkte die Arme.

Sie waren zu siebt in dem achteckigen Anbau hinter dem Museumsshop, der den Schnüffelschwestern Konny und Kriemhild – und mit einer Ausnahme allen anderen – bislang verborgen geblieben war.

Das sollte auch so sein. Diesen Ort sollten Neugierige nicht mal eben finden können. Es war der Andachtsraum, in den man sich zum gemeinsamen Gebet zurückziehen konnte, wenn man – anders als in der Kirche – ungestört sein wollte. Bis auf ein goldenes Kreuz an der holzvertäfelten Wand war der Raum absolut schmucklos. Eine Sitzbank zog sich rundherum. Sie war exorbitant unbequem – sie sollte ja auch nicht zum gemütlichen Päuschen, sondern zur inneren Einkehr einladen.

Wenn Pfarrer Eberhard seine »Begegnung mit Gott-Workshops« im Seminarraum über dem Museumsshop durchführte, war er mit den Teilnehmenden immer zum stillen Gebet hierhergegangen. Schon allein deshalb strich Konny mit der freien Hand gelegentlich versonnen über die Sitzbank. Mit der anderen Hand hielt sie sich ihr Bäuchlein.

Theoretisch hätten alle sieben je eine Ecke für sich gehabt und hätten – ganz auf sich geworfen – Zwiesprache mit dem Allmächtigen halten und über die Endlichkeit des Lebens kontemplieren können.

Aber zwischen Theorie und Praxis klaffte ja oft eine Lücke. Der Andachtsraum glich in diesem Moment eher einem Boxring.

In der Ecke neben der Tür saß Herr Hirsch. Seine Frau stand neben ihm, die Hand besitzanzeigend auf seiner Schulter platziert.

»Ach, Sie entführen also ohne mein Wissen meinen Mann …«

So weit richtig, die Schwestern hatten Frau Klum nichts von der Beerdigung erzählt, weil sie ja gedacht hatten, es würde nur ein Tagesausflug werden.

»… behalten ihn über Tage hier, obwohl er Termine bei seinem Sprechtherapeuten hatte, merken nicht, dass der Akku seines Handys leer ist und dann …« Frau Klum pumpte sich auf und donnerte weiter: »… und dann überlassen Sie ihn einfach einer Nonne, auf deren Absichten ich an einem geweihten Ort wie diesem nicht näher eingehen möchte!«

Ihr Respekt vor dem Ort war allerdings nicht so groß, dass sie ihre Lautstärke gemäßigt hätte.

»Und nun wollen Sie mir auch noch die Auskunft darüber verweigern, wo er sich diese entsetzliche Wunde zugezogen hat? Ich fasse es einfach nicht!

»Schlupfkrapfen«, warf Herr Hirsch beschwichtigend ein.

»Hmpf«, sagte Konny, deren Katzenbissspuren gut dreimal so lang waren wie die ihrer Meinung nach mikroskopisch kleine Schnittwunde von Herrn Hirsch. Die Abdrücke von Amenhoteps Gebiss waren zwar inzwischen schon verschorft, aber es ging ums Prinzip.

Wenn sich zwei Triceraptoren jedoch Revierkämpfe liefer-

ten, dann kümmerte es sie nicht, ob irgendwo unten in Knöchelhöhe zwei Käfer ihren Protest anmeldeten. Die wurden im Zweifel einfach plattgetreten.
Weil Herr Hirsch und Konny das wussten, schwiegen sie.
Die beiden Strippoker-Enthusiasten Rainer und Sergei saßen eng an eng und mit weit aufgerissenen Augen in der gegenüberliegenden Ecke. Sie hatten ohnehin nicht oft näheren Kontakt mit Frauen, und mit solchen vom Kaliber einer Frau Klum und Kriemhild offenbar gar nicht. Man musste ihnen allerdings zugutehalten, dass sie – dank ihrer Erstbegegnung in der Nacht – zwar genau wussten, wer da neben Konny saß, aber keine dummen Bemerkungen machten. Leben und leben lassen, das war ihr Motto. Konny liebte sie dafür.
Sie hatte Gummi-Gabi nicht im Gästehauszimmer lassen können. Die Mutter Oberin hatte genug Ärger am Hals. Also hatte sie der Sexpuppe ihr rotes Etuikleid angezogen und ihr Gesicht unter dem Witwenschleier versteckt. Das einzige Problem waren ihre Füße – nicht ganz so klein wie die abgeschnürten Versionen chinesischer Kaiserinnen, aber sehr viel kleiner als die Füße von ihr und ihrer Schwester. Sie löste das Problem, indem sie die Ersatzschuhe, die Frau Schober ihr geschickt hatte, reichlich mit Toilettenpapier ausstopfte. Konny war sehr zufrieden mit sich – auf einem Foto hätte Gabi lebensecht gewirkt. In der Realität irritierte ihre völlige Bewegungslosigkeit. Doktor Grünbaum, der etwas später in den Andachtsraum gekommen war, schaute deshalb auch regelmäßig irritiert herüber. So wie jetzt.
»Geht es der Dame nicht gut?«, fragte er. Ein Arzt ist nie nur Mensch, sondern immer auch Heiler.

Rainer und Sergei stießen sich an und kicherten.
»Sind wir hier in einem Überwachungsstaat? Hätten Sie nicht einfach im Kloster anrufen können?«, warf Kriemhild Frau Klum vor. Angriff war immer die beste Verteidigung. »Müssen Sie unangekündigt hier auftauchen und Inquisition spielen? Was kommt als Nächstes? Folter?«
Frau Klum sah aus, als überlege sie das in der Tat.
Doktor Grünbaum stand auf und setzte sich neben Gabi.
Konny hätte ihn gern weggewunken, aber sie hatte keine Hand frei. Sie musste sich den Bauch halten.
Der Arzt fühlte den Puls an Gabis Handgelenk. »Sie sehen mich erstaunt«, sagte er.
Konny lächelte unverbindlich.
Sie hatten natürlich Amenhotep ebenfalls nicht im Zimmer zurücklassen können. Er hielt sich hier illegal auf. Konny hatte schreckliche Visionen von einer sterilen Tierheimzelle, in die die Polizei ihn verfrachten würde. Oder schlimmer noch – jemand ließ die Gästehaustür versehentlich offen, und ihr kleiner Liebling lief hinaus und geriet unter eins der Polizeiautos, die mit Karacho in den Klosterinnenhof gebrettert kamen. Darum lag er jetzt unter dem schwarzen Beerdigungskleid-Schrägstrich-Kartoffelsack, das genug Raum für mindestens zwei weitere Katzen geboten hätte. Nach all der Aufregung von gestern war er Gott sei Dank hundemüde. Und dank des Schinkens von Schwester Agneta auch pappsatt. Ihn würde so schnell nichts wecken.
»Ich erkläre Ihnen alles später«, raunte Konny dem Doktor zu. Der schürzte die Lippen, gab sich aber damit zufrieden.
»Wieder einmal typisch, dass Sie meinen armen Mann in Ihre abstrusen Abenteuer hineinziehen«, röhrte Frau Klum

gerade. »Wenn irgendwo ein Mord passiert, machen alle normalen Menschen, dass sie davonkommen. Aber Sie laufen immer drauf zu. Das ist krank!«

Kriemhild verschränkte die Arme. »Wir sind nicht darauf zugelaufen, die Dame war bereits vor uns da.«

Das wusste Kriemhild nicht gesichert, aber Frau Klum eben auch nicht, und somit konnte sie nicht widersprechen.

Frau Klum war wütend auf die Schwestern, aber der Furor, den sie an den Tag legte, hatte andere Gründe. Matuschek und Wilhelm, die Konny nur als Derrick und Columbo kannte, hatten sie zwar sehr kollegial begrüßt, behandelten sie aber dennoch als Verdächtige. Das wäre ihr früher nicht passiert. Aber seit sie pensioniert war, überkam sie manchmal das Gefühl, nicht mehr ernst genommen zu werden. Ob das nun der Wahrheit entsprach oder ihrer Einbildung, in solchen Momenten musste sie sich anderweitig Respekt verschaffen.

»Und während Sie noch Hirngespinsten nachhängen, wie Ihr Mann und die Nonne auf einem Einhorn in den Sonnenuntergang reiten, habe ich den Fall längst gelöst!«, rief Kriemhild.

Was bei allen im Andachtsraum ein erstauntes Hochziehen der Augenbrauen zur Folge hatte. Außer bei Gummi-Gabi.

»Du hast den Fall der vergifteten Kostümträgerin gelöst?«, fragte Konny säuerlich, dass sie es mit allen anderen erfahren musste.

»Selbstverständlich. Ich habe von Anfang an gesagt, sie und dieses Ziegenbartmännlein kennen sich«, führte Kriemhild aus. Leicht triumphal, wie angemerkt werden muss. »Sie haben sich diese Verschwörerblicke zugeworfen wie …«

Kriemhild verstummte und sah zu Doktor Grünbaum. Ihr fiel das Versprechen ein, das sie der Mutter Oberin gegeben hatte. Sie hatten sagen wollen wie zwischen der Chef-Nonne und dem Arzt, aber stattdessen sagte sie: »… wie es Verschwörer nun mal tun. Die steckten unter einer Decke. Er hat sie umgebracht und ist dann verduftet. Deswegen ist er jetzt auch nicht hier!«

Frau Klum hatte noch nie von dem Ziegenbartmann gehört, aber Herr Hirsch, Konny und sogar Doktor Grünbaum nickten anerkennend.

»Es könnte noch andere Gründe haben, warum er nicht hier ist«, sagte plötzlich eine Frauenstimme.

Sie hatten allesamt nicht mitbekommen, wie Derrick und Columbo den Andachtsraum betraten.

Konny fand, dass sie mit ihren Spitznamen den Nagel auf den Kopf getroffen hatte. Columbo sah aus, als hätte sie in ihren Klamotten geschlafen. Nicht ganz so schlimm wie bei Doktor Grünbaum, aber nah dran. Alternativ mochte es natürlich auch sein, dass sie über einen unendlichen Vorrat an ungebügelten Jeans und T-Shirts verfügte. Derrick dagegen trug einen absolut knitterfreien Hosenanzug und wirkte wie aus dem Ei gepellt.

Die Stimme gehörte Derrick. »Das Skelett, das Sie im Keller gefunden haben …« Sie sah Kriemhild an. »… ist frisch. Und …« Sie musterte einen nach dem anderen und erklärte stimmungsvoll: »… und einer von Ihnen ist der Mörder!«

»Nein!«, gellte Konny, für die die Stimme von Derrick und die Stimme des toten Priesters aus ihrem Alptraum auf unheimliche Weise eins wurden, und sprang auf – völlig vergessend, wer unter ihrem Kleid den Schlaf der Gerechten schlief.

Prompt plumpste Amenhotep auf den Boden. Er schrie mit der ganzen Wucht seiner Empörung auf.
Nicht so sehr wie die beiden Strippoker-affinen Jungs, Columbo und Herr Hirsch.
Weil es eine Sekunde lang tatsächlich so aussah, als hätte Konny mal eben eine Lebendgeburt hingelegt.
Frau Klum, Grünbaum, Derrick und Kriemhild schrien nicht, zuckten aber trotzdem zusammen.
Der Nacktkater, der selbst an guten Tagen Gen-bedingt immer so aussah, als hätte er schlechte Laune, verzerrte sein Gesicht zur authentisch schlecht gelaunten Schreckensmaske. Diese Tat durfte nicht ungesühnt bleiben! Er drehte sich um, fuhr seine Krallen wie Klappmesser aus und versenkte sie mit aller Kraft in die nächstbeste Wade.
Es war die Wade von Gummi-Gabi. Aufgrund der mangelnden Reaktion seines Opfers zutiefst erbost, wollte er seine Krallen wieder herausziehen, um erneut zuzuschlagen, aber das Silikon wehrte sich und gab die Krallen nicht frei. Stattdessen rutschte Gummi-Gabi von der unbequemen Andachtsbank und landete mit einem lauten »Zong« auf dem Boden. Dabei verrutschten Kleid und vor allem Witwenschleier, und ihr unnatürliches Gesicht mit den blicklosen Augen und dem kreisrund aufgerissenen Mund kam zum Vorschein.
Wer nichts von Gabi wusste, schrie spätestens jetzt laut auf. Derrick zum Beispiel. Und sogar Frau Klum, die Gabi kannte, aber nicht hier im Andachtsraum mit ihr gerechnet hätte.
Und Grünbaum und die Jungs mussten gleich darauf feststellen, dass Hosenbeine einen nur unzureichenden Schutz vor den Krallen eines Katers boten, der wie im Blutrausch

einen nach dem anderen als lebenden Kratzbaum missbrauchte.

Im Grunde war das der Moment, in dem die komplette Gruppe lauthals schrie. Zwar aus unterschiedlichen Gründen, aber unisono und markerschütternd.

Von draußen rannten Streifenbeamte mit gezückten Waffen herbei …

18 … in dem nicht alles, was simpel ist, auch einfach ist

»Wenn ich etwas sage, dann ist es erwiesen, sonst halte ich den Mund«, konstatierte Derrick, die nicht wusste, dass Konny sie so nannte, und darum auch keine Ahnung hatte, dass sie dem echten Derrick nie mehr ähnelte als in diesem Moment. Das hätte sie nur noch toppen können, wenn sie zu Columbo gesagt hätte: »Harry, fahr schon mal den Wagen vor.«

Die Aufregung hatte sich gelegt.

Konny presste Amenhotep an ihren immer noch bebenden Busen. Der Nacktkater gab bedrohliche Maunzlaute von sich, ließ sich aber festhalten, ohne zu strampeln. Er hatte sein Pulver verschossen.

Doktor Grünbaum, der seinen Arztkoffer immer dabeihatte, erstversorgte die Kratzwunden an den Männerbeinen, auch an seiner eigenen Wade.

Frau Klum hatte Gabi wieder auf die Bank gesetzt, Kleid und Schleier zurechtgerückt und sich neben ihr niedergelassen. Ihr Mann, auf der gegenüberliegenden Andachtsraumseite, verstand den Hinweis. Sie war immer noch sauer. Er seufzte.

Columbo und die herbeigeeilten Streifenpolizisten sicherten die Tür. Und in der Mitte des Raumes standen Derrick und Kriemhild, beide mit verschränkten Armen.

»Ich weiß doch, was ich gesehen habe!«, erklärte Kriemhild.

Derrick schnorchelte. Würde sie jedes Mal fünf Euro bekommen, wenn ein Zeuge das sagte, hätte sie sich schon längst ihr heiß begehrtes Mercedes Cabrio in Mintgrün leisten können. Zeugen durfte man getrost ausnahmslos in die Tonne klopfen – gab es fünf Augenzeugen, bekam man fünf unterschiedliche Aussagen. Und alle verteidigten ihre Wahrnehmungen mit Zähnen und Klauen. Ihre Aufgabe als Kommissarin bestand darin, die Schnittmengen herauszukristallisieren. Gab es allerdings nur eine einzige Zeugin, wie in diesem Fall, war man aufgeschmissen.

»Das Skelett, das Sie im Keller gefunden haben, stammt nicht aus der Frühzeit des Klosters«, fing Derrick an.

»Ich weiß.« Kriemhild guckte milde. Wie man guckt, wenn man einer Dreijährigen erklären will, dass ein Skelett aus dem Mittelalter schon *gaaaanz doll staubig* sein müsste und das Skelett eines Menschen, an dem noch Ratten nagten, höchstens ein paar Wochen alt sein konnte. Was Kriemhild tatsächlich gleich darauf genau so in Worte fasste.

Derrick sah genervt zur Decke. Sie zählte auf zehn und dachte an ihren *happy place*.

Frau Klum grinste sich eins. Sie hatte selbst schon ihre Erfahrungen mit Kriemhild als Zeugin gesammelt und wusste, wie sehr das an den Nerven zehrte. Hätten die beiden jungen Kolleginnen sie mit ins Boot geholt, anstatt sie als normale Verdächtige mit Krethi und Plethi zusammen in diesen Andachtsraum zu sperren, wäre sie ihnen jetzt beigesprungen. So aber beobachtete sie genüsslich die Gemengelage zwischen Derrick, Columbo und Kriemhild – wobei sie innerlich natürlich die Echtnamen Matuschek und Wilhelm benutzte.

Columbo baute sich jetzt neben Derrick auf und redete mit Kriemhild wie mit einer Demenzkranken: »Das Skelett

ist frisch«, artikulierte sie beleidigend dezidiert. »Total frisch. Wie in … erst gestern ermordet und in der Nacht entbeint.«
Kriemhild ließ sich nicht gern den Wind aus den Segeln nehmen. Und schon gar nicht von einem halben Kind von vierzig Jahren. »Woher wissen Sie denn, dass der Knochenmann ermordet wurde?«, fragte sie mit ätzendem Sarkasmus. »Hatte er noch Giftschaum zwischen den Zähnen?«
Columbo grinste. »Wie viele Tote kennen Sie, die sich nach dem Sterben eigenhändig das Fleisch von den Knochen kratzen?«
»Bitte«, entfuhr es Doktor Grünbaum. »Es sind …« Damen anwesend, wollte er sagen, weil er gut erzogen war, aber ein Blick in die Runde belehrte ihn eines Besseren.
»Damen anwesend?«, ergänzte Columbo grinsend. »Wen genau meinen Sie damit, die Sexpuppe etwa?« Columbo stieß ihre Partnerin an.
Derrick verzog keine Miene. »Das Skelett ist männlich. Ihm wurde das Genick gebrochen.«
»Nein!« Konny sprang wieder auf. Dieses Mal dachte sie aber daran, Amenhotep fest an sich zu pressen.
In Konny rasten die Gedanken nur so. Genickbruch! Der trat doch ein, wenn man erhängt wurde, oder nicht? War Pfarrer Eberhard womöglich …
Kriemhild versetzte ihr eine Kopfnuss. Wenn man jemanden seit sechzig Jahren kannte – über sechzig, wenn sie die Embryonalzeit im Mutterbauch mitzählte –, dann wusste man, wie die andere tickte. Und Konny tickte bisweilen ohne Sinn und Verstand. Zum Beispiel jetzt.
»Dein Priester ist tot!«, erklärte Kriemhild. »Und zwar schon seit einer Woche!«

»Welcher Priester?« Sofort spitzten Derrick und Columbo die Ohren. »Fehlt etwa einer?« Sie sahen zu Doktor Grünbaum, der sich von ihnen allen im Kloster am besten auskannte. Als ob das Kloster ein Bermuda-Dreieck wäre, in dem einer nach dem anderen verschwand.

Grünbaum hatte soweit alle Männerwaden verarztet, erhob sich und setzte zu einer Erklärung an. »Letzte Woche starb Pfarrer Eberhard, der Beichtvater hier im Kloster. Er hatte einen Herzinfarkt.« Grünbaum sah zu Kriemhild und Konny. Die taten keinen Mucks. »Wir haben ihn vorgestern beerdigt. Aus diesem Grund …«

»… sind wir hier im Kloster«, ergänzte Kriemhild. »Wir wollten ihm die letzte Ehre erweisen. Meine Schwester fühlte sich dem Priester sehr nahe.« Ihre Augenbrauen tanzten Rumba.

Die Kommissarinnen nickten verstehend. Auch in ihrer Generation war *Dornenvögel* ein Begriff.

»Könnte es sich nicht vielleicht doch …?« Konny sprach es nicht aus.

»… bei dem Skelett um den Priester von vor einer Woche handeln?« Derrick schüttelte den Kopf. »Nein. Aufgrund der sofortigen DNA-Analyse wissen wir bereits, zu wem das Skelett gehört.«

Diese Nachricht hätte mehr Emphase verdient. Vielleicht sogar einen Trommelwirbel.

Alle sahen zu Derrick.

Die zog ein Notizbuch aus ihrer Blazertasche und las ab: »Der Tote ist ein gewisser Hans-Herbert Stellenbosch. Mehrfach vorbestraft. Hauptsächlich Eigentumsdelikte. Er hatte hier im Gästehaus ein Zimmer gemietet. Sie müssen ihn gesehen haben.«

»Exzellente Arbeit«, rief Frau Klum automatisch. Lob, wem Lob gebührt. Gerade Frauen im Polizeidienst mussten sich gegenseitig unterstützen. Das hatte sie vollkommen verinnerlicht.

Derrick sah sie ausdruckslos an. Schlimmer als ausdruckslos – angemifft. Wie eine Sechsjährige gucken würde, wenn man sie dafür lobte, mit Messer und Gabel essen zu können, als sei sie erst vier.

Frau Klum fand spontan, dass Alice Schwarzer offenbar schon zu viel erreicht hatte und man wieder mehr Männer unterstützen sollte. Die einem die Unterstützung auch zu danken wussten.

»Sagt Ihnen der Name was?«, fragte Derrick.

Alle schwiegen. Bis auf Kriemhild, die sich nie zurückhalten konnte, wenn sie beweisen konnte, dass man nicht für die Schule, sondern fürs Leben lernte: »Stellenbosch ist eine Stadt in Südafrika.«

Columbos Gesichtsausdruck schien zu sagen, dass ihr ein Eintrag in die Personalakte wegen unbotmäßiger Gewalt bei einer Zeugenbefragung egal war. Aber sie ballte nur mehrmals stumm die Hände.

Derrick ignorierte Kriemhild und steckte ihr Notizbuch wieder weg. »Wir konnten feststellen, dass Stellenbosch ein Geschäftspartner der gestrigen Toten war. Er und Seska von Teller handelten mit gebrauchten Büchern.«

»Ich wusste es!« Kriemhild schaute triumphierend. »Ich habe es gleich gesagt. Habe ich es nicht gleich gesagt? Verschwörerblicke!«

Sie sah zu Konny, aber die musste noch den Schreck mit dem Genickbruch verdauen. Also sah Kriemhild zu Herrn Hirsch, und der nickte bestätigend.

Guter Mann, der Hirsch, dachte Kriemhild.
»Jetzt, da wir wissen, bei wem es sich um den Toten handelte, die Frage: Kannte einer von Ihnen Herrn Stellenbosch?« Derrick sah sich in der Runde um.
Niemand meldete sich.
»Hatten Sie während Ihres Aufenthalts hier im Kloster Kontakt zu ihm?«
»Wir saßen nur bei den Mahlzeiten zusammen im Speisesaal«, sagte Kriemhild. »Aber ...«
»Was aber?« Derrick spitzte die Ohren unter dem halblangen Bob.
Kriemhild hatte daran denken müssen, wie sie bei ihrem allerersten Frühstück im Kloster die Obernonne und die tote Blondine hatte streiten sehen. Wenn nun die Blondine die Geschäftspartnerin des Ziegenbärtchens war, dann schloss sich doch da ein mutmaßlicher Motiv-Kreis. Aber sie wollte den beiden die Arbeit nicht abnehmen. Jeder an seinem Platz! Deshalb schloss sie nur ein wenig lahm: »... die Nonnen müssen ihn gekannt haben. Fragen sie die.«
»Danke für diesen hilfreichen Ratschlag.« Columbo spuckte es fast aus. Sarkasmus prallte an Kriemhild jedoch ab wie ein Flugkäfer an der Windschutzscheibe eines mit 300 Stundenkilometern fahrenden Porsches.
»Immer gern«, sagte sie nur.
Derrick legte Columbo beruhigend eine Hand auf die Schulter und verkündete, getreu ihrem Spitznamengeber: »Wir haben eine Menge Theorien, aber bis zu den Beweisen ist es noch ein weiter und holpriger Weg. Ich muss Ihnen nicht erst sagen, dass Sie alle von besonderem polizeilichen Interesse sind, oder? Bitte bleiben Sie daher vor Ort.«

19 … in dem die Welt natürlich nicht in Ordnung ist, nur weil die Sonne scheint, auch wenn es sich so anfühlt

Ein Friedhof ohne Bank ist wie eine Eisdiele ohne Vanilleeis. Da fehlt etwas ganz Entscheidendes.

Weil Schwester Maria Tumaini gerade ihr Zimmer reinigte, waren Konny und Kriemhild mit Gummi-Gabi auf den Friedhof gegangen, um abseits der Ermittlungen auf den Hauptachsen des Klostergeländes die Seele baumeln zu lassen und etwas Sonne zu tanken.

Unglücklicherweise gab es keine Bank.

Dahinter steckte selbstverständlich Methode. Laut Klosterordnung von Gründerin Maria Benedikta hatte den Nonnen jedweder Müßiggang ein Gräuel zu sein. Noch bis zur Mitte des vorigen Jahrhunderts hatten sie eine riesige Haube getragen, mit der man sich nicht einmal an eine Wand hatte anlehnen, geschweige denn für ein Mittagsschläfchen hatte hinlegen können. Mittlerweile war der Habit etwas pausenfreundlicher, aber Bänke, die zum Nichtstun einluden, gab es auf dem Klostergelände immer noch nicht.

»Da drüben«, sagte Kriemhild nach kurzer Inspektion des Terrains.

Sie schritt zu drei Steingrabmälern neben einer Jugendstilpumpe für Gießwasser. Zwei der Grabsteine stammten aus dem 19. Jahrhundert und gehörten Hochwürden Theodosius Gabler (1833–1871) beziehungsweise Hochwürden Gottlieb Salb (1856–1899). Die Schrift des dritten Grabmals war so verwittert, dass man sie nicht mehr entziffern konnte.

Kriemhild setzte Gabi auf Gottlieb und pflanzte ihren hageren Hintern auf Theodosius. »Komm schon, das macht denen nichts mehr. Nach über hundert Jahren kommen die nicht mal mehr als Geist zu Besuch.«

Konny setzte sich auf den Verwitterten.

Schon nach kurzer Zeit in der Sonne atmete sie wieder freier.

Der kleine Friedhof hatte etwas Magisches an sich. Schwester Maria Agneta ließ hier der Natur fast freien Lauf. Nicht so, dass es überwuchert und verlassen wirkte, nur gerade so viel, dass man das Gefühl hatte, aus dem Alltag herauskatapultiert zu sein. Überall kreuchte und fleuchte es – kleine rote Feuerwanzen wuselten auf den Wegen, Regenwürmer wurden von Amseln aus dem Erdreich gepickt.

Amenhotep, der sich immer noch an den Busen seines Frauchens schmiegte, reckte plötzlich sein Nacktkaterköpfchen, als er eine Maus entdeckte. Er maunzte. Natürlich war der Versuch, ihr hinterherzujagen, unter seiner Würde, aber er wollte die Maus zumindest wissen lassen, dass ihm nichts entging.

»Länger als bis morgen können die uns unmöglich hier zurückhalten«, befand Kriemhild. Da die Schwestern nebeneinander auf den Grabmälern saßen, schaute sie beim Sprechen nicht Konny an, sondern die Reihe der Holzkreuze der ehemaligen Klostervorsteherinnen, die sich von den Holzkreuzen gewöhnlicher Nonnen dadurch unterschieden, dass sie Messingbeschläge hatten. »Ich werde froh sein, wenn ich wieder in meinem eigenen Bett liege.«

»Wir können hier nicht weg!«, erklärte Konny.

»Wie bitte?« Jetzt wandte sich Kriemhild doch nach links.

»Ich will erst wissen, was passiert ist.«

Kriemhild atmete genervt aus. »Du weißt, was passiert ist. Dein Schmusepriester hat sich suizidiert. Die Nonne und der Arzt haben das vertuscht, damit sein Ruf posthum nicht leidet. Das müsstest ausgerechnet du doch zu schätzen wissen.«

Gabi kippte, der Schwerkraft folgend, leicht zur Seite. Kriemhild streckte den Arm aus und ruckelte sie wieder in eine Balance-Position.

Konny sagte nichts.

»Irgendein Spinner hat sich daraufhin sein Handy gekrallt und gedacht, er könne sich einen Scherz erlauben. Und das war's!«, fuhr Kriemhild fort. »Die beiden anderen Leichen gehen uns nichts an. Man kann nicht jeden Mord aufklären, über den man rein zufällig stolpert.«

Konny hörte ihr gar nicht zu. »Warum hat er ausgerechnet mir eine SMS geschickt?«

»Was?«

Konny sah zu Kriemhild. Die war schon wieder damit beschäftigt, Gabi festzuhalten. Über dem Grab von Hochwürden Salb herrschte offenbar eine ganz eigene Thermodynamik. Oder das Silikon von Gabi war nicht ordentlich austariert.

»Warum hat der Spinner ausgerechnet mir die SMS geschickt, von wegen, Robert sei ermordet worden.«

Kriemhild zuckte mit den Schultern. »Das weißt du doch gar nicht. Womöglich – nein, ganz bestimmt – hat er den Text an alle Kontakte im Handy verschickt. Damit es eine möglichst große Wirkung erzielt.«

Konny blieb skeptisch. »Und warum hat er Roberts Wohnung verwüstet?«

»Das muss doch nicht ein und derselbe gewesen sein. Wollen wir wetten, das waren die Obernonne und der Arzt? Die hatten bestimmt Angst, dein Priester könnte irgendwo einen Abschiedsbrief versteckt haben, und den mussten sie finden, damit sie mit ihrer Herzinfarkt-Tour nicht aufflogen.«

Für Kriemhild war die Sache klar.

»Die beiden hätten doch keine solche Unordnung angerichtet!« Konny blieb skeptisch.

Vorn bei der Kirche bog eine Nonne um die Ecke.

Auch wenn man sie von nahem auseinanderhalten konnte, von weitem ging das nicht so einfach. Schwester Maria Tumaini erkannte man – von vorn – wegen des höheren Melaningehalts der Haut, Schwester Maria Gundela – ebenfalls nur von vorn – an der roten Nase und Schwester Pulcharda – von allen Seiten – an der Kugelform. Aber darüber hinaus hieß es warten.

Kriemhild zog den Schleier etwas tiefer über Gabis Gesicht. Nicht dass eine der älteren, vergeistigten Schwestern einen Schock bekam.

Kurz darauf stand Schwester Maria Magunda vor ihnen, die Frau mit der Schlüsselgewalt über das Kloster.

»Ja, wer ist das denn?«, gurrte sie fröhlich.

Kriemhild hatte kurz Sorge, sie könnte Gabi meinen, aber Schwester Magunda meinte den Nacktkater im Froschkostüm.

»Das ist Amenhotep«, stellte Konny ihren Liebling vor. »Vorsicht, er kratzt.«

Schwester Magunda beugte sich vor und tätschelte ihn hinter den Ohren. Völlig untypischerweise ließ er sie gewähren, legte sogar das Köpfchen schräg, damit sie besser an die sensiblen Stellen kam.

»Mit Tieren kann ich gut«, freute sich Schwester Magunda. »Ich komme vom Bauernhof. Die Viecher spüren, wenn man's ehrlich mit ihnen meint. Gut, wir haben sie dann am Ende alle geschlachtet. Aber nicht unsere Mäusejäger. Nicht wahr, du Süßer, das spürst du, dutzi, dutzi.« Sie kicherte und richtete sich wieder auf. »So ein hübscher Kerl, aber ein fragwürdiger Bekleidungsgeschmack.«

Amenhotep maunzte enttäuscht. Nicht wegen der Unterstellung, er besäße keinen Sinn für Fashion, sondern weil seine sensiblen Stellen plötzlich wieder unverwöhnt blieben.

»Er friert leicht«, schmollte Konny, die ihren Liebling sehr stylish und schick fand. Es gab ja auch so was wie Gute-Laune-Mode. »Und in seiner Größe ist die Auswahl beschränkt.«

»Soll ich Ihnen beibringen, wie man naht?« Die Nonnen dachten immer praktisch. »Ich glaube, ich habe noch Stoffreste. Ach nein … der Schlüssel ist ja auch weg.«

Kriemhild bekam spitze Ohren. »*Auch* weg?«

Die Nonne nickte. »Ja, das ist mir noch nie passiert. Und dabei bin ich seit fast dreißig Jahren hier Schlüsselmeisterin. Dreißig Jahre!« Sie klopfte auf den breiten Ledergürtel mit dem Messingring, an dem sich unzählige Schlüsselbünde befanden. Manche Schlüssel waren riesig groß – vermutlich für die Klosterpforte und die Kirchentür –, bei den meisten anderen handelte es sich um ganz normale Sicherheitsschlüssel, wie man sie für jede moderne Haustür bekam. In Gänze mussten die Schlüssel bestimmt mehrere Kilo wiegen. Ein Wunder, dass Maria Magunda sich gerade halten konnte.

»Wann haben Sie die Schlüssel denn zuletzt gesehen?«

Kriemhild war eine strenge Verfechterin der Methode, an den Ausgangsort des Verlusts zu gehen und sich von dort konzentrisch vorzuarbeiten.
»Am Tag der Beerdigung unseres lieben Herrn Eberhard. Da war so eine Unruhe. Ich hatte gerade Frau von Teller und Herr Stellenbosch ins Gästehaus eingelassen. Die sind an dem Morgen angereist, wie Sie beide ja auch. Und plötzlich merkte ich, dass der rote Schlüsselbund weg war. Die Schlüssel sind nach Farben geordnet, jedes Gebäude hat seine eigene. Ich kann mir beim besten Willen nicht vorstellen, wie das passiert sein kann. Ich nehme nie …«
»Die Schlüssel für welches Gebäude sind weg?«, unterbrach Kriemhild unhöflich.
Schwester Magunda nickte. »Das hat die Polizei auch gefragt. Und ja, ich muss mir den Vorwurf gefallen lassen, dass meinetwegen …«
»Was für Schlüssel?«, rief Konny.
Der Geduldsfaden einer normalen Nonne bestand aus unterarmdicken Tauen – was einer Mischung aus Herzensgüte und Kontemplationsüberdosierung geschuldet war –, nur deshalb ließ sich erklären, warum Schwester Magunda auch nach dem zweiten rüden Zwischenruf immer noch milde lächelte. »Das wollte ich ja gerade erzählen. Es war der rote Bund mit den Schlüsseln fürs Priesterhaus. Und das Nähzimmer befindet sich hinten im Priesterhaus. Deswegen können wir jetzt leider nicht …«
»Aha!« Kriemhild erhob sich.
Anders als ihre Zwillingsschwester konnte sie aufstehen, ohne zu vergessen, dass Schutzbefohlene von ihrem festen Griff abhingen. Deswegen hielt sie Gabi mit der Linken immer noch fest. »So kam also der Spinner ins Haus!«

Bedauerlicherweise ist festhalten nicht gleich festhalten. Kriemhild hielt Gabi am Schleier fest, und der war dem Gewicht der zur Seite gleitenden Gummipuppe nicht gewachsen. Gabi plumpste ins Grün. Womöglich erschlug sie dabei einen Friedhofskäfer.

Durch den Sturz glitt ihr ein Schuh vom Fuß und Toilettenpapier quoll hervor. Aber das war nicht das Schlimmste. Der Schleier verrutschte, und das ausdruckslose Gesicht mit dem obszön weit geöffneten Mund starrte Schwester Maria Magunda an.

Die starrte zurück.

Dann bekreuzigte sie sich und sah kopfschüttelnd zu Kriemhild und Konny und sagte streng: »Was Sie in Ihrer Freizeit tun, müssen Sie natürlich nur mit sich und Gott ausmachen. Aber auf einem Friedhof? Einem Friedhof! Tststs …«

20 … in dem außerordentliche Umstände ungewöhnliche Opfer verlangen

»Vergib ihr, Vater. Sie hat gesündigt.«
Kriemhild schaltete das rote Licht des Beichtstuhls ein, damit man wusste, dass besetzt war. Hier war Gummi-Gabi erst mal vor Entdeckung sicher. Eine Sorge weniger.
»Ist das nicht ein wenig respektlos?«, flüsterte Konny, als sich Kriemhild neben sie auf die Kirchenbank setzte. »Um nicht zu sagen: pure Blasphemie?«
»Erstens wird sie keiner finden. Wo kein Priester, da auch keine Beichte.« Kriemhild schob sich zwei Kissen unter. Die Bank war hart, und sie war nicht gepolstert. »Zweitens hat sie tatsächlich gesündigt. Man könnte sogar sagen, sie wurde zur Sünde erschaffen. Und drittens habe ich allergrößten Respekt vor dem Glauben eines jeden Menschen, aber nicht vor Organisationsabläufen von den irdischen Subalternen des Allerhöchsten.« Kriemhild sah zu Amenhotep. »Und wenn du dir schon Gedanken über Blasphemie machst: Einen Nacktkater an einen heiligen Ort zu bringen, wird auch vielen nicht gefallen! Man wird dich flagellierend hinausjagen.«
»Flage-was?« Konny runzelte die Stirn. »Ach, egal. Amenhotep ist ein Geschöpf Gottes wie wir alle. Es gibt ja sogar Tiergottesdienste.«
»Ja, aber nur auf explizite Einladung. Du bist das Äquivalent zu einem Partycrasher.«
Das war typisch für Konny und Kriemhild. Wenn sie sich zoffen konnten, dann taten sie es auch. Da mochte um sie

herum die Welt untergehen. Höchstwahrscheinlich würden sie selbst beim Jüngsten Gericht miteinander kabbeln.
Sie hatten sich vom Friedhof in die Kirche geflüchtet, als sie auf dem Rückweg zum Gästehaus durch die weit geöffneten Fenster Schwester Maria Tumaini immer noch lüften und putzen und werkeln sahen. Die Kirche war ohnehin leer. Und das hier war auch der letzte Ort, an dem Frau Klum sie suchen würde, um ihnen weitere Vorhaltungen zu machen. Herr Hirsch war alt und invalide, aber doch kein Pflegefall, der durch eine kleine Landpartie mit Leiche an den Rand des Todes geriet. Das waren die Hormone – verliebte Frauen tickten einfach nicht mehr richtig. Fand Kriemhild.
Konny schwelgte in der Schönheit der Klosterkirche. Zugegeben, sie ging nicht oft in Gotteshäuser, aber dieses hier war doch eindeutig nicht ganz …
Regelkonform?
Weit und breit war kein männlicher Heiliger zu sehen, und das Kreuz auf dem Altar war nur ein Kreuz, kein Kruzifix. Ja gut, es gab eine Reihe Marienbilder mit Baby Jesus, aber damit war die Männerquote erfüllt. Und die Kirchenfenster waren fast schon eine Hommage an heidnische Zeiten: Sie stellten die aufgehende Sonne über einer Quelle und einem Weltenbaum dar.
Wusste der Papst in Rom, dass die Schwestern unserer Lieben Frau vom Sonnenberg hier eine feministische Frauenhochburg errichtet hatten? War das kirchenkonform?
Da öffnete sich die Tür zum Kreuzgang.
Konny schob rasch ein Sitzkissen über Amenhotep. Keine Sekunde zu früh.
Die Mutter Oberin trat ein, knickste, bekreuzigte sich und eilte lautlos durch das Kirchenschiff.

Jede andere hätte Kriemhild und Konny wohl gar nicht bemerkt, die Mutter Oberin war aber nicht jede andere. Sie schwebte durch den Mittelgang direkt auf sie zu.
Konny hielt den Atem an.
»Es freut mich, dass Sie Ihren Aufenthalt bei uns doch noch dazu nützen, mit Gott ins Gespräch zu kommen«, sagte die Mutter Oberin, und obwohl ihre Stimme freundlich klang, kam es bei Kriemhild als Vorwurf an.
»Ich darf Ihnen versichern, dass ich regelmäßig mit meinem Gott kommuniziere«, schnauzte sie. Selbst für sie deutlich zu rüde. »Entschuldigung, ich wollte nicht so schroff klingen.«
Die Mutter Oberin lächelte. Sie gehörte mit Mitte vierzig zu den jüngsten Klostervorsteherinnen überhaupt und hatte jede Menge Erfahrung mit alten Menschen, die erst lernen mussten, einer vergleichsweise blutjungen Frau Respekt zu zollen: Lieferanten, Gläubige, Kirchenobere, selbst ihre Mitschwestern. Im Grunde war es eine ständige Herausforderung. Aber wenn Gott sie hier haben wollte, dann würde sie auch ihr Bestes geben. Und in diesem ganz speziellen Fall musste sie ja nur noch bis morgen durchhalten.
Apropos morgen …
»Hören Sie, ich bin Ihnen wirklich dankbar, dass Sie unser kleines Geheimnis bezüglich Hochwürden Eberhard nicht ausgeplaudert haben«, fing die Mutter Oberin an. »Aber ich muss Sie trotzdem bitten, sich jetzt etwas mehr zurückzuhalten. Mit … allem.«
»Ich weiß gar nicht, was Sie meinen?« Konny versuchte, nördlich des Äquators harmlos aus der Wäsche zu schauen, während sich südlich des Äquators Amenhoteps Nackt-

schwanz unter dem Kissen hervorschlängelte. Wobei Äquator hier gleichbedeutend mit Kirchenbanklehne war.
»Ich meine vor allem Ihre unselige Neigung, immer dorthin zu gehen, wo Sie gar nichts zu suchen haben. In unserem Gewölbekeller, im Zimmer von Frau von Teller, möge sie in Frieden ruhen, im …«
Bevor sie jetzt Priesterhaus sagen konnte, unterbrach Kriemhild sie. »Sagten Sie nicht, dass Sie Frau von Teller gut kannten? Mein Beileid zu Ihrem Verlust.«
Konny musste sehr an sich halten, um jetzt nicht erstaunt zu ihrer Zwillingsschwester zu schauen. Mitgefühl? Empathie?
Die Mutter Oberin schüttelte den Kopf. »Ich danke Ihnen, aber wir standen uns nicht nahe. Wenn sie ins Kloster kam, dann meistens, um mit Herrn Eberhard zu sprechen, sich seinen Rat einzuholen. Ich persönlich habe mich nur ein einziges Mal mit ihr unterhalten. Ich bat sie hier in die Bibliothek, um den Bestand zu taxieren und zu überlegen, ob sie ein paar der Bücher gewinnbringend für uns veräußern konnte. Sie hatte exzellente Kontakte, und ich überlegte damals, ob ich nicht das eine oder andere Buch verkaufen sollte – in einem Kloster herrscht immer Geldmangel.«
»Hat sie auch die Sammlung von Pfarrer Eberhard taxiert?«, fragte Kriemhild.
Die Mutter Oberin stutzte. »Nein, wieso sollte sie? Es war seine Privatsammlung.«
Amenhoteps Schwanz klopfte hörbar gegen die Kirchenbank. Rasch tat Konny so, als müsste sie husten. »Heuschnupfen«, sagte sie entschuldigend.
Die Mutter Oberin zog eine Augenbraue hoch. »Jedenfalls, was ich eigentlich sagen wollte … morgen beginnt unsere

Pilgerreise zu den Gebeinen des heiligen Kunz. Schon heute steigen die ersten Pilger im Gästehaus ab. Würden Sie bitte – bitte – aufhören, Ihre Nase in Dinge zu stecken, die Sie nichts angehen? Ich gehe davon aus, dass die Kommissarinnen Sie morgen früh abreisen lassen. Sie werden sich doch sicher zwölf Stunden lang beherrschen können?«

Konny hustete heftiger.

»Wir üben uns sehr gern in Zurückhaltung«, log Kriemhild. »Sie werden keinen Ärger mehr mit uns haben.«

»Das will ich hoffen.« Die Mutter Oberin glitt weiter. Über ihre Schulter rief sie den Schwestern zu: »Und bringen Sie die Katze aus der Kirche!«

Konny meinte: »Die Frau ist mir unheimlich. Sie sieht alles, sie hört alles, sie weiß alles.«

»Mach dich nicht nass«, meinte Kriemhild. »Wenn sie alles wüsste, wäre sie jetzt nicht gegangen. Und hätte vor allem die Tür abgeschlossen.«

»Was für eine Tür?«

Aber da war Kriemhild schon auf dem Weg zu der Tür, die in den Kreuzgang führte. »Kommst du jetzt, oder was?«

21 … in dem die Zeit vergeht, weil sie es ja nicht besser weiß

»Jetzt ergibt alles einen Sinn!«

Kriemhild, Konny und Amenhotep standen in dem kleinen Zwischenraum zwischen Kirchen- und Kreuzgangtür. Kriemhild lugte hinaus. Die Lautlosigkeit dieser Nonnen war ein Problem – man hörte sie einfach nicht kommen. Es funktionierte nur über Sichtkontakt. Oder das Fehlen desselben.

»Die Luft ist rein«, sagte Kriemhild und huschte in den Kreuzgang.

Konny folgte, Amenhotep an sich gepresst. Der wurde langsam unruhig. Zu Hause wäre jetzt Fütterungszeit gewesen.

»Runter!«, raunte Kriemhild plötzlich kommandierend und ließ sich auf alle viere fallen.

Auf der anderen Seite des Kreuzgangs, jenseits des Innenhofs, glitt Schwester Maria Stupenda vorbei.

Amenhotep miaute. Konny hielt ihm die Schnauze zu.

Die Schwestern wussten es nicht, aber Schwester Stupenda, die mit Abstand älteste Nonne im Kloster, war schwerhörig. Und sie sah auch nicht mehr gut. Sie hätten mit einem Ghettoblaster auf der Schulter singend und Zumba tanzend durch den Kreuzgang hüpfen können, und Maria Stupenda hätte es höchstwahrscheinlich nicht mitbekommen.

Konny verbarg sich hinter einer der dicken romanischen Säulen. Sie zog die Hand gerade noch rechtzeitig genug weg, bevor Amenhotep sie mit seinen Klauen entfernte. Hunger machte ihn aggressiv.

»Weiter!« Kriemhild huschte geduckt den Kreuzgang entlang, Konny folgte.
Sie waren schon fast am Büro der Mutter Oberin, als zwei Nonnen vorn, wo es zur Küche ging, in den Kreuzgang traten.
Kriemhild und Konny pressten sich so flach sie konnten an die Bürotür. Die Tür lag etwas nach hinten versetzt in den dicken Steinmauern, das bot Schutz. Genug Schutz für die flachbrüstige Kriemhild, nicht genug für Konny mit ihrem Zivilisationsbäuchlein, auf dem zudem ein Kater ruhte. Aber das Schicksal war ihnen hold – die Nonnen unterhielten sich fröhlich miteinander und verschwanden zwei Türen weiter vorn in einen anderen Raum.
»Das war knapp.« Kriemhild atmete tief aus. Dann zog sie die Tür zum Büro auf. Dass hier niemand abschloss, machte es fast zu einfach.
Konny blieb kurz zurück. Sie hatte den Kreuzgang schon bei Nacht beeindruckend gefunden, aber jetzt, im Sonnenlicht, wirkte er wie aus einer anderen Welt. Einer besseren Welt. Der Efeu, die Malereien, das Plätschern des Brunnens …
»Mach hinne!«, donnerte Kriemhild.
Konny eilte ins Büro und zog die Tür hinter sich zu. Dabei sprang ihr Amenhotep vom Arm. Sein feines Katzennäschen hatte ihm sofort verraten, dass auf dem Schreibtisch der Mutter Oberin noch ein Teller stand, der verführerisch nach Fisch duftete. Schwester Maria Zephira hatte hier zu Mittag gegessen – ein belegtes Brot mit Thunfisch. Gut die Hälfte war noch übrig. Gleich darauf schleckte Amenhotep die letzten Krümel und den Duft nach Thunfisch von dem schlichten, weißen Porzellan.

Konny trat neben Kriemhild vor die Bücherregale. »Was genau suchen wir hier?«
»Bist du wirklich so begriffsstutzig?« Kriemhild fuhr mit dem Zeigefinger über die Rücken der Folianten in den Regalen. Weil Konny das offenbar für eine rhetorische Frage hielt, die keiner Antwort bedurfte, sagte sie: »Die Chef-Nonne war's!«
Konnys Unterkiefer klappte zwar nicht in realiter auf, innerlich aber schon. »Wie bitte?«
»Es liegt doch auf der Hand, kapierst du es wirklich nicht?« Kriemhild blieb stehen und sah Konny an. »Wir wissen, dass diese Frau von Teller mit wertvollen antiquarischen Büchern handelte. Stellenbosch war ihr Handlanger. Auftritt: die Chef-Nonne, die ihre Bücher zu Geld machen will.«
»Haben sich Nonnen nicht dem Gehorsam, der Keuschheit und der Armut verpflichtet?«, warf Konny ein.
»Nicht jede Nonne ist eine Heilige. Und es gibt sogar Nonnen, die aus dem Kloster austreten. Vielleicht reichte es Mutter Ziphora mit dem ganzen Eingebettetsein, und sie wollte den Rest ihrer Tage mit einem Daiquiri in der Hand am Strand von Rio verbringen?« Kriemhild sah Konnys skeptischen Blick. »Oder sie wollte mit dem Erlös eine Leprakolonie gründen. Was weiß ich. Jedenfalls kommt es zum Streit mit Seska von Teller. Ich tippe auf ein zu niedriges Angebot. Oder sie hat schon Bücher verscherbelt und rückt nicht mit der ganzen Kohle raus, sondern nur mit einem Teil. Wegen zusätzlicher Aufwandsentschädigung.«
Wenn Kriemhild in Fahrt kam, kannte sie kein Halten mehr. Inzwischen hatte sich ihr Zeigefinger auch wieder auf Wanderschaft begeben. »Die Chef-Nonne bringt Seska

von Teller um. Stellenbosch kriegt das mit und muss ebenfalls ins Gras beißen. Es ist so easy. Als Vorsteherin kommt sie überall rein. Wenn Schwester Gundela sie beim Schnapsvergiften überrascht, muss sie doch nur sagen, sie würde eine Qualitätskontrolle vornehmen. Und wir wissen, dass sie nachts allein durchs Kloster geistert. Da kann sie den Handlanger zerlegt haben.«

Konny war hin- und hergerissen. Sich endlich für all die Male rächen, wo sie geniale Argumentationsketten geknüpft hatte, die Kriemhild schnöde wieder aufdröselte? Oder von dieser nachgerade genialen Denke begeistert sein?

Sie kam nicht mehr dazu, sich zu entscheiden – man hörte die Stimme der Mutter Oberin. Und eine Männerstimme.

»Scheiße!«, entfleuchte es Konny. Sie sah sich panisch um. Die Fenster waren vergittert, und es gab keine zweite Tür. »Was machen wir jetzt?«

»Versteck dich!«, befahl Kriemhild.

»Wo denn?«

Der Raum war groß, bot aber erstaunlich wenig Möglichkeiten, sich unsichtbar zu machen.

Wenn die Mutter Oberin einen Gast mitbrachte, war es strategisch unklug, sich hinter einem der beiden Ledersofas in der Mitte des Raumes zu verkriechen. Also packte Konny Amenhotep um die tonnenartige Leibesmitte und tauchte mit ihm hinter dem wuchtigen Schreibtisch ab.

Kriemhild – getreu dem Motto, wenn schon verrückt, dann richtig – öffnete die Tür zur Pendeluhr. Gummi-Gabi mit ihren Silikonrundungen hatte darin Platz gefunden, dann sie ja wohl auch. Es half, dass die Pendeluhr kein Pendel mehr hatte, innen also hohl war. Kriemhild weckte den

Schlangenmenschen in sich. Allerdings ließ sich die Tür nicht schließen, sie musste sie zuhalten.
Keine Sekunde zu früh waren die Schwestern von der Bildfläche verschwunden.
»Bitte, Pater Gregorius, nehmen Sie doch Platz. Einen Quittenlikör, wie immer?«
»Zu gern, liebe Maria Ziphora. Sie verwöhnen mich!«
Leder quietschte. Der Pater hatte sich auf eins der Chesterfields gepflanzt. Man hörte etwas plätschern. Das war dann wohl der Likör.
»Ich freue mich schon sehr darauf, zum ersten Mal die lieben Pilger zu begleiten«, sagte Pater Gregorius. »Hoffentlich werde ich die Fußstapfen ausfüllen können, die mein Bruder in Christo mir hinterlassen hat. Danke sehr, Pröserchen.«
Die Schwestern meinten ein Glucksen zu hören. Wie von jemand, der ein Schnapsglas mit drei Schlucken auf ex leert.
»Da müssen Sie sich keine Sorgen machen. Laut der Anmeldeliste sind es wieder fast ausnahmslos Stammpilger. Die brauchen eigentlich keinen Hirten, sondern kennen den Weg von allein. Sie fahren einfach mit dem Bus für die Gehbehinderten mit und empfangen die anderen mit ein paar warmen Worten an der Kapelle des heiligen Kunz. Schwester Pulcharda fährt ebenfalls im Bus mit und baut die Verpflegungsstation auf. Wenn Sie ein paar heitere Anekdoten für die Fahrt vorbereiten, reicht das völlig aus.«
»Anekdoten, verstehe. Aus meinem Leben oder aus dem von Kunz?«
Konny kannte Kunz nicht. Aber waren Heilige nicht alle-

samt grausam gefolterte Märtyrer? Wo sollte da eine prägnante, heitere Kurzszene zu finden sein? Weil sie sonst nichts zu tun hatte, erging sie sich an möglichen Anekdoten aus dem Leben des Gemarterten: wie er zum wahren Glauben fand, als er die versehentliche Skalpierung durch seinen Barbier überlebte, oder die beiden Male, die der Henker mit der Axt den Hals des Kunz verfehlte, weshalb er auch der armlose Kunz genannt wurde?

Amenhotep war durch das halbe Thunfischsandwich noch nicht ausreichend gesättigt. Er rülpste.

»Sagten Sie etwas, liebe Schwester?«, fragte Pater Gregorius.

»Nein. Das müssen die Rohre sein. Wir brauchen dringend neue. Ich hoffe, die Pilger spenden reichlich. Wir werden die kompletten Einnahmen sofort an den Heizungsinstallateur überweisen. Ich rechne im Grunde täglich mit der großen Flut.« Die Mutter Oberin seufzte.

»Hatten Sie nicht überlegt, Teile der Klosterbibliothek zu verkaufen?«

Die Schwestern spitzten die Ohren.

»In der Tat, an Frau von Teller. Noch ein wenig Quittenlikör, lieber Pater Gregorius?«

Wollte die Nonne ablenken?

»Ich höre mich nicht nein sagen.«

Wieder ein Plätschern.

»Ich versuche wirklich, nichts Schlechtes über andere zu sagen.« Die Mutter Oberin sprach vor ihrem Beichtvater frank und frei. »Schon gar nicht, wenn sie tot sind, aber diese Frau von Teller war … nun ja, nicht ganz koscher. Ich glaube, ihre Geschäftspraktiken waren unlauter.«

»Ach ja? Danke, liebe Mutter Ziphora.«

Es gluckerte und quietschte. Bei einer TV-Sendung ›Erraten Sie das Geräusch‹ hätten Konny und Kriemhild gewettet, dass der Priester wieder auf ex trank und sich die Nonne auf das gegenüberliegende Manchestersofa setzte.
»Ja. Und ich habe ihr meine Bedenken auch bei ihrem letzten Besuch im Kloster deutlich zu verstehen gegeben. Trotzdem kam sie jetzt wieder und wollte die komplette Bibliothek von Herrn Eberhard kaufen. Ich sagte ihr, dass die Bücher sein Privatbesitz seien und sie sich mit dem Nachlassverwalter in Verbindung setzen müsse. Ehrlich, ich hatte sogar den Verdacht, dass es Frau von Teller war, die in der Nacht das Priesterhaus verwüstet hat.«
»Nein, was Sie nicht sagen?«
»Sie oder ihr Handlanger, dieser Stellenbosch. Es ist irrational, ich weiß, aber ich werfe den beiden vor, dass sie sich hier in unserem Kloster haben umbringen lassen.« Die Mutter Oberin seufzte.
In der Pendeluhr war es unterdessen stickig und sauerstoffarm, und Kriemhild hatte das Gefühl, als ob der wenige Sauerstoff mit Sägespänen gesättigt wäre. Kurzum, sie hatte einen ständigen Hustenreiz. Moment, hatte sie nicht Zitronendrops in ihrer Handtasche? Das Lutschen würde helfen. Es sorgte zwar nicht für mehr Sauerstoff, aber für Ablenkung.
Draußen hüstelte der Priester.
»Oh, möchten Sie noch einen Likör?«, fragte die Nonne.
»Nur einen wönzign Schlock«, zitierte er die *Feuerzangenbowle* und kicherte.
Wieder leises Plätschern.
»Weiß man denn schon Näheres?«, erkundigte er sich, während sie einschenkte.

»Nein, die Polizei ermittelt noch. Aber wer Unrecht tut, kommt durch Unrecht um. Bestimmt haben sich irgendwelche Verbrecher aus ihrem Umfeld über Nacht eingeschlichen, um eine alte Rechnung zu begleichen. Wir sind ja nicht Fort Knox. Profis kommen problemlos rein. Deshalb stehen auf meiner Liste dessen, was dieses Kloster dringend braucht, Bewegungsmelder und neue Türschlösser.«

»Ja, so ein altes Haus bereitet nicht nur Freude«, sagte Pater Gregorius. »Wenn ich ganz ehrlich sein darf, ist mir der muffige Geruch beim Eintreten aufgefallen.« Man hörte Schnuppergeräusche. »Nein, muffig ist nicht das richtige Wort. Es riecht ...«

»Fischig? Ich hatte ein Fischbrötchen zum Mittagessen.« Die Stimme der Nonne schien sich dem Schreibtisch zu nähern.

»Nein, das ist es auch nicht. Es riecht strenger, säuerlicher ... wie ... ich sage das nur ungern, aber es riecht, als hätte ein Kater sein Revier markiert.«

Konny hielt die Luft an.

Der Priester sprach das Wort Katzenpisse nicht aus, aber das musste es sein. Weil sich die Nase an Gerüche gewöhnt, auch an üble, hatte Konny völlig vergessen, dass ihre Kleidung im Karton von Amenhotep angefeuchtet worden war. Sie hatte natürlich trotzdem keine einzige Sekunde länger in dem schwarzen Kartoffelsack bleiben wollen, und deshalb einfach etwas länger mit dem Parfümflakon auf sich gezielt. Das olfaktorische Endergebnis war bedenklich.

Unsichtbar zu sein genügte nicht. Man durfte auch nicht stinken.

»Merkwürdig, habe ich das Brötchen aufgegessen?« Jetzt stand die Nonne gesichert neben dem Schreibtisch.

Konny kauerte zwischen den beiden Unterschränken, an die hintere Fußraumverkleidung gepresst. Sie wurde vom großen Zargenkasten mit den drei Schubladen völlig verdeckt. Wenn man sich nicht zum Arbeiten an den Schreibtisch setzte, konnte man sie unmöglich entdecken.
Aber natürlich fällt einem immer erst zu spät ein, woran es hakt. An der fehlenden Socke, die sie ihrem kleinen Liebling in die Katzenschnauze hätte stecken müssen.
Amenhotep miaute.
Konny tat das einzig Mögliche: Bevor sich die Nonne nach unten beugen konnte, um nachzusehen, woher das Miauen kam, schubste sie Amenhotep nach vorn. Nach dem Essen sollte man ja ohnehin tausend Schritte tun.
Er maunzte empört und marschierte mit erhobenem Schwanz um den Schreibtisch herum.
»Nanu, wo kommst du denn her?« Die Mutter Oberin klang auf einmal fast liebevoll.
Nicht so der Priester. »Herrje, eine Katze. Ich bin Allergiker!« Er sprang auf.
»Keine Sorge, lieber Pater Gregorius, ich meine, gelesen zu haben, dass diese Nacktkatzen keine Allergien auslösen.«
Maunzend stolzierte Amenhotep durch den Raum. Zu jeder anderen Zeit hätte er sich auf den Priester zubewegt – er konnte Angst riechen, und es bereitete seiner kleinen, schwarzen Katzenseele riesige Freude, Angsthasen in die völlige Panik zu treiben. Aber jetzt hatte er immer noch Hunger, folglich trieb ihn sein Näschen dorthin, wo es verlockend roch.
Für Handtaschen galt dasselbe, was auch für hautenge Etuikleider galt – einmal in Berührung mit stark riechenden

Materialien gekommen, seien es Katzenpipi oder Schnitzelreste, blieb der Duft haften.

Kriemhild hatte die Handtasche geöffnet, um einen Zitronendrops herauszufischen. Was ihr auch gelungen war. Dummerweise hatte sie die Handtasche anschließend nicht zugeklappt. Sie fürchtete, das Geräusch, wenn der Verschluss einhakte, könnte bis nach draußen zu hören sein. Das rächte sich jetzt.

Amenhotep blieb vor der Pendeluhr stehen und maunzte lauter.

»Was hat er denn?«, rief der Priester vom anderen Ende des großen Büros. Trotz der Zusicherung der Mutter Oberin wollte er so viel Distanz wie möglich zu diesem vierbeinigen Todesengel bringen.

»Ich weiß nicht. Katerchen, was hast du denn?« Die Nonne klang tiefergelegt, als wäre sie in die Knie gegangen, um mit Amenhotep Auge in Auge zu kommunizieren.

Sowohl Konny als auch Kriemhild hörten Kratzgeräusche. Oi weh.

»Nein! Aus!«, befahl die Mutter Oberin, als könne man einem Nacktkater vom Format eines Amenhotep Hundebefehle geben.

Das Kratzen nahm an Intensität zu.

Bei der maßangefertigten, überdimensionierten Pendeluhr handelte es sich um eine sogenannte Bornholmer Standuhr des dänischen Uhrmachermeisters Poul Hansen Dreyer aus dem Jahr 1811, Eichenholz, grün gefasstes Metallziffernblatt mit Zinnzahlenreif und Messingzeigern. Seinerzeit für einen begüterten Gutsherrn angefertigt. Dessen Tochter bekam die Uhr als Mitgift und als sie, am Tag nach der Hochzeit, durch einen Reitunfall zur Witwe wurde und beschloss, ins Kloster einzutreten, nahm sie die Uhr mit. Viele Jahrzehnte hatte die Uhr den Nonnen geläutet, wobei sie durchaus mit den Kirchenglocken mithalten konnte, was die Dezibelzahlen anging, aber irgendwann hatten Holzwürmer die Halterung des Pendels durchgenagt. Und irgendwann zur Mitte des vorigen Jahrhunderts war das Pendel plötzlich weg.

Als sie mit den Worten »Ist da etwa eine Maus drin?« die Tür der Standuhr öffnete, stockte ihr vor Schreck kurz das Herz.

Pater Gregorius zuckte zusammen und stieß gegen die Vase auf dem Beistelltisch hinter ihm. Sie wackelte erst ein bisschen, dann fiel sie zu Boden, wo sie scheppernd zerbrach.

Konny, die sich eigentlich geschworen hatte, Kriemhild und Amenhotep ihrem Schicksal zu überlassen und sich so lange unter dem Schreibtisch zu verstecken, bis sich die Wogen geglättet hatten und sie unentdeckt flüchten konnte, wurde von ihrem eigenen Körper verraten. Sie musste nämlich niesen. Kurios, ja, manche Menschen mussten aufgrund von Lichtreflexen niesen oder sogar beim Augenbrauenzupfen. Konny nieste, sobald ihre Gefühle sie überforderten. Explosionsartig entwich der Druck aus ihrer Nase. So heftig, dass sie mit dem Kopf an den Schreibtischzargenkasten über ihr prallte. Hörbar. Dreimal in Folge.

Konny wischte sich über die Nase und lugte hinter dem Schreibtisch hervor.

Kriemhild brachte es tatsächlich fertig, als unerwünschter Eindringling in der Pendeluhr so dreinzuschauen, als wäre sie durch die Entdeckung genervt.

Und die Mutter Oberin sah aus wie jemand, der aus dem Kelch des Lebens getrunken und im Bodensatz einen Käfer entdeckt hatte …

22 … in dem manchmal, wenn der Groschen fällt, er eine Groschengerölllawine auslöst

Es hat einen Grund, warum Promis zur Abschreckung von Paparazzi und Stalkern große, breitschultrige Bodyguards anheuern – der innere Urmensch fürchtet sich vor allem, was viel größer und breiter ist als er selbst. Dinosaurier und Säbelzahntiger, beispielsweise. Oder Nonnen, die aussahen, als würden sie heimlich Steroide vespern.

Mit verschränkten Armen hatte sich Schwester Maria Tumaini vor der Tür aufgebaut. Jede Security-Firma in Hollywood hätte sie vom Fleck weg angeheuert. Sie war Furcht einflößend.

»Wenn ich könnte, ich würde Sie beide sofort des Klosters verweisen«, sagte die Mutter Oberin, ebenfalls mit verschränkten Armen. »Aber die Damen Matuschek und Wilhelm haben noch Fragen an Sie. Zu Recht, wie ich mir vorstellen könnte.«

Konny und Kriemhild saßen auf ihren jeweiligen Betten und sagten nichts.

»Schwester Maria Tumaini ist bis zu Ihrer Abreise allen Pflichten enthoben. Sie wird von nun an darauf achten, dass Sie beide nicht mehr unbeaufsichtigt auf dem Gelände herumlaufen und Ihre Nase in Dinge stecken, die Sie nichts angehen. Zu den Mahlzeiten begleitet sie Sie in den Speisesaal, heute Nacht schläft sie in dem freien Zimmer nebenan. Und ansonsten sind Sie so freundlich und bleiben bitte genau hier.« Sie entschränkte ihre Arme und zeigte mit dem Finger auf die Raumesmitte. »Ich hoffe, wir haben uns verstanden.«

Die Mutter Oberin sprach mit einer unmissverständlichen Finalität. Sie sah die Schwestern an. Nicht so, als ob sie auf eine Antwort wartete, das tat sie nicht. Es war eher der Blick, den Tiger Woods einem Hole-in-one-Schlag nachsenden würde – man weiß, wie es ausgeht, aber man möchte sehen, wie es passiert. Wie bei den Schwestern der Groschen purzelt, wenn sie realisieren, dass ihr Spiel aus und vorbei ist und nun der Ernst des Lebens beginnt.

Konny streichelte Amenhotep. Sie schämte sich ein bisschen, dass sie dieser patenten Frau, die ihr Leben einem höheren Zweck geweiht hatte, genau dieses Leben schwerer macht. Aber sie sagte lieber nichts.

Kriemhild schämte sich null. Sie hielt sich stets an die Devise, dass man sich im Leben nie zu entschuldigen brauchte – die richtigen Menschen verlangte es nicht nach einer Entschuldigung, und die falschen Menschen verwendeten Entschuldigungen zweckfremd. Kurzum, sie schwieg ebenfalls.

»Gut, dann haben wir uns also verstanden.« Die Klostervorsteherin drehte sich zu ihrer Mitschwester um. »Die beiden verlassen dieses Zimmer erst zum Abendessen. Falls die Polizei nach ihnen verlangt, dann begleiten Sie sie. Ich verlasse mich auf Sie, Schwester Maria Tumaini!«

Mit einem letzten strengen, fast schon toxischen Blick auf die beiden Schnüffelschwestern verließ die Mutter Oberin das Zimmer.

Schwester Maria Tumaini zog einen Stuhl vor die Tür und setzte sich.

Amenhotep, der sich in Gegenwart mehrerer Menschen immer in der Nähe des Alphas aufhielt, verließ das Streichelparadies auf Konnys Bett, lief zur Nonne und schlüpfte unter ihren Habit. Nur sein Köpfchen lugte noch heraus.

Die Kirchturmuhr schlug zwei. Abendessen gab es um sechs. Das würde ein langer Tag werden.
Konny sah hinaus auf den Innenhof des Klosters. Vor dem Hauptgebäude standen immer noch Polizisten und Spurensicherer, rauchten und bedienten sich an dem Imbisstisch von Schwester Pulcharda, auf dem eine Gulaschkanone und mehrere Thermoskannen mit Kaffee standen. In der Nähe des Brunnens saßen zwei Menschen auf Klappstühlen in der Sonne. Erst auf den zweiten Blick erkannte Konny Herrn Hirsch und Frau Klum. Sie fragte sich, woher die beiden die Klappstühle hatten. Und ob es noch mehr davon gab. Und ob sie ihren Hausarrest nicht auch draußen in der Sonne absitzen konnten. Aber sie fasste ihre Wünsche nicht in Worte. Im Gegensatz zu ihrer Schwester.
»Kann ich mir etwas zu lesen aus dem Gemeinschaftsraum holen?« Kriemhild stand auf. Selbst Erbauungslektüre wäre jetzt besser als nichts.
Schwester Maria Tumaini rückte keinen Millimeter.
»Setzen!«, sagte sie. »Und keine Tricks, ich war Kindersoldatin. Glauben Sie mir, mit mir wollen Sie sich nicht anlegen!«
»Kindersoldatin?« Konny schaute entsetzt.
Kriemhild schaute skeptisch. Die samtweiche, ebenholzschwarze Haut der Nonne war weder im Gesicht noch an den Händen auch nur andeutungsweise vernarbt. Hm, wer derart Grauenvolles erlebt hatte, dem war vielleicht nicht unbedingt der Körper, aber doch zweifellos die Seele vernarbt. Und das müsste man sehen. Aber noch nicht einmal zarteste Falten deuteten sich an. Und Kriemhild bezweifelte, dass es im Kloster hochwirksame Anti-Falten-Cremes für die tägliche Gesichtspflege gab.

»Was habe ich gesagt?«, donnerte die Nonne.
Okay, die Stimme ließ vermuten, dass Schwester Maria Tumaini durchaus das Zeug zum Feldwebel hatte. Sie saß kerzengerade auf dem Stuhl, lehnte sich aber nicht an. Man könnte denken, weil sie sich in Selbstdisziplin übte, doch es lag an dem Korsett, das sie seit einer Wirbelfraktur tragen musste, die sie sich durch eine Tretmine eingefangen hatte. Irgendwann würden die Splitter wandern und das Rückenmark durchtrennen. Aber das ging niemanden etwas an.
Kriemhild setzte sich wieder und atmete genervt aus. »Das ist alles deine Schuld!«, pflaumte sie ihre Schwester an.
»Wie bitte?« Konny, die sich inzwischen wie Madame Recamier auf dem berühmten Empire-Bild von Jaques-Louis David diagonal auf ihrem Bett geräkelt hatte, warf die Beine über die Bettkante und richtete sich auf.
Der Gong zur nächsten Runde des Schwesternzoffs hatte geläutet. Sie war bereit. »Meine Schuld? *Meine* Schuld? Du allein hast uns in die Bredouille gebracht, mit deiner hirnrissigen Vermutung, Mutter Ziphora könnte die Morde begangen haben!«
Die Schwestern sahen es nicht, weil sie miteinander im Clinch lagen, aber Schwester Maria Tumaini hob eine Augenbraue.
»Es war eine logische These, die nach einer Beweisführung verlangte!«
»Es war Pillepalle!«
Kriemhild hasste dieses Wort. Augenblicklich stiegen ihr kleine Dampfwölkchen aus den Ohren. »Pil-le-pal-le? Es war eine Mutmaßung, die auf der Hand lag. Du hast doch selbst mitbekommen, wie groß der Geldmangel im Kloster ist. Und dass die Nonnen sich ohne Hilfe von außen finan-

zieren müssen. Es gibt keine Finanzspritze vom Vatikan, aus der Privatschatulle des Papstes. Wer will sich schon nachsagen lassen, das Kloster in den Ruin gewirtschaftet zu haben? Da ist es doch nur logisch, dass sie versucht, Geld zu generieren, und dieser Versuch offenbar aus dem Ruder gelaufen ist.«

Nichts verteidigte man so vehement wie eine These, mit der man falschlag.

»Weißt du, was das Problem ist? Deine Alleingänge! Hättest du mich von Anfang an einbezogen …«

Kriemhild schnaubte. »Von Anfang an? Wann genau, bitte schön? Als du dich liebestrunken ins offene Grab werfen wolltest? Oder danach, als du im Vollrausch weggetreten warst? Du bist in letzter Zeit zu nichts mehr zu gebrauchen.« Das war ein deutlicher Vorwurf, und er verfehlte sein Ziel nicht.

»Oh bitte, ein kleiner Aussetzer oder zwei, und schon denkst du, du müsstest als einsame Wölfin durch die Nacht streifen? Was für eine maßlose Selbstüberschätzung! Wenn wir in der Vergangenheit verzwickte Fälle gelöst haben, warst du immer eher das Brems- als das Gaspedal – und jetzt machst du auf einmal auf Michael Schumacher und willst die Formel 1 gewinnen? Ha!« Konny redete sich in Fahrt.

»Ach, du willst also immer das entscheidende Zünglein an der Waage gewesen sein? Wer wurde denn beinahe von Schobers Schafen zu Tode getrampelt, als wir den Aufsitzrasenmähermord aufklären wollten? Und wer hat bei der Suche nach dem Schatz meines Mannes auf dem Faulturm eine solche Höhenangstattacke bekommen, dass man sie auf einer Trage herablassen musste? Und wer …?«

»Schon gut, ich bin nicht perfekt. Aber wer wirft sich bei jedem neuen Abenteuer einer Kugel in den Weg? Doch wohl nicht ich! Möchtest du deine Streifschussnarben mal zusammenzählen? Nun, ich warte!«

Konny und Kriemhild funkelten sich böse an.

Schwester Maria Tumaini räusperte sich.

Konny knickte bei diesem Räuspern automatisch ein. »Bitte verzeihen Sie, Schwester, einen solch rüden Tonfall sind Sie nicht gewohnt, nicht wahr? Wir streiten schweigend weiter, das können wir.«

»Dessen bin ich sicher, ich habe auch Schwestern.« Maria Tumaini nickte. »Biologische Schwestern, meine ich. Wiewohl, hier im Kloster befinden wir uns auch nicht auf einer Insel der Seligen. Hier herrscht nicht nur eitel Sonnenschein. Nein ...«

Sie schien kurz nachzudenken. Dann stand sie auf, ging zu Kriemhilds Bett und setzte sich steif.

Amenhotep, der sich plötzlich seiner Wohlfühlhöhle beraubt sah, fauchte.

Schwester Maria Tumaini nahm die Schultern zurück. »Ich war es.«

Konny und Kriemhild sahen sich an.

»Sie haben die Blondine und ihren Handlanger ermordet?«, fragte Kriemhild, der die Gabe der Zurückhaltung fehlte und die ohnehin am liebsten Tacheles redete.

»Was?« Schwester Maria Tumaini schreckte auf. »NEIN!«

Erst wurde es kalt, jetzt laut – Amenhotep war das Reisen gewohnt, aber doch bitte mit einem Mindestmaß an Komfort. Indigniert stolzierte er zu Konnys Bett und kroch unter die Decke. Wenn ihn die Welt nervte, sperrte er sie gern weg.

»Nein!«, wiederholte die Nonne dezidiert. »Mit diesen Todesfällen habe ich nichts zu tun. Aber ich habe …« Sie stockte und gestand dann verschämt: »*Ich* war es, die Ihnen die SMS geschickt hat.«

23 … in dem Konny und Kriemhild und die Kindersoldatennonne sich auf Kriegspfad begeben wollen

»Ich hab's doch gewusst!«, rief Konny. »Die SMS aus dem Grab galt mir!«
Schwester Maria Tumaini runzelte die sonst so babypopoglatte Stirn. »Was? Ich habe doch nicht aus dem Grab gesimst, sondern von hinter der Kirche. In meiner Zelle gibt es keinen Empfang.« Sie seufzte. Es gab kein WLAN im Kloster. Das 21. Jahrhundert hatte noch keinen Einzug gehalten. »Und ich habe einfach allen Kontakten von Robert eine SMS geschickt. In der Hoffnung, dass *irgendwer* reagiert.«
Kriemhild sagte nichts, aber ihr breites Lächeln sprach Bände.
Das wusste Konny, auch ohne hinzusehen.
»Und außer uns hat keiner reagiert?«, fragte sie.
Maria Tumaini nickte. »Doch natürlich, reagiert haben so gut wie alle. Sie haben sich bei Mutter Ziphora gemeldet – per Telefon oder Mail. Sehr viele wussten gar nicht, dass Robert … Herr Eberhard … tot ist und waren bestürzt. Und ausnahmslos alle waren überzeugt, dass es sich um einen geschmacklosen Scherz handele. Nur Sie beide haben an die Möglichkeit geglaubt, dass wirklich etwas nicht stimmt.« Ergriffen nahm sie Konnys und Kriemhilds Hände. »Ich danke Ihnen. Ich danke Ihnen von Herzen!«
Kriemhild konnte mit Gefühlsausbrüchen schlecht umgehen. Schon von Geburt an, und die dreißig Jahre, die sie

bei den unterkühlten Hanseaten verbracht hatte, machten es nicht besser. »Ja, schon gut.« So gefühlskalt, dass sie der Nonne ihre Hand entzogen hätte, war sie dann aber doch nicht.

»Sie glauben also auch, dass Robert keinem Herzinfarkt erlegen ist, sondern dass es Selbstmord war!« Noch ritt sie auf der Welle ihres Triumphes. Sie wusste nicht, dass das Ende nah war.

»Selbstmord?« Schwester Maria Tumaini ließ die Hände der Schwestern los und sprang auf. »Was? Nein!«

Konny und Kriemhild sahen sich an. Offenbar ließen sich im Kloster doch Geheimnisse bewahren. Sollten sie es ihr sagen?

Aber da redete Maria Tumaini schon weiter. »Das ist Unsinn, erzählen Sie so etwas ja nicht weiter. Selbstmord ist eine Sünde. Und es widerspricht auch Roberts Einstellung. Er war ein guter Katholik, er hätte sich nie umgebracht. Nein …« Sie senkte ihre Stimme. »Er hat etwas herausgefunden …«

Konny und Kriemhild beugten sich unwillkürlich vor, aber Schwester Tumaini suchte noch nach den richtigen Worten. Sie tigerte wie ein Raubtier auf und ab. Was man so tigern nennen konnte in einem Gästezimmer von minusküler Größe. Es war eher eine Art langsamer Schreittanz, eine Pavane für eine Person.

»Ich hatte eine völlig normale Kindheit. Bis der Bürgerkrieg unser Dorf erreichte«, fing sie schließlich an. »Meine Eltern gehörten zu den Ersten, die exekutiert wurden … Aber ich rede nicht gern über diese schlimmen Dinge, das ändert ja nichts. Man muss nach vorn schauen.«

Konny fand zwar, dass zwischen schlimm und schlimm

ein Unterschied bestand, und sie ihre Kindheit als kleiner, unglücklicher, gemobbter Moppel mit etwas Fashion und Beauty-Styling locker wegstecken konnte, wohingegen Tumainis Kindheit im Schrecken des Krieges eigentlich in therapeutische Hände gehörte, aber sie hielt den Mund.

Auch weil Schwester Tumaini keine Redepause einlegte. »Robert fand mich und ein paar andere elternlose Kinder am Straßenrand. Wir waren Streuner und lebten von der Hand in den Mund. Er brachte uns in ein christliches Waisenhaus. Ich war sehr glücklich bei den Nonnen. Robert war als Priester und Deutschlehrer vor Ort tätig, aber er tat so viel mehr. Er half, Schulen und Krankenhäuser zu bauen. Und er brachte den Bauern optimierte Erntemethoden bei. Er spielte mit uns Kindern Fußball. Er war ein Heiliger. Wir Kinder haben ihn alle geliebt, aber er und ich standen uns besonders nahe.«

Konny spürte, wie die Eifersucht ihr ekliges Haupt in ihr reckte. Wie konnte man auf eine Nonne eifersüchtig sein? Noch dazu, wo Pfarrer Eberhard jetzt tot war.

Aber Kriemhild hatte sich – Jahre nach dem Tod des Kommodore – ja auch mit dessen ehemaliger Geliebten geprügelt, warum dann sie nicht mit der Nonne? Konny wägte ihre Chancen beim Ringen im griechisch-römischen Stil mit dieser Riesin im Habit ab. Nein, zwecklos. Sie musste mit Worten kämpfen. Und mit Tiefschlägen. »Sie standen sich also … besonders … nahe?«

Kriemhild wusste genau, was Konny damit andeuten wollte, und stieß sie mit dem Ellbogen an.

Schwester Maria Tumaini schaltete nicht sofort, dann aber umso heftiger. »Wie können Sie es wagen? Seine Erinnerung so in den Schmutz zu ziehen! Er liebte mich wie ein Vater, ich ihn wie eine Tochter. Ich war an der Welt verzweifelt und konnte beim besten Willen nicht mehr an das Gute im Menschen glauben, aber Robert mit seiner stillen Güte hat den Weg zu Gott und zu den Menschen wieder frei gemacht.« Sie baute sich vor Konny auf. »Er. War. Ein. Heiliger.«

Konny schämte sich.

Kriemhild fand, dass dieser Schlenker ins Emotionale nun zu Ende sein musste. »Sie wollten uns erzählen, warum Sie meiner Schwester diese SMS geschickt haben. Was hat das Ganze mit Afrika zu tun?«

Schwester Maria Tumaini schnaubte noch einmal in Richtung Konny, dann tigerte sie weiter auf und ab.

»Ich wollte Ihnen erklären, was für ein Mensch Robert war ...«

Konny wollte einwerfen, dass sie das genau wusste, weil sie ihm auch nahegestanden hatte, aber Kriemhild versetzte ihr präventiv eine Kopfnuss und sagte: »Pst!«

»Als er zurück nach Europa ging, sagte er zu mir, wenn ich jemals den Ruf verspürte, dann solle ich nach Mistelau kommen. Kaum wurde ich volljährig, habe ich das getan. Er hat mir die Reise sogar finanziert. Ich bin hier ins Kloster eingetreten und habe mein Glück gefunden. All die Jahre war es ein gutes Leben. Gelegentlich kochten Robert und ich Gerichte aus meiner Heimat, und ich spielte ihm auf der Pluriarc vor. Doch kurz bevor er zu Ihnen abreiste, war er plötzlich ein anderer. Er schien mir verstört, mit den Gedanken ständig woanders. Und als er nach dieser Woche zurückkam, traf ich ihn nachts im Hof.« Sie zeigte mit dem Kopf nach draußen. »Ich hatte eine letzte Sicherheitsrunde im Gästehaus gedreht, er kam aus seiner Wohnung. Gemeinsam gingen wir zum Haupthaus. Er wirkte wieder wie früher. Aber als wir uns vor der Küche zur Nacht verabschiedeten, sagte er mir, dass er etwas Furchtbares entdeckt habe. Lange habe er nicht gewusst, was er tun solle, aber jetzt sei ihm klar, dass er handeln müsse.« Sie schluckte. Ihre Augen wurden feucht. »Das waren seine letzten Worte an mich. Am nächsten Morgen teilte uns Mutter Ziphora mit, dass er einem Herzinfarkt erlegen sei.« Eine fette Träne kullerte über ihre Wange. »Ich hätte bei ihm bleiben müssen, ich hätte bestimmt helfen können. Aber ich dachte, dieses Furchtbare sei vielleicht eine Glaubenskrise. Oder er habe beim Prüfen der Bücher festgestellt, dass das Kloster pleite sei und wir in alle Winde zerstreut würden. Etwas in der Art. Aber … es muss etwas gewesen sein, das ihn schließlich das Leben kostete. Robert war das blühende Leben. Das war kein Herzinfarkt, das war Mord!«

Normale Menschen hätten ihr entgegnet, dass man den Betroffenen den bevorstehenden Infarkt häufig nicht anmerkt. Oder sie hätten gefragt, ob es außer diesem Indiz noch weitere gab, die für einen Mord sprachen. Nicht so Konny und Kriemhild. Wenn man ihnen die Aussicht auf einen Kriminalfall wie eine Karotte vor die Nase hielt, liefen sie los. Bildlich gesprochen, in Wirklichkeit blieben sie erstmals sitzen.

»Sie haben sich vor der Küche getrennt?«, fragte Kriemhild.

»Ja, ich dachte, er habe Lust auf einen Mitternachtsimbiss. Das kam oft vor. Bei uns allen. Deswegen versteckt Schwester Pulcharda die guten Sachen auch immer.«

»Und versteckt sie die Sachen im Keller?«, hakte Kriemhild nach. »Oder warum sonst hat man Pfarrer Eberhard im Keller gefunden?«

»Nein.« Schwester Maria Tumaini blieb stehen. »Schwester Pulcharda kommt aufgrund ihres Alters und ihrer Körperform nicht mehr gut die Steinstufen hinunter. Im Keller sind nur Tiefgefrorenes und Einmachgläser. Sachen, die sie sich von den Küchenhelferinnen bringen lässt, wenn sie sie braucht.«

»Aha!« Kriemhild stand auf. »Was hatte der Priester dann im Keller zu suchen?«

Konny erhob sich ebenfalls. »Finden wir es heraus!«

»Ich bin dabei!« Schwester Maria Tumaini stemmte die Arme in die Hüften.

Jetzt hätte es einen schönen Moment der Schwesterlichkeit zwischen diesen drei Musketösen geben können, vielleicht eine Art Schlachtruf und ein Hinausziehen in die Welt. Aber es war tagheller Nachmittag, im Kloster wimmelte es von Polizei, und die Mutter Oberin hatte alle Alleingänge verboten.

Das wurde den dreien jetzt auch klar.

»Wir müssen warten, bis es Nacht ist«, sagte Schwester Maria Tumaini. Konny und Kriemhild nickten.

Die Zeit ist kein Fluss, der mit der ewig gleichen Geschwindigkeit vor sich hinströmt. Zeit kann sich raffen und wie in Überlichtgeschwindigkeit verfliegen, und man möchte dem Augenblick mit Altmeister Goethe entgegenrufen: »Verweile doch, du bist so schön.« Wenn man sich jedoch auf etwas freut und es kaum erwarten kann, dann fließt der Fluss der Zeit nicht mehr, sondern stockt und wird schlammig und brackig. Als könnte die Zeit in unsere Herzen sehen. Ja, die Zeit ist eine Entität, die gern ihre Spielchen mit den Menschen treibt und dabei hämisch lächelt.

Jedenfalls war es erst fünfzehn Uhr, und Konny, Kriemhild

sowie Schwester Tumaini mussten sich in Geduld fassen und lernten bei der scheinbar endlosen Warterei der nachfolgenden neun Stunden den Begriff der Ewigkeit kennen …

24 … in dem der Klosterkellergeist geweckt wird

Es gab Königsberger Klopse zum Abendessen. Eine willkommene Abwechslung in der erzwungenen Wartezeit. Außerdem erfolgte eine ergötzliche Entertainment-Einlage, weil Schwester Pulcharda die Kapernsoße etwas zu knapp bemessen hatte und sich unter den greisen Pilgergästen deshalb ein Kampf entspann, bei dem man jede Sekunde mit dem Einsatz von Gehhilfen als Knüppel rechnen musste.

Um zwanzig Uhr wurden Konny und Kriemhild erneut von den Damen Matuschek und Wilhelm befragt, weil sich herausgestellt hatte, dass der tote Ziegenbart alias Stellenbosch mit seiner Kreditkarte an einer Tankstelle in der Nähe ihrer Pension bezahlt hatte.

»Wir kennen diesen Mann trotzdem nicht«, sagte Kriemhild. »Es ist nicht unsere Art, Gäste an Tankstellen abzufangen.«

»Schließen Sie uns doch an einen Lügendetektor an, wenn Sie uns nicht glauben«, ergänzte Konny keck.

Diese Impertinenz kam nicht gut an. Nicht bei den Ermittlerinnen, aber auch nicht bei Mutter Ziphora, die bis zuletzt gehofft hatte, sie könne die Schwestern noch an diesem Tag vor die Tür setzen.

Ab dreiundzwanzig Uhr standen Konny, Kriemhild und Schwester Tumaini am Fenster des Gästehauszimmers und schauten nach draußen. Das Gros der Polizisten hatte das Klostergelände geräumt, die Pilgergäste lagen schon im Bett. In der Küche brannte noch Licht – Schwester Maria Pulcharda richtete alles für die morgige Pilgerreise her.

Die drei Frauen warteten schweigend. Die einzigen Geräusche machte Amenhotep – zufriedenes Schmatzen, als er die von Konny mitgebrachten, ungesalzenen Kartoffeln verspeiste, wohliges Schnurren, als Schwester Maria Tumaini ihn in den Schlaf kraulte, entspanntes Schnarchen, als er dann tief und fest schlief.
Die Kirchenuhr schlug zwölf, dann eins. »Geht die denn nie ins Bett?«, rief Konny.
Endlich, gegen halb zwei, erlosch das Licht in der Küche.
»Jetzt!«, sagte Kriemhild.
»Nein, warten Sie.« Schwester Tumaini packte sie am Arm.
Und das war gut so, denn gleich darauf glitt eine schwarze Gestalt lautlos durch den Innenhof. »Zur Seite!«, flüsterte Schwester Tumaini, als die Gestalt stehen blieb und zum Gästehaus sah.
Die Schnüffelschwestern warfen sich nach rechts, die richtige Schwester nach links. »Das ist Mutter Ziphora. Sie macht immer einen allerletzten Kontrollgang.«
»Sie wird doch nicht kontrollieren, ob wir im Bett liegen?« Konny sah zur Nonne.
»Scheiße!«, fluchte die Nonne.
Amenhotep fauchte säuerlich, als Konny zu ihm unter die Decke krabbelte, die sie sich gleich darauf bis ans Kinn zog.
Auch Kriemhild schlüpfte unter ihre Decke, wackelte aber zweifelnd mit dem Kopf. Schwester Maria Tumaini huschte vor die Tür.
Und tatsächlich, man hörte es draußen auf dem Flur tuscheln.
Konny hielt den Atem an.
Würde die Klostervorsteherin ihre Mitschwester ablösen

wollen? Oder die Tür zu ihrem Zimmer verbarrikadieren? Zuzutrauen wäre es ihr.
Aber nein, Schwester Maria Tumaini gab kurz darauf Entwarnung. »Glück gehabt. Ich hätte ehrlich nicht gedacht, dass sie vorbeischaut. Aber sie scheint überzeugt davon, dass Sie beide etwas vorhaben. Sonst ist sie nie so misstrauisch. Was haben Sie nur angestellt, dass sie ihr Urvertrauen verloren hat?«
Leugnen war zwecklos. »Das erzählen wir Ihnen, wenn alles vorbei ist.«
Kurz nach zwei Uhr ging es los. Schwester Maria Tumaini führte die kleine Prozession an, denn sie hatte die Schlüsselgewalt. Direkt dahinter Kriemhild, die sich mit nächtlichen Ausflügen auf dem Klostergelände nun ja schon bestens auskannte. Konny bildete das Schlusslicht, aber wie sie immer sagte: Das Beste zuletzt!
Schwester Maria Tumaini ließ sie ins Haupthaus ein. Durch die Küche ging es zu einer Rundbogentür, die zu einer sehr schmalen Treppe in den Gewölbekeller führte. Vorsichtig stiegen sie hinunter. Am Licht wurde hier eindeutig gespart. Konny dachte, dass man problemlos einen Horrorfilm drehen könnte. Überall Schatten. Und ständig hatte man das Gefühl, aus den Augenwinkeln etwas huschen zu sehen – Mäuse, Ratten, Freddy Krueger.
Kriemhild erinnerte das Kellerlabyrinth an die griechische Sage vom Minotaurus, diesem Fabelwesen, halb Mann, halb Stier, dem alle neun Jahre sieben Jünglinge und sieben Jungfrauen zugeführt werden mussten. Die man dann niemals wiedersah. Früher hatte sie geglaubt, weil der Minotaurus sie gefressen hatte. Jetzt ging sie eher davon aus, dass sich die jungen Menschen einfach hoffnungslos in den Irr-

gängen verliefen und elend verdursteten und verhungerten.

Kriemhild dachte, dass sie einen Laib Brot hätte mitnehmen müssen, um mit Krümeln den Weg zu markieren. Zu spät. Und was für eine bodenlose Fahrlässigkeit, dass es hier unten keine Wegweiser gab!

Vom Hauptgang aus bogen sie nach rechts, kamen an drei feuchten Gewölben vorbei, und landeten wieder auf dem Hauptgang. Sie wiederholten das Ganze auf der linken Seite, nur in trocken und muffig. Womit klar war, was die Fluss- und was die Bergseite des Kellers war. Der Boden war uneben, und im funzeligen Licht sahen sie kaum etwas, so kamen sie nur extrem langsam voran. Zudem hielten sie ja immer Ausschau nach dem, was der Pfarrer entdeckt haben mochte. Und wenn man nicht wusste, wonach man suchte, gestaltete sich das Finden enorm schwierig. Außerdem landeten sie immer wieder in Sackgassen.

»Wozu hat man beim Bau des Kellers nur so viele Räume angelegt?«, fragte sich Konny. Sie tat es laut, darum antwortete Kriemhild: »Um schwangere Nonnen einzumauern?«

Schwester Maria Tumaini schnaubte. »Das ist üble Nachrede! Eine dumme obendrein. Dann könnten Sie auch gleich behaupten, ich würde von Kannibalen abstammen, nur weil ich schwarz bin.«

»Tun Sie das etwa nicht?«

Es war nicht genau herauszuhören, ob Kriemhild das ernst meinte oder ob sie nur frotzeln wollte.

»Darüber kann ich nicht lachen! Aber Sie können von Glück reden. Falls ich von Kannibalen abstamme und wir uns hier hoffnungslos im Keller verlaufen, dann würde ich Sie dürres Gerippe als Letztes verspeisen.«

Die Auswahl dieses Buffets war nicht groß – falls es zum Äußersten käme, wäre Konny der Appetizer.
Nachdem sie gefühlt hundertmal dieselbe Runde gedreht hatten, landeten sie schließlich vor einem Keller, der mit polizeilichem Absperrband gesichert war. Kriemhild erinnerte sich – hier hatte sie das Skelett gefunden, das später als Stellenbosch identifiziert worden war. Nun war der Keller aber leer. Kein Gerippe, kein gar nichts.
»Welcher Größenwahnsinnige hat sich solche Kellerfluchten ausgedacht?«, murrte sie. »Gibt es denn keinen Plan?«
»Ich habe Schwester Maria Stupenda gefragt, ob es einen Grundriss gibt. Sie weiß alles über die Geschichte des Klosters«, sagte Schwester Maria Tumaini und fügte lästerlich hinzu: »Kein Wunder, sie ist so alt, sie muss beim Klosterbau mit dabei gewesen sein.«
»War ich nicht!«, krächzte plötzlich eine zittrige Stimme.
Die drei Abenteurerinnen zuckten zusammen. Aus dem dunklen Nichts tauchte der Umriss einer Nonne auf.
»Schwester Maria Stupenda!«, rief Schwester Maria Tumaini.
»Ich bin vielleicht alt, aber nicht dumm«, sagte die greise Nonne und zeigte grinsend ihre etwas zu weißen dritten Zähne. »Mir war gleich klar, dass Sie etwas vorhaben, als Sie mich nach einem Kellerplan fragten.«
»Bitte, verraten Sie uns nicht.« Konny trat mutig vor. Alte Frauen jagten ihr keine Angst mehr ein, seitdem sie selbst eine war. »Wir glauben, dass Pfarrer Eberhard keines natürlichen Todes starb und dass wir hier unten den Beweis dafür finden können.«
Warum lange drum herumreden?
»Was?«, rief Maria Stupenda.

Konny setzte zu einer ausführlicheren Erklärung an, aber Maria Tumaini meinte: »Sie müssen lauter reden. Schwester Stupenda ist schwerhörig.«
Konny sagte also dasselbe noch mal, nur lauter.
Schwester Maria Stupenda verstand sofort, worum es ging. »Das dachte ich mir doch. Ich habe jeden Tag bei ihm die Beichte abgelegt. Der Mann war das blühende Leben!«
»Jeden Tag?«, staunte Konny. Was, bitte schön, konnte eine greise Nonne zu beichten haben? Noch dazu jeden Tag?
»JEDEN TAG?«, wiederholte Konny laut.
»Jawohl, ja. Jeden Tag. Außerdem hat er sich jeden Morgen, den unser guter Gott werden ließ, im Klostergarten körperlich ertüchtigt. Ich habe ihn von meinem Zellenfenster aus immer gesehen«, fuhr Maria Stupenda fort. »So jemand bekommt keinen Herzinfarkt.«
Konny wies sie nicht darauf hin, dass das so nicht ganz richtig war, aber sie glaubte nun zu wissen, was die greise Nonne zu beichten hatte.
»Nun gut, wo fangen wir an?«, erkundigte sich Schwester Stupenda.
»Sie sollten wieder ins Bett, liebe Mitschwester«, meinte Schwester Tumaini und streckte den Arm aus. Ein Arm hätte der Steroidnonne auch gereicht, um dieses greise Häuflein Mitschwester hochzuheben. Aber die war noch erstaunlich behände. »Sie werden mich nicht los. Ich will wissen, ob sich jemand an Hochwürden Eberhard vergriffen hat! Außerdem braucht ihr Kinder mich. Ich kenne mich nämlich hier unten aus!«
Und tatsächlich, sie ließ sich von den gewundenen Gängen, die um die Hauptachse und um sich selbst mäanderten, nicht täuschen.

»Es wurde als Flucht- und Zufluchtskeller angelegt«, erklärte Maria Stupenda.
»Gibt es von hier einen Weg nach draußen?«, wollte Konny wissen. Sie vergaß, ihre Frage zu brüllen, aber es zeigte sich, dass Maria Stupenda, wie so viele alte Menschen, an selektiver Schwerhörigkeit litt. Manches verstand sie durchaus, selbst wenn man es flüsterte.
»Es gab einmal einen Ausgang jenseits des Klostergeländes. Aber der existiert schon lange nicht mehr. Man musste durch einen Tunnel unter dem Sonnenberg hindurch und kam auf der anderen Seite heraus. Aber der Tunnel ist 1820 in fast voller Länge eingestürzt. Da konnten wir rein gar nichts mehr machen.« Es klang so, als sei Maria Stupenda tatsächlich dabei gewesen.
Sie schlugen einen Bogen, kamen an mehreren Grubenlampen vorbei, die so heftig flackerten, als wollten sie sekündlich erlöschen, und dann wären sie hier im Dunkeln gefangen, aber schließlich landeten sie in einem Kellerraum, in dem es mehrere Querbalken gab.
An einigen der Gewölbestirnwände waren Holzbalken verbaut, die den überwölbten Raum nur optisch abschlossen und keine tragende Funktion hatten. Aber an den Gebäudeaußenwänden dienten die Balken auch als tragendes Element.
»Das ist der Kellerraum von Herrn Eberhard.« Schwester Maria Stupenda setzte sich erschöpft auf einen überproportionierten Truhenkoffer. So viel Bewegung wie in dieser Nacht hatte sie bestimmt nicht mehr oft.
»Robert hatte einen eigenen Kellerraum?«, fragte Schwester Maria Tumaini. »Hier unter dem Haupthaus?«
»Ja, sicher. Das Priesterhaus ist nicht unterkellert. Und hier

hat der Doktor ihn auch gefunden.« Die greise Nonne sah zur Decke. Die Blicke der anderen drei folgten dem ihren. Hinauf zu dem dicken Holzbalken, an dem der Pfarrer gehangen hatte. Man sah noch die Kerbe …

Konny bekam plötzlich Schluckbeschwerden. Schwester Maria Tumaini sprach ein Gebet. Nur Kriemhild öffnete scheinbar unbeteiligt den ersten Umzugskarton. Es gab mehrere. In fast allen fanden sich Erinnerungsstücke aus Afrika.

»Ist das hier wertvoll?«, fragte Kriemhild und hielt eine Holzmaske hoch.

Schwester Maria Tumaini sah in den Karton. »Höchstens von emotionalem Wert.«

»Was sucht ihr denn, Kinder?«, fragte Maria Stupenda, während Kriemhild schon in einem Karton mit diversen Kleidungsstücken wühlte.

»Etwas, das Grund genug geboten hätte, Robert umzubringen. Seine letzten Worte an mich waren, dass er etwas Furchtbares entdeckt hätte«, erklärte Maria Tumaini mit erhobener Stimme.

Maria Stupenda nickte. »Wenn er etwas entdeckt hat, dann aber doch wohl nicht in seinem eigenen Keller, oder?« Sie zwinkerte.

Konny, die bei Stupenda immer an das englische *stupid* dachte, also dumm, revidierte ihre Einschätzung der alten Nonne. Auf den Kopf gefallen war die Alte nicht – bei ihr funktionierte im Oberstübchen noch alles. »Da ist vielleicht was dran, oder?«

»Aber wenn er etwas gefunden hat, dann könnte er es hier versteckt haben!«, fand Kriemhild und wühlte weiter.

»Wem gehören denn die Sachen im Gewölbe da drüben?«

Schwester Maria Tumaini zeigte auf den gegenüberliegenden Keller, in dem nicht nur Koffer, sondern sogar Möbel standen.
»Das sind die Sachen von Doktor Grünbaum, die er hier eingelagert hat. Er musste sich verkleinern, als er in die Wohnung über dem Klostershop gezogen ist.« Schwester Maria Stupenda erhob sich ächzend und ging in den anderen Keller. Der wie alle keinen Holzverschlag und keinen Türriegel hatte. »Ich kann mir nicht vorstellen, dass man in unserem Keller überhaupt etwas versteckt. Hier ist doch alles offen, und jeder kommt rein.«
Konny und Maria Tumaini folgten ihr.
»Und hier werden wir schon überhaupt nichts finden«, erklärte Letztere. »Ich kenne Doktor Grünbaum seit meiner Kindheit. Er war als Arzt im Kongo tätig. Dort haben er und Robert sich auch kennengelernt. Beides herzensgute Männer, die nichts anderes wollen, als den Menschen zu helfen. Als der hiesige Arzt altersbedingt aufhörte, hat Robert seinen Freund hergeholt, und seitdem engagiert sich der Doktor Tag und Nacht für die Kranken der Umgegend und macht Hausbesuche und betreut uns Nonnen für umsonst. Nein, was immer wir suchen, es muss in einem der anderen Keller sein.« Sie wandte sich zum Gehen.
»Hm …«, warf Konny ein, die schon neugierig eine Runde gedreht und einen Rucksack entdeckt hatte, der fertig gepackt wie zum Aufbruch auf einer Kommode im hintersten Teil des Kellerraumes stand. Seltsam. Natürlich öffnete sie den Rucksack und fischte gleich darauf mit der Linken ein riesiges Bündel Geldscheine heraus. »… ist es bei Medizinern üblich, dass sie den Banken misstrauen und ihr Angespartes im Keller lagern?«

Schwester Maria Tumaini sagte nichts.
Kriemhild kam angelaufen. »Ist das Monopoly-Geld?«
»Das sind Euro-Scheine. Hunderter und aufwärts.« Konny linste in die Tasche und überschlug mal eben. »Boah, das müssen … also mindestens … das ist bestimmt über eine halbe Million!«
Kriemhild langte ebenfalls in die Tasche und zog einen kleinen Beutel heraus. »Was ist das hier?«
Sie ließ den Inhalt des Beutels auf ihre Handfläche gleiten. Selbst im schwachen Licht der Kellerfunzeln funkelte und glitzerte es auf einmal wie in Ali Babas Höhle.
»Diamanten!«, hauchte Konny.
Da ging das Licht aus.

25 … in dem das Böse seine hässliche Fratze zeigt

Plötzlich blendete ein gleißendes Licht Konny, Kriemhild und die beiden Nonnen.

»Ich wäre Ihnen sehr verbunden, wenn Sie meine Diamanten wieder zurück in den Rucksack legen!«, sagte eine Männerstimme.

Konny und Kriemhild erkannten sie nicht gleich, aber Schwester Maria Tumaini rief: »Doktor Grünbaum!«

Ihrem Tonfall nach zu schließen, schien sie noch nicht begriffen zu haben, dass es keinen Anlass zur Freude gab. Aber wenn man unbedingt an das Gute glauben will, dann wird man ja oft zum Spätkapierer.

Hinter dem grellen Lichtstrahl der Taschenlampe war nur ein Umriss zu erkennen. Das hätte alles sein können: Rübezahl, Quasimodo, das Phantom der Oper. Aber es war wirklich Doktor Grünbaum, wie sie unschwer feststellen konnten, sobald sich ihre Augen an die neuen Lichtverhältnisse gewöhnt hatten.

»Ich sagte, legen Sie die Diamanten zurück! Um Ihnen einen Anreiz zu bieten: Ich halte einen Revolver in der Hand.«

Er schob die Hand mit einem alten Wehrmachtrevolver ins Licht, dann zog er sie wieder zurück. »Wenn ich dann also bitten dürfte?«

»Doktor Grünbaum!« Schwester Maria Tumaini schüttelte enttäuscht den Kopf. »Blutdiamanten? Das hätte ich nicht von Ihnen gedacht.«

»Sie sind schnell von Kapee, liebes Kind«, lobte er. »Aber

ich finde den Begriff Blutdiamanten doch reichlich übertrieben – an diesen Steinen klebt kein Blut, höchstens Schweiß und das Aroma der Illegalität. Ich habe den Kontakt in Ihre alte Heimat nie abgebrochen, liebe Schwester Tumaini. Das wird mir einen auskömmlichen Lebensabend sichern. Ich finde es reizend, wie Sie eben die Werbetrommel für mich geschlagen haben, aber als Wohltäter sammelt man zwar gutes Karma, jedoch keinen sorgenfreien Alterswohnsitz.«

»Was?«, rief Schwester Maria Stupenda. »Sie müssen lauter reden!«

Die anderen ignorierten sie.

»Sie sind Arzt!«, herrschte Kriemhild. »Erzählen Sie mir nicht, dass Sie nicht im Geld schwimmen.«

»Ich schneide nicht als Schönheitschirurg an Hollywoodstars herum, gute Frau. Ein einfacher Hausarzt wird mit seiner Arbeit nicht reich. Und jetzt legen Sie die Diamanten wieder in den Rucksack!«

»Worum geht es hier?«, fragte Schwester Stupenda und legte die Hand hinters Ohr.

Da sie bei diesem Licht nichts sehen und ja ohnehin auch kaum etwas hören konnte, bekam sie nichts mit. Was sie verständlicherweise fuchste.

Kriemhild ließ die Diamanten in den Beutel gleiten und legte ihn auf die Geldscheine im Rucksack.

»Sie da!«, rief Grünbaum, »ja Sie, die Presswurst, binden Sie Schwester Tumaini an den Stuhl.« Das Licht der Taschenlampe strahlte kurz einen wuchtigen Holzstuhl hinter der Nonne an.

Konny schmollte beleidigt. Sie zwängte ihre drallen Kurven oft in Kleider, die einen Tick zu eng saßen. Als Presswurst

beleidigt zu werden, hörte sie deshalb öfter. Sonst allerdings nur aus dem Mund ihrer Schwester.
»Womit denn?«, rief sie ungnädig.
Etwas flog durch die Luft und knallte gegen ihre Stirn. Es war eine Rolle Paketklebeband.
»Das ist meine letzte Warnung«, rief der Arzt. »Und denken Sie nicht, ich würde nicht schießen. Ich muss das halbe Dutzend nicht unbedingt vollkriegen, aber ich scheue auch nicht davor zurück.«
Das war ein Schuldeingeständnis. Vor vier Zeuginnen. Nun ja, vor drei. Schwester Stupenda rief: »Finden Sie es nicht auch merkwürdig, dass es hier im Keller nach Katzenurin riecht? Wir haben doch gar keine Katze im Kloster.«
Konny rollte mit den Augen. Dann hob sie das Paketklebeband auf und fesselte Schwester Tumaini damit an den Holzstuhl. Sie fing an den Knöcheln an und arbeitete sich dann nach oben vor.
»So, dass sie sich nicht bewegen kann!«, verlangte Grünbaum. »Auch nicht hüpfend mit dem Stuhl.«
Konny wickelte gehorsam.
»Robert hat herausgefunden, dass Sie mit Blutdiamanten handeln. Deshalb haben Sie ihn eiskalt umgebracht.« Konny konnte reden und wickeln. Das nannte sich Multitasking.
Grünbaum lachte auf. Es klang gehässig. »Ach, so sehen Sie ihn also? Als Helden in einem rührseligen Drama? Ich muss Sie enttäuschen. Ja, er hat das Geld gefunden. Aber er wollte die Hälfte davon haben. Für die ›Kinder‹.« Grünbaum malte mit seiner waffenlosen Hand Gänsefüßchen in die Luft. »Offenbar braucht Ihr altes Waisenhaus dringend Unterstützung, liebe Tumaini. Und Ihr *Held* …« Er spuckte es fast aus. »… hat mir sogar damit gedroht, mich an meine

Geschäftspartner im Kongo zu verraten. Er war nicht auf den Kopf gefallen, er wusste, dass die Diamanten zugegebenermaßen ein Trinkgeld sind, das ich selbst einbehalten habe. Ich handle nämlich nicht mit Diamanten, ich wasche nur das Geld eines Diamantenhändlers.«

Geldwäsche, das klang immer so nett nach nassen Scheinen, die an einer Wäscheleine im Wind baumeln. Aber es war ein schmutziges Geschäft.

»Robert ein Erpresser? Das glaube ich nie und nimmer«, flüsterte Konny leise in sich hinein.

Auch Schwester Maria Tumaini bewegte stumm die Lippen. Außenstehende mochten denken, dass sie als Braut Christi einen Hilferuf an ihren himmlischen Bräutigam schickte, aber es waren wohl eher Flüche auf Kisuaheli und die Androhung, was sie mit Grünbaum machen würde, sollte sie ihn je in die Finger bekommen. Das schloss zumindest Konny aus dem schnaubenden Atmen der Nonne.

»Aber warum haben Sie die Buchhändlerin ermordet?«

Grünbaum lachte auf. »Ich bitte Sie, das müssen Sie doch geahnt haben. Schließlich war es Ihr Schnaps!«

Konny hielt im Wickeln inne. »Sie wollten *mich* umbringen? Ich bin doch völlig unbeteiligt!«

»Sie haben mir zu viele Fragen gestellt, meine Liebe. Schon als ich Ihre Schwester nachts aus dem Priesterhaus kommen sah, wusste ich, das wird Ärger geben. Ich brauchte nur einen kurzen Aufschub, bis meine Abholung mit den Papieren und den Kontaktdaten für meine Flucht kommt. Nach mir die Sintflut. Deswegen habe ich auch dieses kleine Wiesel erschlagen. Irgendwas hat der Kerl gesucht, erst bei Robert, dann hier im Keller. Jedenfalls hat er mich mit den Diamanten gesehen. Sein Pech.«

Schwester Tumainis Murmeln wurde finsterer. Und lauter.

»Auch über den Mund!«, verlangte Grünbaum, als Konny mit den Paketklebebandrollen an den Schultern angekommen war.

Konny sah entschuldigend in die nachtschwarzen Augen der Nonne.

Als sie fertig war, richtete sie sich auf. Sie hatte ganze Arbeit geleistet – Schwester Maria Tumaini sah aus wie eine Roulade.

»Ich glaube, ich weiß, warum Sie uns nicht einfach erschießen!«, meldete sich Kriemhild plötzlich zu Wort. »Sie haben nicht genug Kugeln in Ihrem alten Revolver. Oder ist der vielleicht gar nicht geladen?«

»Wollen Sie es wirklich darauf ankommen lassen?« Die, die sich im Licht befanden, konnten ihn, der im Dunkeln stand, natürlich nicht sehen, aber Grünbaum schien süffisant zu grinsen.

Er war nicht der Erste, der Kriemhild gnadenlos unterschätzte. Aber würde er der Letzte sein?

Sie antwortete auf seine Frage einfach nur mit »Ja!« und warf sich im selben Moment auf ihn.

»Nein!«, gellte Konny und wirbelte herum.

Grünbaum verriss die Taschenlampe, und das gleißende Licht huschte durch den Kellerraum.

Ein Schuss löste sich.

Wie Donnerhall verbreitete sich das Echo durch das Kellergewölbe.

»Huch!«, entfleuchte es Schwester Maria Stupenda.

Nach den Gesetzen der Wahrscheinlichkeit und nach allen Regeln der Physik hätte der Schuss Kriemhild treffen müssen. Sie hatte sich der Kugel ja förmlich in den Weg geworfen. Aber weil Grünbaum vor Schreck die Waffe zur Seite verriss, traf die Kugel Konny.

Die schrie auf, torkelte nach hinten, fiel auf Schwester Maria Tumaini, und gemeinsam gingen sie zu Boden: die Nonne, der Stuhl und Konny.

Kriemhild rangelte derweil mit Grünbaum. Er war jünger, aber sie war zäh. Es hätte so oder so ausgehen können.

Aber es endete damit, dass Schwester Maria Stupenda die afrikanische Holzskulptur einer nackten Frau, die inmitten einer ganzen Gruppe von Kleinplastiken neben ihr auf dem Boden stand, in die gichtige Hand nahm und sie mit Schmackes auf den Kopf des Arztes donnerte. Stöhnend blieb er liegen.

Kriemhild tat genau das Falsche. Sie lief zur Taschenlampe und leuchtete damit auf ihre Schwester. »Kornelia?«

»Du und deine vermaledeiten Alleingänge!«, schimpfte Konny aus der Horizontalen.

»Gott sei Dank, du lebst!«

Die Kugel hatte Konny nur gestreift, aber der Schmerz schien ihr so heftig, als wäre sie mittig durchbohrt worden.

Schwester Maria Tumaini neben ihnen schnaubte unter dem Paketklebeband.

»Ich kümmere mich gleich um Sie«, versprach Kriemhild der Nonne und leuchtete ihre Schwester ab. »Ich sehe kaum Blut, das ist nur eine oberflächliche Fleischwunde.«

Die Kugel hatte den Stoff zerrissen, und jetzt, wo das Licht der Taschenlampe auf die Haut darunter fiel, sah man den riesigen Kraken auf Konnys Oberarm. Eine der Trunkenheit geschuldete Tätowierdummheit, die jetzt nur noch ein Auge hatte – das andere hatte der Streifschuss ausradiert.

Maria Tumaini schnaubte erneut.

»Ja doch«, sagte Kriemhild, die glaubte, die Nonne wolle losgebunden werden. Aber als sie zu ihr schaute, sah sie, dass die mit ihren Augäpfeln Zeichen gab. Schwester Tumaini sah zu Kriemhild und dann nach hinten und …

… da fühlte sich Kriemhild auch schon an den Zöpfen gepackt, zu denen sie ihre langen, eisengrauen Haare jeden Morgen nachgerade religiös flocht und mit Haarnadeln rund um den Kopf befestigte.

Grünbaum hatte sich vom Schlag erholt. So richtig viel Wucht besaß der Schlagarm von Schwester Stupenda ja auch nicht.

Der Arzt riss Kriemhild zur Seite, und nun erst realisierte sie, dass sie nicht nach der Taschenlampe, sondern nach dem Revolver hätte greifen sollen.

Er zielte auf sie, doch bevor er den Finger krümmen konnte, kickte Konny ihn mit aller Kraft in die Kniekehlen.

Er krachte mit einer Vehemenz gegen die Steinmauer des Kellerraumes, die selbst Konny überraschte. Die Waffe schlitterte in einen dunklen Winkel.

»Laufen Sie«, rief Schwester Maria Stupenda, »holen Sie Hilfe!«

Konny riss Kriemhild auf die Beine. Sie sah zu Maria Tumaini, die nickte ebenfalls.

Hätte Grünbaum Schwester Maria Tumaini erschießen wollen, dann hätte er das gleich getan. Womöglich empfand er onkelhafte Gefühle für die Nonne, die er schon als kleines Kind gekannt hatte? Jedenfalls war die Wahrscheinlichkeit hoch, dass er sie nicht umbringen würde.

Schwester Maria Stupenda – das zähe, alte Ding – winkte sie fort. »Los schon, lauft!«

Konny und Kriemhild schnappten sich die Taschenlampe und liefen los.
»Andere Richtung!«, rief Maria Stupenda, aber die Schwestern liefen, was das Zeug hielt.
Natürlich verliefen sie sich. Kamen an den Einmachgläsern vorbei und am polizeilichen Absperrband, und einmal fiel das Licht der Taschenlampe auf ein Meer an Augen, und die beiden quietschten auf, aber es handelte sich dann doch nur um ein Ölgemäldelager und nicht um die Augäpfelsammlung eines Serienmörders. Dutzende Priester- und Nonnenaugen schauten ihnen nach.
Grünbaum hatte jedoch noch längst nicht das Handtuch geworfen.
Sie hörten ihn schnaufen.
»Da … ich erkenne die Stufen wieder!«, rief Kriemhild plötzlich und zerrte Konny eine knarzende, schmale Holztreppe hoch.
Konny wunderte sich – hier waren doch sonst nur Steinstufen. Und am Kopf der Treppe angekommen, ließ sich prompt die Tür nicht öffnen!
Kriemhild ruckelte am Knauf.
»Mach das Licht aus«, flüsterte Konny.
Es wurde finster.
Sie hielten den Atem an.
Der Seitengang des Kellerlabyrinths, aus dem sie gekommen waren, war nur wenig beleuchtet. Aber etwas schien sich zu nähern. Man hörte ein Schlurfen.
Irgendwann mussten die Schwestern natürlich weiteratmen. Sie taten es flach und möglichst lautlos.
Das Schlurfen war nicht mehr zu hören. Sie warteten noch eine Weile, nur zur Sicherheit. Konny hielt sich den

schmerzenden Arm. Dann knarzte Kriemhild die Stufen hinunter und lugte um die Ecke.
»Die Luft ist rein«, flüsterte sie.
Sie irrten weiter. Wie lange? Stunden, Tage, Wochen? Vermutlich nur zehn, fünfzehn Minuten, aber es kam ihnen länger vor.
Endlich kamen sie an eine Steintreppe. Sie liefen hinauf und fanden sich in der Küche wieder.
Konny hätte vor Erleichterung am liebsten geheult. Vielleicht trieb ihr aber auch nur der Wundschmerz die Tränen in die Augen.
Draußen war es noch dunkel, der Morgen machte sich erst ganz langsam daran, zu grauen, aber seltsamerweise stand da ein Reisebus, in dem Menschen saßen.
»Der Pilgerbus!«
Es fiel ihnen gleichzeitig wieder ein.
Sie liefen hinaus, die Eingangsstufen des Haupthauses hinunter und rannten mit der vollen Leistung ihrer untrainierten sechzig Jahre den Hauptweg durch den Klosterinnenhof entlang bis zum Bus, in dem schon etwa zwei Dutzend alte und sehr alte und durchweg gebrechliche Menschen saßen. Dafür, dass es gerade mal kurz nach vier Uhr in der Früh war, wirkten alle erstaunlich wach und aufgeräumt. Das war dann wohl die berühmte senile Bettflucht. Oder die Vorfreude auf ein alljährliches Pilgerhappening inklusive Option auf Wunder.
»Hallo«, rief ihnen der Busfahrer schon zu, da waren Konny und Kriemhild noch auf der Höhe des Brunnens in der Hofmitte. »Keine Eile, wir lassen niemanden zurück.«
Er war ein moppeliger Anfang-Vierzigjähriger mit jovialem Lächeln in einem, wie es Konny schien, Konfirmanden-

anzug. Und offenbar mit einer leichten Gehbehinderung, denn er kam einige wenige Schritte hinkend auf sie zu.

»Wie heißen Sie bitte?«, fragte er, als sie keuchend vor ihm standen. »Ich hake nur rasch Ihre Namen ab, und schon geht's los.« Er hielt sein Klemmbrett hoch.

Konny und Kriemhild wollten ihm sagen, dass sie mit knapper Not einem Mörder entkommen waren und dass er die Polizei rufen solle, dass es um Leben und Tod ginge, aber da stieg plötzlich jemand aus dem Bus.

»Die beiden Damen stehen nicht auf der Liste, sie haben sich in letzter Sekunde zur Mitfahrt entschlossen. Aber ich verbürge mich für sie.« Doktor Grünbaum lächelte. Und weil er hinter dem Busfahrer stand, sah der auch nicht, wie Grünbaum den Arm hob, über den er sein Sakko gelegt hatte, und wie unter dem Sakko nun der Lauf des Wehrmachtrevolvers auftauchte.

»Steigen Sie doch ein, meine Damen«, bat Grünbaum und fletschte sein Gebiss zu einem Haifischlächeln. »Das Endziel wartet!«

26 … in dem Konny und Kriemhild eine mörderische Pilgerreise antreten

Selbst Theologen und eingefleischten Kirchen-Kennern war der heilige Kunz kein Begriff.

Vielleicht weil er nicht so spektakulär mit Pfeilen erschossen wurde wie der heilige Sebastian und auch kein Heer angeführt hatte wie die heilige Johanna von Orleans. Kunz wirkte im Mittelalter in Mistelau am Walde, heilte einen Pest-und/oder-Leprakranken (die Quellen waren widersprüchlich), tanzte in einem Dürresommer einen Regentanz und rettete so einen Teil der Ernte und sorgte mit einer für die damalige Zeit unerhörten Gebetskette dafür, dass die beiden einzigen Kreuzzügler, die Mistelau jemals hervorgebracht hatte, lebend zu ihren Familien zurückkehrten. Einer davon mit einer hochschwangeren Muselmanin als Frau, was möglicherweise der Grund war, dass manche Mistelauer einen eindeutig südländisch-dunklen Teint hatten. Das alles reichte zwar nicht, um ihn im Zehnjahresrhythmus mit Passionsspielen zu ehren, aber die Dankbarkeit der Mistelauer war ihm sicher. Zumal er einer von ihnen war. Sein Nachname war zwar nicht überliefert, aber man durfte mit 99-prozentiger Sicherheit davon ausgehen, dass er Kunz Heimbach geheißen hatte.

Warum sich allerdings die Kapelle, die ein reformierter Raubritter zu seinen Ehren hatte errichten lassen, nicht in Mistelau am Walde befand, sondern gut zweihundert Kilometer weit entfernt, blieb ein Rätsel. Zumal der gute Kunz zu Lebzeiten Mistelau niemals verlassen hatte. Der Ritter fand womöglich, dass die Gebeine von Kunz eine bessere Aussicht verdient hätten – schon damals war Mistelau eher popelig, was das Optische anging. Also stand die Kapelle nicht auf dem Sonnenberg, sondern fast zweieinhalb Stunden Busfahrt entfernt auf einer Anhöhe, die passenderweise Kunzenshöhe hieß.

Schon seit jeher pilgerten die Mistelauer einmal im Jahr zur Kapelle, was früher gern mal eine Woche dauerte, heutzutage aber ein Tagesausflug war. Sie taten das, weil Kunz, der Gute, immer noch Wunder wirkte. Mal sorgte er für eine Spontanheilung oder kurierte einen Raucher von seiner Sucht, dann wieder verhinderte er eine Scheidung. Er war diesbezüglich vielseitig. Außerdem war es oben auf der Kunzenshöhe wirklich sehr schön – sanft abfallende Hänge mit Picknickmöglichkeiten, die in einen Mischwald übergingen, ein Turm mit Blick bis zum Horizont, eine Grillstelle, ein kleines Toilettenhäuschen. Dort oben ließ es sich aushalten.

Und die Kapelle war auch sehr nett. Schlicht, aber dicht. Falls es regnete.

Es fuhren immer mindestens zwei Busse. Einer hielt in zwölf Kilometer Entfernung zur Kapelle, damit die Hardcore-Pilger sich zu Fuß auf den Weg machen und sich Blasen erlaufen konnten, der andere fuhr bis vor die Tür der Kapelle, spuckte seinen menschlichen Inhalt aus, wendete und wartete auf einem Busparkplatz zu Füßen des Berges auf das Ende des Pilgertages.

Weil die Strecke sehr kurvig war und in Teilen über eine in der morgendlichen Rushhour sehr beliebte Landstraße führte, baute man lieber einen Sicherheitspuffer ein. Die Busse starteten also schon um vier Uhr am Kloster.

So auch an diesem Tag.

Das qualvoll frühe Aufstehen machte gewissermaßen den Mangel an Pilgerblasen an den Füßen wett. Man ist kein richtiger Pilger, wenn man nicht wenigstens ein bisschen leidet.

Es war ein alter Bus, passend zu seinen Insassen. Gemächlich ruckelte er der Kapelle entgegen.

Vorn beim Busfahrer stand Pater Gregorius und stimmte Kirchenlieder an, in die alle mehr oder weniger textsicher einfielen.

Doktor Grünbaum hatte Konny und Kriemhild nach dem Einsteigen an den »Ultreia!« rufenden Pilgern bis zur Rückbank ganz hinten getrieben.

Dort saß bereits die Mutter Oberin. Hatte sie auf sie gewartet? War sie in alles eingeweiht? Steckte sie mit Grünbaum unter einer Decke? Bildlich und womöglich auch ganz konkret?

»Ich hätte wissen müssen, dass Sie beide zu gerissen für die arme Schwester Maria Tumaini sind«, brummte Mutter Ziphora grimmig.

Grünbaum setzte sich auf die vorletzte Bank und schaute nach hinten zu den Schwestern, den Revolver schussbereit, wenn auch unsichtbar unter dem Sakko.

Konny und Kriemhild sagten nichts. Sie schätzten die Situation ab und kamen beide zu dem Schluss, dass sie zu sehr am Leben hingen, um jetzt etwas Dummes zu versuchen.

»Was haben Sie denn da an der Stirn, Herr Doktor?« Mutter Ziphora beugte sich vor. Das Innenlicht im Bus war ausgeschaltet, nur einige Leselampen über den Sitzen brannten.

»Das ist weiter nichts, ich habe mir vorhin den Kopf an einer Schranktür angeschlagen, ich war wohl noch nicht ganz wach.«

Konny meinte, in der Wunde etwas weißen Putz von der Kellerwand zu sehen, gegen die sie Grünbaum gekickt hatte.

»Wie ich sehe, sind Sie auch verletzt«, sagte Grünbaum und wies auf die Schramme an ihrem Arm.

Die Nonne beugte sich vor. »Ist das …?« Sie starrte auf den einäugigen Kraken auf Konnys Oberarm.

Kriemhild hatte eine Idee. »Das sollte desinfiziert werden, Herr Doktor. Sie haben doch bestimmt Ihre Arzttasche dabei?« Sie spekulierte darauf, dass er nicht mit der Waffe auf sie zielen und gleichzeitig Jodtinktur auftragen konnte.

Grünbaum durchschaute sie. »Das ist nur eine Schürfwunde, da reicht es völlig, wenn Sie sie mit einem nassen Taschentuch reinigen. Aber an der Hautoberfläche sind viele Nervenenden, es ist sicher sehr schmerzhaft, nicht wahr?« Er musste sich ein Lächeln verkneifen.

Konny starrte ihn finster an.

»Hier«, sagte die Mutter Oberin und reichte Kriemhild ein Leinentaschentuch, in das sie etwas von ihrem Trinkwasser gegossen hatte.

Kriemhild stutzte. »Was soll ich damit?«

»Die Wunde Ihrer Schwester reinigen!«

Kriemhild rollte mit den Augen, wie so oft, wenn es um ihre Schwester ging, aber sie nahm das Taschentuch und rieb nicht eben zimperlich über den Kraken. »Aua!«, beschwerte sich Konny.

Urplötzlich bremste der Bus abrupt ab.

Die alten Leute im Bus quiekten auf. Taschen und Jacken fielen aus der Gepäckablage.

»'tschuldigung«, rief der Busfahrer. »Da hat sich mir doch glatt eine rote Ampel in den Weg geworfen.«
Grünbaum war bei dem Bremsmanöver mit dem Rücken gegen den Sitz vor ihm gepresst worden, aber das hatte ihn nicht aus der Ruhe gebracht. Sein Schussarm unter dem Sakko zielte weiter auf die Schwestern.
Aber die Frau neben der Mutter Oberin, die Konny und Kriemhild bislang nicht weiter beachtet hatten, auch weil sie ihnen den Rücken zukehrte, als wolle sie schlafen, konnte sich nicht mehr rechtzeitig festhalten und war offenbar auch regelwidrig unangeschnallt, darum stürzte sie auf den Gang. Ihr Schleier verrutschte.
Konny und Kriemhild staunten nicht schlecht. »Ist das …?«
Mutter Ziphora beugte sich vor, hob Gummi-Gabi auf, setzte sie unzeremoniell wieder auf die Rückbank und zog den Schleier über den obszön geöffneten Mund der Puppe. »Raten Sie, wen ich heute Morgen fand, als ich um halb vier durch die Kirche ging und im Beichtstuhl das *Besetzt*-Zeichen leuchten sah?« Es war eine rhetorische Frage. »Vermutlich haben Sie nicht überlegt, dass manche der Pilger vor Beginn der Fahrt noch in die Kirche gehen, um ein kurzes Gebet zu sprechen? Was wäre wohl passiert, wenn einer dieser alten Leutchen Ihre Sexpuppe gefunden hätte?« Ihre Augenbrauen wuchsen zu einem einzigen buschigen Strich zusammen. »Ich dulde so etwas nicht in meinem Kloster! Dieses … Ding … wird unterwegs entsorgt. Sie können es sich nach Ihrer Abreise abholen.«
Kriemhild hätte sie gern darauf hingewiesen, dass die Chance, entdeckt zu werden, hier im Bus viel größer war. Gerade eben zum Beispiel, als Gummi-Gabi mit verrutschtem

Schleier im Gang lag. Aber sie schwieg. Unter anderem auch deshalb, weil sich ihre Zwillingsschwester plötzlich in ihrem Arm verkrallte.

Konny und Kriemhild hatten es nicht so mit Körperkontakt. Selbst in einer brenzligen Lage wie dieser wurden sie normalerweise nicht haptisch. Darum musste dieses Unterarmverkrallen einen Grund haben. Verstohlen sah Kriemhild zu Konny, die wiederum aus dem Busfenster schaute. Ein Streifenwagen setzte gerade zum Überholen an. Der Polizist auf dem Beifahrersitz sah nach oben. Sollte Konny sich bemerkbar machen? Nein, es wäre ihr Todesurteil.

Kriemhild packte nun ihrerseits Konnys Unterarm. Das war ihre Art zu sagen, dass sie dasselbe wie Konny dachte. Lieber die sichere Schiene fahren.

»Ich verstehe beim besten Willen nicht, was Sie beide noch von mir wollen«, plapperte die Mutter Oberin unterdessen weiter, »aber ich sage Ihnen eines: Gnade Ihnen Gott, wenn auf dieser Pilgerreise irgendetwas schiefgeht!«

»Keine Sorge.« Grünbaum lächelte wieder haifischig. »Ich kümmere mich schon um die beiden. Aber wir wollen Ihnen doch nicht verwehren, möglicherweise auf dieser Pilgerfahrt den Irrtum ihres bisherigen Weges zu erkennen, das sehen Sie bestimmt auch so, nicht wahr, liebe Mutter Ziphora?«

Sie presste die Lippen zusammen und sagte nichts. Womöglich, weil das, was sie am liebsten sagen würde, und das, was sie als gute Christin sagen sollte, diametral zueinanderstanden.

Der Bus tuckerte weiter vor sich hin.

Konny schmiedete natürlich Fluchtpläne, aber wenn sie auch nur zu tief Luft holte, hob Grünbaum seinen Schussarm.

Mit Sorge dachte sie an die Schwestern Stupenda und Tumaini – ob sie noch lebten? Oder hatte Grünbaum dafür gesorgt, dass sie ihn nicht verraten konnten?
Als die Mutter Oberin einmal zu Pater Gregorius nach vorn ging, um über das Bordmikrofon den Ablauf des Pilgertages zu erklären, raunte Grünbaum Kriemhild zu: »Keine Faxen, meine Liebe. Ich kann nicht alle hier im Bus erschießen, aber Sie schon, und auf diese Entfernung verfehle ich Sie beide nicht.«
Konny und Kriemhild klammerten sich an die Hoffnung, dass ihnen beim Aussteigen aus dem Bus die Flucht gelingen könnte. Oder sie wenigstens einen der Pilger auf ihre missliche Lage aufmerksam machen könnten.
Doch als sie endlich auf der Kunzenshöhe eintrafen, lief alles ganz anders.
Die Greise spurteten zu dem Toilettenhäuschen, vor dem sich gleich eine lange Schlange bildete. Das Fassungsvermögen einer durchschnittlichen Seniorenblase war begrenzt.
»Wir bleiben!«, raunte der Doktor, während sich der Bus leerte.
Als sonst keiner mehr drin war, rief der Busfahrer von vorn: »Herrschaften, Sie müssen hier aussteigen.«
Grünbaum wies mit dem Kopf zur Tür. Er ging aber voraus und blieb ihnen ständig zugewandt. Flucht war schlechterdings unmöglich.
Mutter Ziphora und Pater Gregorius gesellten sich zu ihnen. War der Priester auch mit von der Partie? Eine halbe Million durch drei? Da blieb pro Nase nicht mehr viel übrig für einen sonnigen Lebensabend am Strand eines Landes, das keinen Auslieferungsvertrag mit Deutschland hatte.
Vor der Kapelle bauten Schwester Pulcharda und drei Mit-

schwestern den Imbissstand auf. Konny überschlug das mal kurz – keine der Nonnen konnte in der Nacht länger als maximal drei Stunden geschlafen haben, aber dennoch wirkten alle topfrisch und fröhlich. Wohingegen sich bei ihr die Müdigkeit bemerkbar machte. Sie hatte das Gefühl, dass der Arzt sie ihretwegen erschießen könnte, wenn sie sich nur kurz hinlegen dürfte.

»Liebe Kinder«, rief da Pater Gregorius. »Wir wollen gemeinsam auf dem Turm den Tag begrüßen! Wer kommt mit?«

Alle, die nicht vor der Toilette anstanden, folgten ihm in den Turm. Es war ein breiter Holzturm, der relativ neu wirkte und auf dessen Plattform dreißig Leute Platz fanden.

Mutter Ziphora sah am Imbissstand nach dem Rechten.

»Wir gehen in die Kapelle«, befahl Grünbaum und drückte Konny den Lauf seiner Waffe in den Rücken.

Als ob nichts wäre, schlenderten die drei zur Kapelle und traten ein.

Hätte es das große Holzkreuz nicht gegeben, man hätte sich auch in einem Bushaltehäuschen befinden können. Schmucklosigkeit ins Extrem getrieben. Dennoch strahlte die Kapelle eine warme Herzlichkeit aus. Verblüffend.

»Und nun?«, fragte Kriemhild.

»Wir warten! Und setzen uns.«

Die Sonne ging auf. Jetzt zeigte sich, dass das kleine Fenster hinter dem Kruzifix einiges an Farbspielen zu bieten hatte. Der ganze Innenraum wurde in gelb-rot-blaues Licht getunkt.

»Worauf warten wir? Wollen Sie uns nicht einfach gleich erschießen, dann haben Sie es hinter sich.« Kriemhild bockte. Auch in ihr machte sich die Erschöpfung breit.

»Hören Sie, ich bin kein Mörder«, fing Grünbaum an. Ein wenig vollmundig, wenn man bedachte, dass er Pfarrer Eberhard erhängt, Seska von Teller vergiftet und Stellenbosch entbeint hatte, aber nun gut. »Ich habe einst einen Eid geschworen, zu helfen und zu heilen. Die Vorfälle der letzten Tage sind gewissermaßen Notwehr gewesen. Ich habe nicht die Absicht, Sie beide zu ermorden. Wenn meine Abholung klappt, werfe ich Sie irgendwo in der Natur aus dem Wagen, und dann können Sie gemütlich nach Hause wandern und Ihren Enkeln erzählen, was für ein hammermäßiges Abenteuer Sie erlebt haben.«

Konny atmete erleichtert auf. Da er in seiner Aufzählung die Schwestern Stupenda und Tumaini nicht erwähnt hatte, lebten die beiden also noch.

Kriemhild sah auf ihre Armbanduhr. Kurz nach halb sieben. Um sieben ging hier die Andacht los. Hatte zumindest Pater Gregorius im Bus verkündet.

Zwei alte Männer schlurften in die Kapelle, nickten ihnen zu und gingen vor in die erste Reihe. Für die richtig guten Plätze musste man früh kommen.

Langsam füllte sich die Kapelle.

Mittlerweile war auch der zweite Bus eingetroffen. Die Schlange vor dem Toilettenhäuschen schien unvermindert lang, aber auch vor dem Imbissstand standen die Menschen an. Es gab Kaffee.

Das blechern klingende Glöcklein der Kapelle bimmelte die Pilger gerade zum Beginn der Andacht herbei, als Frau Klum und Herr Hirsch in die Kapelle traten. Konny erhob sich ganz unwillkürlich von der Bank, da spürte sie den Lauf der Waffe im Rücken, und sie wurde vom Arzt wieder zurückgezogen.

»Keinen Mucks!«, verlangte Grünbaum.

Der Gärtner und seine Frau bemerkten die Schwestern nicht. Dazu war es in der kleinen Kapelle viel zu voll. Frau Klum schob sich wie ein Eisbrecher durch die Menschenmenge bis ganz nach vorn, ihren Mann fest im Schlepptau. Sie trug einen entschlossenen Ausdruck im Gesicht. War sie etwa katholisch und zog die Möglichkeit in Betracht, dass der heilige Kunz ihren Herrn Hirsch von seiner Aphasie kurieren könnte?

Das Bimmelglöcklein verstummte. Gleich ging es los.

»Wir gehen raus«, sagte Grünbaum. »Presswurst, haken Sie sich bei Ihrer Schwester ein, als würde es Ihnen nicht gut gehen.«

Konny brummte, hakte sich aber ein.

»Ihr ist schwindelig, wir sondern uns ein wenig ab«, sagte Grünbaum zu Mutter Ziphora, die vor der Tür der Kapelle stand und die Nachzügler hereinwinkte.

Die Mutter Oberin musterte Konny. »Ja, Sie sehen blass aus. Sie sollten sich setzen. Schwester Pulcharda hat Klappstühle dabei.«

»Nein, hier ist zu viel los. Wir setzen uns dort drüben auf die Bank.« Grünbaum zielte mit dem Sakko-Arm immer noch auf die Schwestern und zeigte mit dem Sakko-losen Arm auf einen kleinen Parkplatz, der für die Pilgerbusse nicht groß genug, aber für Individualwanderer als Ausgangsbasis genau richtig war.

Die Nonne nickte. »Gut. Melden Sie sich, wenn Sie etwas brauchen. Ich schaue später nach Ihnen.«

»Nur keine Umstände, langsam und unaufgeregt«, raunte Grünbaum, während er wie ein Gänsehirte die Schwestern zur Bank trieb.

Konny und Kriemhild setzten sich, immer noch eingehakt.
Eine fast mannshohe Hecke umgab den Parkplatz, damit er die Ästhetik der Kapelle nicht störte. Kaum saßen die Schwestern, war der Pilgerauflauf nicht mehr zu sehen, nur noch zu hören. Andererseits waren die Schwestern von der Kapelle aus auch nicht zu sehen. Das war blöd.
Denn nun fuhr ein Opel auf den Parkplatz. Der Wagen war in einem unauffälligen Braungrau lackiert und hatte ein Kennzeichen vom anderen Ende der Republik. Ein Mann stieg aus und nickte Grünbaum zu.
»Sie haben die Papiere?«, fragte Grünbaum.
»Yep. Sind Sie so weit?«
»Räumen Sie hier noch auf, dann kann es losgehen.« Grünbaum zeigte auf Konny und Kriemhild.
»Sie haben die Ware für meinen Boss?«, fragte der Neuankömmling.
Grünbaum nickte. Und drehte sich leicht zur Seite, damit der andere seinen Rucksack sehen konnte.
»Gut.« Der Neuankömmling musterte die Schwestern. Er war von der grobschlächtigen Sorte. Sein Äußeres schrie förmlich Killer. Unter anderem auch deshalb, weil er jetzt eine Pistole mit Schalldämpfer zückte.
»Sagten Sie nicht, dass Sie uns nicht ermorden wollen?«, fragte Kriemhild den Arzt bissig.
Grünbaum zuckte mit den Schultern. »*Ich* werde das auch nicht tun.« Er nickte dem Neuankömmling auffordernd zu.
Kriemhild und Konny sahen sich an. Sie waren zusammen auf die Welt gekommen, sie würden diese Welt auch gern zusammen verlassen. Dass es allerdings so überraschend

und so schnell gehen würde, hatten sie nicht eingeplant, aber es kam, wie es kam, und man konnte ohnehin nichts ändern.

»Arrivederci, Mädels«, sagte der Grobschlächtige, hob die Hand mit der Waffe und zielte auf die Schwestern.

Konny und Kriemhild schlossen die Augen und hörten ein leises *Plop*.

Dann war alles still.

»Bist du tot?«, flüsterte Kriemhild, die nichts gespürt hatte.

»Nein. Du?« Konny öffnete ein Auge.

Sie bekam gerade noch mit, wie die Mutter Oberin, die ihren Habit gerafft hatte, den Killer mit einem – offenbar zweiten – Tritt gegen die Schläfe kickboxend ausschaltete.

Die Schwestern lernten: Schnürschuh auf Schläfe macht *Plop*. Und sie wunderten sich: Wie jetzt? Auf wessen Seite stand die Obernonne denn nun?

Während der Killer zu Boden ging und Mutter Ziphora mit dem Fuß die Waffe zu Grünbaum kickte, sahen Konny und Kriemhild zum Arzt. Der schüttelte sein Sakko ab und zielte mit dem Wehrmachtrevolver auf die Nonne.

Konny und Kriemhild sahen wieder zu Mutter Ziphora.

»Ich wollte nur kurz nach Ihnen schauen, da sehe ich dieses Subjekt hier! Am Pilgertag«, schimpfte die Nonne keuchend. Als ob es an jedem anderen Tag vollkommen in Ordnung wäre, mit einer Pistole auf alte Frauen zu zielen. Weil sie sich zum Wegkicken der Waffe zur Seite gedreht hatte und sich ihnen jetzt erst wieder zuwandte, bemerkte sie auch jetzt erst den Revolver in Grünbaums Hand.

»Was zum …?« Sie stutzte.

»So viel Agilität hätte ich Ihnen gar nicht zugetraut«, lobte

Grünbaum anerkennend. »Und ich möchte noch sagen, dass ich es außerordentlich bedauere, Sie ausgerechnet in diesem Moment hier zu sehen. Sie hätten sich nicht einmischen sollen, liebe Ziphora, aber nun ist es zu spät, tut mir leid.« Er hob den Arm mit dem Revolver und visierte sie an. »Bitte glauben Sie mir: Es ist nichts Persönliches.«

»Waffe runter!«, bellte da eine Frauenstimme.

Grünbaum, Konny und Kriemhild sahen erschrocken nach links in Richtung Wald. Dort stand Derrick mit gezückter Dienstwaffe.

Der Schalldämpfertyp stöhnte. Er erlangte das Bewusstsein wieder und machte Anstalten, sich auf die Ellbogen aufzustützen.

»Ich sagte, Waffe runter!«, wiederholte Derrick, die in ihrem pfirsichfarbenen Hosenanzug eher wie eine Plakatwerbung für den gehobenen Polizeidienst aussah als eine echte Kommissarin mitten in Aktion.

Wo war Columbo?, dachte Konny.

Grünbaum dachte das offenbar auch, denn sein Blick huschte nervös über die Hecke.

Weil er aber keine Augen im Hinterkopf hatte, bekam er nur mit, wie sie in seinem Rücken hinter der Hecke hervorhuschte und rief: »Waffe runter. Sie haben keine Chance.«

Das war Popcornkino vom Feinsten.

Allerdings hatten Konny und Kriemhild trotzdem keine Freude daran, denn Doktor Grünbaum verbreitete allmählich die Aura eines Mannes, der nichts mehr zu verlieren hatte. Und der Killer am Boden wackelte mit dem Kopf, als könne er dadurch seine Benommenheit abschütteln.

»Wenn Sie abdrücken, nehme ich die Nonne mit, das verspreche ich Ihnen«, drohte Grünbaum.

Derrick und Columbo warfen sich einen Blick zu.

Konny und Kriemhild kannten das, so kommunizierten sie auch.

»Doktor … ich verstehe nicht, was soll das alles?« Mutter Ziphora, die eben noch eine Kampfmaschine gewesen war, schien zunehmend der Fassungslosigkeit anheimzufallen. Das ist ja oft so, wenn die Welt, wie man sie kannte, sich vor den eigenen Augen in ihre Bestandteile auflöste. Wenn Menschen, denen man zutiefst vertraute, sich plötzlich in körperfressende Außerirdische zu verwandeln schienen.

Grünbaum trat die wenigen Schritte auf Mutter Ziphora zu. »Hier und heute muss keiner sterben, ich will einfach nur weg«, sagte er und packte die Mutter Oberin am Arm. »Und Ziphora kommt mit.«

Derrick und Columbo zielten weiter auf ihn, aber offenbar wollten sie das Leben der Nonne nicht gefährden.

»Die Nonne bleibt hier«, verlangte Derrick.

»Sie sind nicht in einer Position zu verhandeln«, sagte Grünbaum und »Einsteigen!«, sagte er zur Nonne. Er stieß sie in Richtung des offenen Opel.

Es war eine absolut surreale Situation.

Die Sonne ging auf und lachte am Himmel. Drüben in der Kapelle sangen die Gläubigen mit Inbrunst und hier, auf dem kleinen sichtgeschützten Parkplatz wollte Grünbaum die Mutter Oberin entführen. Er sah aus, als ob es in ihm dachte. »Vielleicht möchte ich als Reisebegleiterin doch lieber jemand, der früher nicht bei der Bundeswehr war«, sagte Grünbaum.

Die Klostervorsteherin war beim Militär gewesen? Das passte, es waren ja ähnliche Strukturen.

»Du, Presswurst, komm her, oder ich erschieße die Nonne.« Er sah zu Konny.

»Sie machen es nur schlimmer, lassen Sie uns verhandeln«, sagte Derrick. Und zielte auf Grünbaum.

Kriemhild hielt den Atem an, Konny schloss die Augen und stand auf.

»Nein!«, rief Kriemhild und erhob sich ebenfalls.

»Setzen oder ich schieße!«, bellte Grünbaum, der mittlerweile einen irren Blick hatte.

Es war nicht das erste Mal, dass für Konny und Kriemhild die Zeit stillzustehen schien, weil der Sensenmann seine knochigen Finger nach ihnen ausstreckte. Aber das machte es nicht besser.

Konny öffnete die Augen wieder und sah zu Kriemhild. Aber für einen emotionalen letzten Blick blieb Ihnen keine Zeit. »Schneller oder …«

Und da knallte auch schon der Schuss.

Völlig entsetzt sahen Konny und Kriemhild zur Mutter Oberin. Konny einen Ticken entsetzter, weil sie fürchtete, dass wegen ihrer Langsamkeit eine Nonne gestorben war.

Derrick sah zu Columbo, Columbo sah zu Derrick. Beide schüttelten verneinend den Kopf. Keine von ihnen hatte geschossen.

Die Mutter Oberin sah an sich herab und tastete mit den Händen ihren Körper ab, blieb aber wie eine Eins vor dem Opel stehen.

Nur Doktor Grünbaum ging in die Knie.

Seine Hände fielen neben ihm herab, der Wehrmachtrevolver landete im Kies, er selbst schaute – fast verwundert – zum Himmel auf, und zwar genau in die Sonne, was aber egal war, weil er seine Augen ohnehin nicht mehr brauchen würde.

Das schlossen Konny und Kriemhild aus dem kreisrunden Loch mitten in seiner Stirn …

Konnys Kummerkastenkolumne
(endlich wieder aktuell)

Sehr geehrte Kolumnistin,
Sie gehen offenbar davon aus, dass wir alle »in Würde altern« wollen. Zwischen den Zeilen lese ich bei Ihnen jedes Mal heraus, man solle sich einfach gehen lassen und das Leben in vollen Zügen genießen. Wir denken aber nicht alle (!) so. Ich finde es unzulässig, dass immer nur Ihre Meinung vertreten wird – es gibt einfach genügend Frauen und Männer wie mich, die den Alterungsprozess nicht akzeptieren! Mein Mann und ich arbeiten sogar beruflich daran – mein Mann als Gerontologe, ich als Chemikerin in einem Kosmetikkonzern. Wir werden beide regelmäßig (!) zwanzig Jahre jünger geschätzt. Mit Hilfe von Medizin, Chemie und vor allem auch Selbstdisziplin (!) in Sachen Sport und Bewegung können wir alle unsere Lebensspanne bei voller Vitalität um Jahre und Jahrzehnte verlängern. Ich wüsste es sehr (!) zu schätzen, wenn in dieser Kolumne auch einmal auf uns bewusst Junggebliebene eingegangen würde! Darf ich hoffen, dass Ihnen dies als Denkanstoß dient?
Hochachtungsvoll!

Liebes wandelnde Ausrufungszeichen,
nö!
Winkegrüße, Konny

EPILOG … in dem alle Fäden vernäht werden

Sisters Are Doin' It for Themselves

Die Schwestern unserer Lieben Frau vom Sonnenberg sollte man tunlichst nicht unterschätzen!
Ja, sie hatten ihre Schwächen und Fehler und Verschrobenheiten, aber wenn es darauf ankam, waren sie eine Kraft, mit der man rechnen musste.
Schwester Maria Gundela, die sich nach dem Aufstehen gern an einer heißen Tasse Tee … räusper … »mit Schuss« labte, um sich für den Tag zu wappnen, musste an diesem Morgen als Erstes ihrer Mitschwester Maria Pulcharda helfen, die vorbereiteten Häppchen für die Pilger in den klostereigenen Kleinbus zu verfrachten, mit dem vier der Nonnen zur Kapelle aufbrachen.
Fast alle anderen Nonnen begleiteten die Pilger und Pilgerinnen im zweiten Bus, der zur Kunzenshöhe aufbrach. Laut Plan sollten nur sie und Schwester Maria Magunda zurückbleiben und über das Kloster wachen.
Im Gegensatz zur landläufigen Meinung ist ein Kloster aber kein Knast. Die Nonnen *müssen* gar nichts, sie *wollen* aber in aller Regel. Manchmal wollen sie jedoch auch nicht oder haben PMS oder Migräne.
Als Stupenda fehlte, glaubten alle, sie habe wieder einen Gichtanfall. Und die Mutter Oberin hatte am Vorabend verkündet, dass Tumaini einen »Sonderauftrag« habe, den sie allerdings nicht näher erläuterte. Insofern wunderte sich niemand, dass die Plätze der beiden leer blieben.
Nachdem die Pilgerbusse losgefahren waren, drehte sich

Magunda zu Gundela und meinte: »Hatten Sie schon Ihren Tee, liebe Schwester in Christo?«

Magunda war nicht das, was man in der Psychologie *Enabler* nannte – sie befürwortete Alkoholismus nicht. Aber sie kannte Gundela seit nunmehr dreißig Jahren und wusste, dass der Aussetzer neulich wirklich nur dem Trauma geschuldet war, den Pfarrer tot aufgefunden zu haben. Magunda war felsenfest davon überzeugt, dass Gundela am schnellsten wieder zur Normalität zurückfand, wenn sie ihre üblichen Rituale einhielt. »Falls Sie sich nämlich noch einen Tee machen würden, dann würde ich mich über eine Tasse freuen!«

Gundela quietschte vergnügt. »Setzen Sie das Teewasser auf, ich hole uns ein passendes Lebenselixier.«

Lächelnd brühte daraufhin Magunda den Tee auf, während Gundela einen Selbstgebrannten aus der Brennerei holte und … vor dem Regal mit den guten Tropfen innehielt.

Was war das für ein Geräusch?

Sie steckte den Kopf ins Treppenhaus, das in den Keller führte, und lauschte.

Es war ein Klopfen. Regelmäßig. Lang. Kurz. Kurz. Kurz. Lang …

»Großer Gott!«, rief Gundela so laut, dass Magunda es in der Küche hörte. »Da morst jemand SOS.«

Sie liefen los und fanden Stupenda und Tumaini.

Schwester Maria Stupenda lag bleich und bewusstlos auf dem kalten Steinboden, Schwester Maria Tumaini war dagegen sehr lebendig. Sie konnte sich mit dem Stuhl, an den sie gefesselt war, nicht aufrichten, aber sie hatte es geschafft, sich um 180 Grad zu wenden und mit den Füßen und somit auch Stuhlbeinen gegen eine Kommode zu klopfen. Was sie den lieben langen Tag hätte tun können, ohne gehört zu werden, wenn Schwester Maria Gundela nicht in die Küche gekommen wäre, um ihrer kleinen Vorliebe zu frönen. Und das zeigt wieder einmal, dass Genuss – in Maßen – gut für die Gesundheit ist. Für die eigene und die anderer.

Für Schwester Maria Stupenda riefen sie einen Krankenwagen. Grünbaum hatte sie doch tatsächlich niedergeschlagen. Eine wehrlose Achtundachtzigjährige! Die Arme hatte eine Gehirnerschütterung, würde aber bald wieder auf die Beine kommen. So jung würde sie nicht abtreten – sie wollte es in den dreistelligen Bereich schaffen!

Anschließend informierten Magunda und Gundela Derrick und Columbo, die natürlich auch sie als Matuschek und Wilhelm kannten. Schwester Maria Magunda hatte gesehen, wie der Arzt mit Konny und Kriemhild in den ersten Pilgerbus gestiegen war, sich aber nichts dabei gedacht. Nun konnte sie den Ermittlerinnen genau sagen, wo man den Mörder finden würde. Die dank ihres pferdestarken Zivilfahrzeugs mit Blaulicht – und weil ihr Büro ohnehin nicht in Mistelau lag, sondern quasi hälftig zur Kapelle – kurz darauf am Ort des Geschehens eintrafen. Mit der Absicht, Grünbaum in Gewahrsam zu nehmen. Doch jemand anderes hatte andere Pläne gehabt. Und umgesetzt …

Karma is a bitch

Doktor Grünbaum hatte es ja gestanden. Als er Robert Eberhard umbrachte, hatte der gerade ein Handy gezückt. Mordlüstern, wie der Arzt war, hatte er nicht gemerkt, dass die Verbindung schon hergestellt war, dass folglich jemand mithörte. Jemand, dem es vollkommen egal war, ob da ein

Mediziner seinen hippokratischen Eid brach und Leben löschte, statt zu erhalten. Der aber sehr große Ohren bekam, als der Arzt seinem Freund gegenüber einräumte, sich an den Diamanten bedient zu haben. Das ging gar nicht. Der Lauscher an der Wand – genauer gesagt: am Handy – teilte diese Information seinem Boss mit und dieser wiederum seinem Boss, und der Oberoberboss – der den Priester und den Arzt seit ihrer Zeit im Kongo gut kannte – entschied, dass ein Exempel statuiert werden müsse. Er schickte seinen besten Scharfschützen los, der nach mühsamer Fahrt durch den kongolesischen Dschungel mit einem Kleinflugzeug nach Kinshasa flog, mit einem Großflugzeug von Kinshasa nach Brüssel und von Brüssel nach Frankfurt, und von Frankfurt mit einem Mietwagen nach Mistelau, wo er just in der Nacht der Entscheidung ankam. Er traf den Doktor nicht in seiner Wohnung an, sah aber vom Wohnzimmer des Arztes aus, wie der Mediziner in einen Pilgerbus stieg, dem er dann selbstverständlich hinterherfuhr.
Auf dem Hügel mit der Pilgerkapelle hatte er in dem, was im kalten Deutschland so Wald genannt wurde, auf seine Chance gewartet – und sie zu nutzen gewusst, als sie kam. Er würde ohne die Diamanten, aber mit einer weiteren Kerbe in seinem Scharfschützengewehr die weite Reise nach Hause antreten. Dachte er. Doch da hatte er nicht mit Kunz gerechnet. Man mag dazu stehen, wie man will, aber kann es wirklich Zufall sein, dass der Auftragskiller auf der Rückfahrt zum Flughafen Frankfurt mit überhöhter Geschwindigkeit auf einer Öllache die Kontrolle über sein Fahrzeug verlor und gegen einen Baum krachte?
Ebend!

Schimmelpilztorte

Ja, Frau Klum hatte insgeheim gehofft, dass Kunz ein Wunder an ihrem Mann wirken würde. Dass ihr Herr Hirsch seine schwere Aphasie verlieren würde und wieder normal reden könnte. Und sie nahm es Kunz auch nicht übel, dass er dann doch lieber das Leben von Konny und Kriemhild und der Nonne gerettet hatte. Sie konnten ja im nächsten Jahr wieder zu ihm pilgern und wer weiß …

Nein, sie war aus einem anderen Grund stinksauer, als sie mit ihrem Mann nach Hause fuhr. Dass sie, eine gestandene Kommissarin, nicht mitbekommen hatte, wie sich vor der Tür der Kapelle gleich mehrere Kapitalverbrechen – Geiselnahmen, Mord, Beamtenbeleidigung – ereigneten, das nahm sie sich übel. Früher wäre ihr das nicht passiert. Vielleicht wurde sie doch langsam alt.

Herr Hirsch spürte, was in seiner Frau vorging. Er legte ihr zart die Hand auf den Arm und murmelte: »Schätzelein.«

War es ein Versehen? Es musste ein Versehen sein. Aus der Million zur Verfügung stehender Wörter hatte sein schlaganfallverwirrtes Sprachzentrum rein zufällig ein passendes Wort gewählt.

Oder?

Die taffe Frau Klum vergoss eine Träne.

Robert Eberhards Letzter Wille

Hochwürden Eberhard wurde exhumiert. Man stellte fest, dass die Spuren an seinem Hals unmöglich von einer Selbsthängung herrühren konnten. Er war definitiv erdrosselt worden. Von Grünbaum, wie der vor mehreren

Zeuginnen zugegeben hatte. Völlig zu Recht wurde Robert Eberhard danach wieder in heilige Erde gebettet.
Was keiner wusste, was aber Notar Heimbach bald darauf der Mutter Oberin mitteilte: Eberhard hatte sich zwar als Priester zu einem Leben in Armut verpflichtet, das änderte aber nichts an der Tatsache, dass er der Erbe eines stattlichen Vermögens gewesen war. Das er testamentarisch dem Kloster vermacht hatte. Es war eine so erkleckliche Summe, dass sogar noch etwas für das Waisenhaus im Kongo übrigbleiben würde. Mutter Ziphora vergoss vor lauter Rührung eine Träne. Die neuen Rohre waren gesichert!

Extrablatt!

»Grausames Schlachtfest hinter Klostermauern«, titulierte der junge Reporter des *Mistelauer Boten* seine Exklusiv-Reportage. Was ihm an Erfahrung als investigativer Journalist fehlte, machte er durch Einsatz wett. Und durch Connections. Der Reporter, er hieß Patrick Heimbach, sah aus wie ein Basset-Welpe und war der Sohn des Ortsvorstehers, kannte beispielsweise den Polizisten, der ebenso wie er Frettchen züchtete. Von ihm erfuhr er, dass Grünbaum die Leiche von Stellenbosch in Säure aufgelöst hatte. In einer uralten Wanne irgendwo im Gewölbekeller. Und dass der Schlüssel für das Priesterhaus, den man Schwester Maria Magunda gestohlen hatte, sich unter dieser Wanne fand, vermutlich weil er beim Entkleiden der Leiche aus deren Sachen gefallen war.
Patrick Heimbach schrieb, mal abgesehen von der reißerischen Schlagzeile, einen blendend recherchierten Artikel und wurde prompt vom *Spiegel* nach Hamburg abgeworben.

Nur die Dorfsheriffs Wolter und Langenfeld waren enttäuscht, dass er sie in seinem Artikel nicht erwähnte.

Dornenvögel – es gibt sie doch!

Derrick und Columbo alias Matuschek und Wilhelm bekamen für die rasche Aufklärung der Klostermorde inklusive Aufdeckung von Geldwäsche und Diamantenschmuggel eine fette Belobigung. Wilhelm wurde sogar befördert. Das wäre Matuschek auch, wäre sie nicht kurz darauf aus dem Polizeidienst ausgeschieden.

Sie hatte sich verliebt. In Pater Gregorius. Und er sich in sie. Tränensäcke und Wampe fanden zueinander. Liebe trumpfte Gelübde. Und der da ganz oben war deshalb bestimmt nicht böse, denn die Ehe der beiden wurde mit vier prächtigen Kindern gesegnet. Sie eröffneten ein Autohaus, und so wurde auch der lebenslange Traum von Matuschek, die nach ihrer Eheschließung Bersenbrugge hieß, wahr – sie verkaufte pastellfarbene Cabrios und konnte selbst eines fahren.

Das Leben hatte ihr ein tolles Auto beschert. Und einen herzensguten, braven Mann. Frau Bersenbrugge, geborene Matuschek, schickte regelmäßig Dankgebete gen Himmel. Überhaupt für alles. Aber vor allem für das Wunder der Liebe.

Gabi findet das Glück

Busfahrer Ortwin Schulze war ein feiner Kerl. Alle mochten ihn. Aber seit einem Unfall in der Kindheit hinkte er stark. Das war bestimmt nicht der Grund, warum er keine Frau fand. Es gab viele gehbehinderte Prominente, die verheiratet waren. Also, bestimmt. Er hatte das nicht gegoogelt, aber es war anzunehmen. Und ganz sicher lag der Mangel an Interessentinnen nicht an seinem doch eher moppeligen Erscheinungsbild.

Ortwin glaubt eher, dass es an seiner Mutter lag. Als er noch jung und auf Brautschau war, da hatte sie immer dazwischengefunkt. Die ist zu hübsch für dich, hatte sie immer gesagt, die läuft dir weg. Irgendwann war der Zug einfach abgefahren. Und jetzt war auch die Mama tot.

Aber Ortwin blieb eine Frohnatur. Auf seiner Strecke war er dreimal in Folge zum beliebtesten Busfahrer gewählt worden. Blieb er eben allein. Er hatte sein Laubsägenhobby. Es würde schon gehen.

Und als Busfahrer erlebte man ja so einiges. Das beschäftigte einen in den einsamen Nachtstunden. Dachte er, als er nach der Pilgerfahrt seinen Bus durchging, um zu schauen, ob niemand etwas vergessen hatte.

Im Busdepot war es schon leer. Sein Kollege aus Bus zwei war längst zu Hause. Nur ihn hatte die Spurensicherung noch zurückgehalten.

Aber jetzt durfte er seinen letzten Kontrollgang machen und dann endlich nach Hause zu seinem Lieblingsfertiggericht.

»O Gott!«, rief er plötzlich, an der Rückbank angekommen. »Warten Sie, ich helfe Ihnen!«

Er glaubte ehrlich, dass einer Pilgerin schlecht geworden war und sie nun ohnmächtig im Fußraum lag. In solchen Schrecksekunden denkt man ja nicht richtig. Die Spurensicherer hätten sie ja längst gefunden und ihr geholfen. Aber er sah nur die Frauengestalt und beugte sich vor, um ihr aufzuhelfen.

Die Spurensicherer hatten sie auch gefunden, und sich köstlich amüsiert – mitgenommen hatten sie Gummi-Gabi aber natürlich nicht.
Die Mutter Oberin hatte nicht vorgehabt, die Sexpuppe einfach im Bus zu entsorgen, aber nach den Ereignissen des Morgens hatte sie sie vollkommen vergessen.
Ortwin sah Gabi an.
Gabi – die ehemalige Gefährtin des Kommodore auf seinen langen Reisen über die Weltmeere – war als Auftragsarbeit nach der lebenden Geliebten des Seemannes geformt worden: einer ehemaligen Stripperin, die jetzt als Yoga-Lehrerin in Hamburg arbeitete. Seit Kriemhild das wusste, war Gabi für sie kein Erinnerungsstück an ihren Ehemann mehr, sondern nur an seine Untreue.
Kurzum, weder Kriemhild noch die Mutter Oberin würden Gabi eine Träne nachweinen. Das wusste Ortwin natürlich nicht. Ortwin wusste nur, dass er sich genierte, im Kloster anzurufen und zu fragen, ob die Nonnen eine Silikon-Sexpuppe in seinem Bus vergessen hatten. Er hätte sie einfach ins Fundbüro des Busunternehmens bringen können.
Aber …
… das Wunder der Liebe kann uns alle treffen. Und an diesem frühen Abend traf es Ortwin Schulze, Busfahrer. Und Gabi, Silikon-Sexpuppe.
Gabi hatte es gut bei Ortwin. Er behandelte sie wie eine Königin, bestellte im Versandhandel nur die allerschönsten Dessous, und lernte sogar nähen, damit er sie für Gabi umändern konnte. Nach all den Jahren im Kellerschrank in der Pension von Kriemhild und Konny hatte Gabi endlich, endlich ihr Glück gefunden!

La Cage aux Folles

Man könnte sich ja fragen, was machen zwei wie Rainer und Sergei in einem katholischen Gästehaus, das auch noch an ein Kloster angeschlossen ist? Sollten die beiden nicht aus Respekt woanders absteigen?

Aber die beiden »trieben« es ja nicht vor aller Augen, im Gegenteil. Sie waren in öffentlichen Räumen die personifizierte Dezenz. Es gab in Mistelau am Walde einfach keine andere Möglichkeit für Auswärtige, ein paar Nächte vor Ort zu verbringen. Und sie waren nicht zum Spaß hier – Rainer und Sergei waren nicht nur seit zehn Jahren ein Paar, sondern auch Geschäftspartner. Sie hatten auf einer Landkarte die vier Orte im Umkreis markiert, in denen es keinen Nachtclub für Schwule gab, einen Kreis darum gezogen und die exakte Mitte ausfindig gemacht, die auch noch verkehrsgünstig für Bus, Bahn und Auto lag. Die Mistelauer wussten es noch nicht, aber in der ehemaligen Strumpffabrik würde demnächst *La Cage aux Folles* entstehen, der schillerndste Club weit und breit für ›everything Drag‹.

Am schönsten ist es zu Hause (Der Zauberer von Oz)

Im Licht der untergehenden Sonne sah die Pension von Konny und Kriemhild noch schöner aus, als sie sie in Erinnerung hatten: golden und bezaubernd. Der Efeu schien sie herbeizuwinken, die Schafe von Schobers blökten einen Willkommensgruß.

Die Schwestern stiegen völlig übermüdet, aber glücklich aus dem Taxi.

Endlich daheim!

Konny konnte es kaum erwarten, endlich wieder Kleider zu tragen, die nicht nach inkontinentem Kater rochen. Und Kriemhild freute sich auf ein langes Telefonat mit Herrn Tröndle in Hamburg.

So fürsorglich und liebevoll die anderen »Schwestern« gewesen waren, gerade auch nach den Ereignissen an der Kapelle, es reichte ihnen fürs Erste mit allem Christlichen.

Kriemhild öffnete die Haustür.

Da brüllte eine heisere Stimme: »LOBET DEN HERRN, IHR SÜNDER!«

Konny und Kriemhild zuckten zusammen.

»GOTTES GNADE IST GROSS!«

Chuck Norris saß auf seiner portablen Sitzstange auf der Rezeptionstheke und wippte mit dem Köpfchen.

»TUET BUSSE, IHR FREVLER!«

Den Schwestern klappte der Unterkiefer herunter.

»DER TAG DES HERRN IST NAH!«

Konny und Kriemhild starrten ihren fluchenden Seemannspapagei an. Was war mit ihm geschehen?

»Sie wussten doch sicher, dass man Graupapageien umprogrammieren kann, oder?« Eine junge Frau in einer fleckenfreien Kittelschürze über einer Rüschenbluse und einem Schottenrock kam mit ausgestreckter Hand auf sie zu. »Hallo, ich bin Philomena Sperling. Der Hotelverband hat mich geschickt. Ich habe mich um Ihre Pension gekümmert. Und diesem süßen Vögelchen beigebracht, dass man nicht fluchen darf.«

»AMEN, IHR VERMALEDEITEN NIXENFÜRZE!«, röhrte Chuck Norris. »AMEN, SAG ICH!«

Frau Sperling zuckte mit den Schultern. »Er hat natürlich noch Rückfälle.«

Konny und Kriemhild sahen sich an. Sie verstanden sich nicht oft telepathisch, aber in Situationen, in denen es um Leben oder Tod oder doch wenigstens um ganz Entscheidendes ging, schon. Und in diesem Moment schworen sie sich eines: »Wir werden Chuck Norris wieder seine Seemannsflüche beibringen, und wenn es das Letzte ist, was wir tun!«

Liebe liegt in der Luft

»Ich hoffe nur, du hast deine Lehren daraus gezogen!«, sagte Kriemhild und stellte ihrer Schwester einen Teller mit frisch gebackenen Muffins auf den Schreibtisch. »Gäste sind tabu! Und Priester sowieso!«

»Leck mich.« Konny saß am Computer und arbeitete an ihrer neuesten Kolumne – höchste Zeit, die Chefredakteurin hatte schon damit gedroht, sich anderweitig umzuschauen –, als draußen vor der Pension eine Ente hielt. Keine gefiederte, sondern ein Citroën 2CV in Hellblau, bestens gepflegt.

Eine Frau, die rein optisch sehr viel eher Kriemhilds Zwillingsschwester hätte sein können als Konny – also hager und mit Verbissenheit um die Mundwinkel –, stieg auf der Beifahrerseite aus. Sie trug einen Rollkragenpullover unter einem formlos sitzenden Jerseyhosenanzug und sah sich kritisch, sehr kritisch um. Ja, definitiv Typ Kriemhild.

Dann stieg der Mann aus.

Es wäre natürlich übertrieben zu behaupten, dass Konny bei seinem Anblick anfing zu sabbern, aber …

Groß, graue Haare, gestutzter Kinnbart wie ein spanischer Grande, T-Shirt und Jeans. Ein Mann, der wusste, was er

wollte, und sich um Konventionen nicht scherte, sonst hätte er keine Ente gefahren. Und dass die beiden Geld haben mussten, schloss Konny aus der Tatsache, dass er nur Louis-Vuitton-Koffer und -Reisetaschen aus dem Wagen holte.
»Sch… drauf, ich lass das jetzt so«, dachte Konny und drückte den Senden-Knopf. Die kürzeste Kolumne aller Zeiten fand so ihren Weg in die Redaktion.
Konny huschte zur Empfangstheke. »Herzlich willkommen«, flötete sie.
»Reichenbach«, fauchte die Frau. »Wir hatten nicht reserviert. Aber Sie haben ja ein Zimmer-frei-Schild an Ihrer Ausfahrt.«
»Wir haben tatsächlich noch Zimmer frei.« Konny blieb freundlich. Ihr Blick huschte zu dem Mann, der das Gepäck vor der Empfangstheke abstellte.
»Charles, ich habe dir doch gesagt, dass ich die Zimmer erst einmal sehen möchte, bevor ich mich festlege«, nölte die Frau ihn an.
Er ignorierte sie und schenkte Konny ein Lächeln von solcher Brillanz, dass ihre Knie weich wurden. »Ich hoffe, Sie haben noch zwei freie Zimmer. Nur wenn es gar nicht anders geht, möchte ich mit meiner Schwester ein Zimmer teilen.«
Seine Schwester!
Konny gluckste glücklich in sich hinein und schob vier Schlüssel über die Theke. »Rechts in der umgebauten Scheune. Zimmer eins, vier, fünf und sechs. Sind alle noch frei. Suchen Sie sich zwei aus«, hauchte sie sinnlich und sah ihm dabei in die Augen.
»Wir kommen wieder, wenn wir uns entschieden haben. Kommst du, Charles?«

Charles! Ein Name wie ein sinnliches Versprechen, dachte Konny.

»Mach du ruhig, Konstanze. Ich verlasse mich auf dein Urteil.«

Sie stob davon.

Er stützte sich mit den Unterarmen auf der Theke ab.

Konny bekam rote Bäckchen. »Es gäbe hier im Haupthaus auch noch ein freies Zimmer. Allerdings noch unrenoviert. Direkt neben meinem ...«

»Das nehme ich.«

Er lächelte.

Konny schmachtete.

Und weiter vorn, in der Küchentür, stand Kriemhild und rollte mit den Augen ...

Ende

Mooooment, noch nicht ganz …

Erst zwei Wochen später gelang es dem Hacker in Staatsdiensten, der im Auftrag von Columbo alias Wilhelm nach Informationen über die Machenschaften von Seska von Teller suchte, einen Mailverkehr zwischen der kriminellen Antiquarin und einem Mann im Darknet zu entschlüsseln.
Darin teilte der Mann ihr mit, dass er das Objekt zwar hatte besorgen können, dass aber der vermaledeite Bengel seiner Lebensgefährtin das Objekt gefunden und veräußert hatte. Er hätte aber den Käufer ausfindig gemacht. Woraufhin sie ihm schrieb, sie würde ihren Kontaktmann zu ihm schicken, der ab sofort die Wiederbeschaffung des Objekts übernehmen würde. Leider wurden in diesem Schriftverkehr keine Details zum »Objekt« genannt, und der Mann im Darknet ließ sich trotz aller Bemühungen nicht identifizieren.
Natürlich durfte man davon ausgehen, dass es sich bei dem »Objekt« um ein Buch handelte. Aber um welches?
Niemand fand heraus, dass es um die Bibel ging, die Robert Eberhard für hundert Euro einem Teenager abgekauft hatte, der die Bibel wiederum dem verkackten Lebensgefährten seiner Mutter geklaut hatte, um sich Alk zu kaufen.
Weil Robert Eberhard wie immer, wenn er Minderjährigen etwas abkaufte, dem Knaben zur Sicherheit seine Visitenkarte gegeben hatte, und weil der Junge gesehen hatte, dass der Priester in den Wagen einer hiesigen B-&-B-Pension gestiegen war, war es ein Leichtes für Stellenbosch, Pfarrer Eberhard aufzuspüren und ihm – weil er glaubte, die Bibel

befände sich in der Reisetasche des Priesters – bis ins Kloster zu folgen. Wo sich Stellenbosch dann allerdings vergeblich den Bären suchte.
Denn die Bibel lag all die Zeit auf einem Beistelltisch im Salon der Pension von Konny und Kriemhild. Neben einer falschen Ming-Vase mit Plastikblumen.
Kaum einer beachtete sie. Dabei würde es sich lohnen. Inhaltlich sowieso. Aber auch grundsätzlich. Es war nämlich eine echte Gutenberg-Bibel, fünfhundert Jahre alt, Schätzwert: sechs Millionen Euro …

Ende. Jetzt aber wirklich!

Oder?

Danksagung

Die Schwestern unserer Lieben Frau vom Sonnenberg sind selbstverständlich frei erfunden. Aber ich danke den wunderbaren Zisterzienserinnen, in deren Gästehaus ich Klosterluft schnuppern durfte. Und entschuldige mich gleichzeitig bei den Schwestern, weil sie natürlich nicht wussten, dass ich nicht (nur) der Erbauung wegen jeden Morgen der Laudes beiwohnte. Aber ich darf mit Fug und Recht sagen, dass ich zwar nur zum Schnüffeln kam, aber so viel mehr dort gefunden habe. Wenn Ihr nie wieder was von mir hört, dann bin ich konvertiert und Nonne geworden!

Ich danke der Bundesakademie für kulturelle Bildung in Wolfenbüttel, weil ich dort einen großartigen Workshop zum Thema »über große Gefühle schreiben« bei Rainer Moritz und Olaf Kutzmutz besuchen durfte und die Schnüffelschwestern deshalb, wie ich finde, in diesem Band der Saga viel größer fühlen als sonst immer.

Dieses Buch wurde während der Corona-Quarantäne fertiggestellt. Ich danke dem höchst wunderbaren Lawrence Block, seit vierzig Jahren Vorbild und Inspiration, für seine Schreibmotivation in dieser Zeit! Außerdem danke ich Daniel Hope, der mit Hope@Home den moralischen Support an den Lockdown-Abenden lieferte.

Und natürlich danke ich den üblichen Verdächtigen von Verlag und Literaturagentur – ohne Euch liefe gar nichts.

Die Frommen und die Unfrommen

Konny und Kriemhild:	Schnüffelschwestern
Amenhotep:	Nacktkater
Herr Hirsch:	gärtnernder Aphasiker
Frau Klum:	Ehefrau von Herrn Hirsch
Mutter Ziphora:	Mutter Oberin
Schwester Maria Magunda:	Pförtnerin
Schwester Maria Agneta:	Floristin
Schwester Maria Tumaini:	Gästehausverwalterin
Schwester Maria Gundela:	Schnapsbrennerin
Schwester Maria Pulcharda:	Köchin
Schwester Maria Stupenda:	Organistin
Doktor Theo Grünbaum:	Hausarzt
Pater Gregorius:	Priester
Pater Eberhard:	Priester
Seska von Teller:	Antiquarin
Herr Stellenbosch:	Handlanger der Antiquarin
Derrick und Columbo alias:	Matuschek und Wilhelm (Kommissarinnen)

Auch dabei:
Chuck Norris, Bäuerin Schober, Familie Friedrich, Philomena Sperling, Bestatter Heimbach, Optiker Heimbach, Busfahrer Ortwin Schulze, Gummi-Gabi

Konny und Kriemhild, beide über sechzig, führen nicht sonderlich erfolgreich eine Pension in der Provinz. Eines Tages wird die Idylle durch einen Mord gestört – und die Schwestern entpuppen sich als wahre Meisterdetektivinnen …

In die Beschaulichkeit der Bed-&-Breakfast-Pension der Schwestern Konny und Kriemhild platzt eine Band junger Musiker, die den Haushalt ordentlich auf den Kopf stellt – bis einer von ihnen tot aufgefunden wird.
Hat der Gärtner den Gast versehentlich mit seinem Aufsitzrasenmäher umgefahren? War es wirklich ein Unfall? Oder nicht doch Mord? Kurzentschlossen nehmen die Schwestern die Ermittlungen selbst in die Hand – ihr Haus, ihre Regeln.
All das vor den Augen eines zufällig anwesenden Hotelkritikers. Und der Pensionskatze: dem unsäglich hässlichen Sphynx-Kater Amenhotep. Das Chaos ist perfekt!

Tatjana Kruse, Der Gärtner war's nicht! – Die K&K-Schwestern ermitteln. insel taschenbuch 4565. 316 Seiten

NF 401/1/6.18

NF 395/1/4.18

»Man sollte viel öfter tanzen. Vor allem aus der Reihe.«

Zwei taffe Schwestern, eine unauffindbare Leiche und ein liebeskranker Kommissar – es geht turbulent zu in Konnys und Kriemhilds neuestem Fall …
Konny und Kriemhild beobachten, wie der mächtigste Mann ihres Heimatortes eine Frau umbringt. Der bekommt das mit und will auch Kriemhild aus dem Weg schaffen. Doch Kriemhild überlebt und beschließt, sich tot zu stellen, um auf eigene Faust den Mörder zu überführen. Denn mangels Leiche ist die Polizei nicht geneigt, gegen einen so prominenten Mitbürger zu ermitteln. Während Kriemhild heimlich nachts nach Beweisen sucht, hat Konny alle Hände voll damit zu tun, die Beerdigung ihrer vermeintlich toten Schwester zu arrangieren und alle Hinweise auf deren fortgesetzte Existenz – und davon gibt es viele, weil Kriemhild nur bedingt als Geist taugt – zu beseitigen ...

Tatjana Kruse, Manche mögen's tot. Die K&K-Schwestern ermitteln. insel taschenbuch 4710. 320 Seiten.

NF 464/1/3.19

Mit Charme, Chuzpe … und einer Beretta

Glamourös, klug und unabhängig, eine moderne Frau und eine gewitzte Detektivin – das ist Phryne Fisher. Die wohlhabende englische Aristokratin lässt sich in den wilden 1920er Jahren in Melbourne nieder und lebt mit ihren beiden Adoptivtöchtern in St. Kilda, wo sie ihr Single-Dasein in vollen Zügen genießt – und nebenbei einen Mordfall nach dem anderen löst. Nicht immer zur Freude der örtlichen Polizei.

Das kleine Städtchen St. Kilda steht kopf: Der Zirkus ist in der Stadt, und in wenigen Tagen wird die große Blumenparade stattfinden. Und natürlich wird die allseits beliebte Phryne Fisher die »Queen of Flowers« sein. Mitten in den turbulenten Vorbereitungen wird plötzlich eines der Blumenmädchen halbtot am Strand aufgefunden, kurz darauf ist auch Phrynes Adoptivtochter Ruth wie vom Erdboden verschluckt.

Nun ist Phryne Fishers Spürsinn gefragt. Unerschrocken, mit Charme und Chuzpe ermittelt sie zwischen Tee und Tango, unter Puppenspielern und Halunken und schreckt weder vor ehemaligen Liebhabern noch vor Elefanten zurück …

Kerry Greenwood, Tod am Strand. Miss Fishers mysteriöse Mordfälle. Aus dem australischen Englisch von Regina Rawlinson. insel taschenbuch 4705. 361 Seiten.

NF 478/1/3.19

»Ich bekam einen Revolver, um uns zu verteidigen.«

New Jersey 1914: Die Schwestern Constance, Norma und Fleurette führen ein zurückgezogenes Leben auf ihrer kleinen Farm unweit von New York – bis ein Unfall ihr Leben auf den Kopf stellt und ein reicher Fabrikant ihnen übel mitspielt.
Doch der hat nicht mit Constance gerechnet. Die junge Frau, die fast jeden Mann um Haupteslänge überragt, nimmt unerschrocken den Kampf um ihr Recht auf. Selbst Schlägertrupps, die die Farm der Schwestern heimsuchen, können sie nicht einschüchtern. Mit allen Mitteln verteidigt sie ihr Leben und das ihrer Schwestern und zeigt den Halunken, wo es langgeht. Das hat das kleine Städtchen noch nicht gesehen – und es ernennt Constance zum ersten weiblichen Sheriff …
Ein turbulenter und höchst unterhaltsamer Roman der New-York-Times-Bestseller-Autorin Amy Stewart über den ersten weiblichen Sheriff – »mit den unvergesslichsten und mitreißendsten Frauenfiguren, die mir seit langem begegnet sind. Ich habe jede Seite geliebt … eine Geschichte, die zu gut ist, um wahr zu sein (aber meistens wahr!)«. *Elizabeth Gilbert*

Amy Stewart, Die unvergleichliche Miss Kopp und ihre Schwestern. Roman. Aus dem amerikanischen Englisch von Sabine Hedinger. insel taschenbuch 4687. 524 Seiten.

NF 435/1/10.18